やはり俺の
渡 航
【wataru watari】
illustration
ぽんかん⑧

Contents

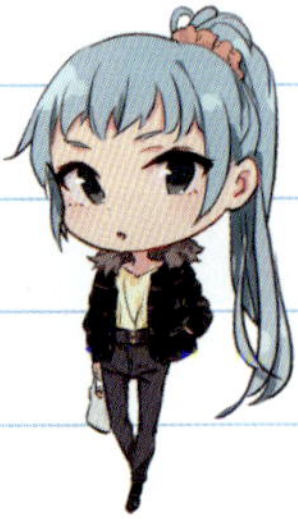

総武高校プロム★
ダンスイメージ映像撮影
比企谷八幡
hachiman hikigaya

yui yuigahama

雪ノ下陽乃
haruno yukinoshita
My youth romantic comedy is wrong as I expected.

やはり俺の青春ラブコメはまちがっている。

My youth romantic comedy is wrong as I expected.

登場人物【character】

比企谷八幡……………主人公。高二。性格がひねくれている。
【ひきがや－はちまん】

雪ノ下雪乃……………奉仕部部長。完璧主義者。
【ゆきのした－ゆきの】

由比ヶ浜結衣……………八幡のクラスメイト。周りの顔色を伺いがち。
【ゆいがはま－ゆい】

戸塚彩加……………テニス部。とても可愛いが男子。
【とつか－さいか】

川崎沙希……………八幡のクラスメイト。ちょっと不良っぽい。
【かわさき－さき】

葉山隼人……………八幡のクラスメイト。人気者。サッカー部。
【はやま－はやと】

戸部 翔……………八幡のクラスメイト。葉山グループのお調子者。
【とべ－かける】

三浦優美子……………八幡のクラスメイト。クラスの女子の頂点に君臨する。
【みうら－ゆみこ】

海老名姫菜……………八幡のクラスメイト。三浦グループだが腐女子。
【えびな－ひな】

一色いろは……………サッカー部マネージャー。一年生で生徒会長に当選。
【いっしき－いろは】

平塚 静……………国語教師。生活指導担当。
【ひらつか－しずか】

雪ノ下陽乃……………雪乃の姉。大学生。
【ゆきのした－はるの】

比企谷小町……………八幡の妹。中学三年生。
【ひきがや－こまち】

川崎大志……………沙希の弟。中学三年生。
【かわさき－たいし】

design:numata rina

interlude・・・

長い沈黙だった。

言い募《つの》る声に感情が追い付かず、ともすれば理論だった言葉はどこにもなかった。

意味を伴う言葉でないなら、それは何も言っていないのと変わらない。

だから、その時間は沈黙と呼んでしまって差し支えないだろう。

雲の間から滲《にじ》みだした夕陽が空と海を朱に染めていたのに、今はもう深い青へと色を変えていた。

ちらちらと降る雪は、地面に長く伸びる影へと吸い込まれて消えていく。

やがて街灯が灯《とも》ると、その影はいくつもの方向へと広がって、次第に淡く薄れ行き、元の形がわからなくなる。

長い話になりそうだから、と。

誰かが言った。もしかしたら自分で言ったのかもしれない。

そこで言葉は終わったけれど、続きの意味は口にせずとも伝わった。それに反対することもなく、微笑と首肯《しゅこう》で幕を引く。

本当は、今更逃げるのかと、歯嚙《はが》みしたくなる。
誰よりも、安堵《あんど》している自分に対して。
わずかな時間があったとしても、かすかな希望は増えたりしない。
ただ、確かな答えがあえかな終わりを告げるのだと知っている。
だから、その答えを口にするべきだ。
言わなければわからない。言ったとしても伝わらない。
だから、その答えを口にするべきだ。
その選択を、きっと悔やむと知っていても。

――本当は。
冷たくて残酷な、悲しいだけの本物なんて、欲しくはないのだから。

1 やがて、季節は移ろい、雪は解けゆく。

寒さには慣れている。

生まれてこの方、この街から遠く離れて暮らすこともなかったし、もうずいぶんと昔からのことだから千葉の冬はこんなものだと思っていた。

乾いた空気も、頬《ほお》を刺すような風も、足元から背筋まで這《は》うように伝う冷気も、煩《わずら》わしいと思うことこそあれ、忌《い》み嫌ったことはない。

むしろ、慣れ親しんだものであり、ひどく当たり前の事実だと受け止めていた。

つまるところ、暑さ寒さとは程度の差にほかならず、現在の水準を大きく超える事態を経験したか否かという問題であって、つまりは他の冬を知らなければ比べることもないのだ。

だから、言うなれば温もりにこそ慣れておらず、他の温かさを知らなかったのだろう。

たとえば、凍てついた指先を温めるように吹きかける白い吐息。

あるいは、手袋がちんまりと摘《つ》まんだマフラーとコートが重なる衣擦《きぬず》れの音。

それと、ベンチに並んで座り、ふとした瞬間に触れる膝。

隣り合う存在が確かに抱《かか》えている熱。

そんな温かさに触れることがなにか空恐ろしいことのように思えて、俺は身じろぎした。そのついでに隣に腰かけていた雪ノ下《ゆきのした》と由比ヶ浜《ゆいがはま》、二人から拳《こぶし》一つ分距離をとる。

海にほど近い夜の公園には俺たち三人のほかに人はいない。ふと見上げれば、雪ノ下の住む二棟からなるタワーマンションが見えた。

海浜公園一帯は駅前の商業地域からやや歩いたところにあって、大きな道路を渡ればすぐに閑静なマンション街へと行くことができる。海辺ではあるものの、防砂林と景観を兼ねてか木々が植えられているおかげで、風はそこまで冷たくはない。

それでも、冬らしさを強く感じることができるのは俺たちのほかに人気《ひとけ》がないことと、わずかばかり積もった雪のせいだろう。

日付はいまだ変わらず二月十四日。

世間ではバレンタインデーだとか煮干しの日だとか言われる日で、妹の小町《こまち》が俺の通う高校の入試を受験した日でもある。

そして、俺たちが水族館へ行った日だ。

昼から夕方にかけてちらついていた雪は深く積もるようなことこそなかったが、それでもその痕跡《こんせき》を芝生《しばふ》や生垣の上へかすかに残していた。

雪は音を吸うという。

こんなかすかな雪が音を吸うとも思えないが、それでも確かに俺たちの間に交わされる声はなく、ただ互いの吐息ばかりを聞いて、静かな夜を眺めている。

うっすらとした雪化粧に月明かりと街灯が光を返していた。そのおかげで時間帯の深さに比べていくらか明るい印象がある。この照明が昔ながらの白々とした光を放つ蛍光灯であったなら、もっと冷たい光になったのだろう。

けれど、オレンジに似た色合いの光を照り返す雪は、ほんのりと暖かそうですらあった。

それでも、触れれば露と消える。

そんな紛《まが》い物めいた暖かな光は、夕日に煌《きら》めきながら海に降った雪が幻影などではなかったことを教えてくれる。

確かに雪が降ったのだとそう知らしめるのだ。俺たちが過ごした一日ははっきりと存在していたのだと思い知らせるのだ。その証明がほんのわずかな温度差や時間でたやすく消し飛んでしまうものだとわからせるのだ。

戯《たわむ》れに触れれば融《と》け行き、悪戯《いたずら》に払えば散りゆく。かといって、お為ごかしに見過ごせばいずれは消えていく。

もしも、ずっと寒いままなら残すことができるのだろうかと、そんな益体《やくたい》もないことを思ってしまい、身震《みぶる》いするふりして小さくかぶりを振った。その疑問の答えは小さいころに作った雪だるまで立証済みだ。

首を振った勢いそのままに、俺はすっとベンチから立ち上がる。視界の中、ちょうど公園の端には赤や青をメインカラーにした自動販売機が見えた。

そちらへ向かおうとする直前、首だけを二人へ向けた。

「……なんか飲むか？」

問うと、二人は一瞬互いの顔を見合わせるが、すぐに小さくふるふると首を振った。それにただ了解と返すために、軽く顎《あご》を引く。

自販機まで歩いて、財布《さいふ》から小銭を取り出し、ちゃらちゃら言わせる。

選ぶのはいつもの缶コーヒー。そしてついでにペットボトルの紅茶を二本ほど。しゃがみこんで、それをコートのポケットにそっと入れる。

一本一本取り出して、最後に手にした缶の熱は、確かに熱いのに不思議とひんやりと感じた。ずっと握っていれば、きっと火傷《やけど》のひとつもするのだろう。お手玉でもするように軽く何度か放り投げながらその冷たさの理由を考えた。

冷え切った手が缶の温度に慣れるころには、その疑問が氷解する。

体表で捉える温度には数字上の意味ばかりがあって、その情報に意味付けがされなければ単なる指数でしかない。

俺はもっと意味のある温かさを知っている。温度と温もりはきっと別の概念なのだと言葉ではなく実感で理解した。もっとも今さっき気づいた程度だから、なんら誇るべきことはないけれど。

一昔前は百円玉で買えたという温もりよりも、わずか一瞬、布越しで膝に触れただけの三十六度のほうがよっぽど熱かった。

手に感じる熱ではなくて、あのとき触れて今なお胸に残る熱を噛《か》み締めながら、俺はまた元いたベンチへとゆっくり向かう。

きっと、この熱を感じることはもうないのだと薄々わかっていたから、できるだけ時間をかけて、それでも歩みを止めることはなく。

俺が席を立ったことでぽっかりと空いてしまったその場所には、誰が座ることもない。あの熱に気づいてしまった今となってはなおのこと。

どこまで近づくのが正しい距離なのか、結局今になっても俺はわからずにいる。

だから、ここまでは大丈夫、もう一歩までは許されると、そんなことを思いながら、ゆっくりと歩みを進めた。

それこそ、この一年間のように。

歩み寄って、ここまでは踏み込んでいいのだと手探りで距離感を再計測していく。

何も知らずにいたころは無遠慮にずかずかと、何かに気づいたころからはしずしずと。けれど、何もわかっていないと知ったときに、その足はもはやただの一歩も動かなくなっていた。

あと、一歩。せめて半歩。

と、そう思った距離で、俺は立ち止まる。

街灯はまるでスポットライトのようにベンチを照らしていた。座る二つの影はいくつもの方向へと延びてしまっていて、ひとつひとつが薄く、どこかおぼろげだった。

それをぼんやりと眺めながら、俺はポケットの中のペットボトルを無言のままに差し出す。二人は戸惑い交じりに礼を言いながらも、それぞれ手を伸ばした。その指先に触れることのないように受け渡すと、俺は空いたポケットに手を突っ込んだ。

その拍子に、かさりとセロハンの袋が鳴った。

ポケットの中で触れるつるりとした感触に、ポケットの口を控えめに覗《のぞ》いてみれば、俺が受け取ったクッキーが、変わらずそこにある。

クッキーは数を増やしも減らしもしていない。ポケットを叩《たた》いても増えたりはしない。そう簡単に幸せは増えない。それはピーターだかチーターだかカルーセルだったかも言っていた。

けれど、増えないくせに、減らしたり失うことは簡単なのだから性質《たち》が悪い。

割れたり崩れたりしてやいないかとちょっとだけ取り出してみたが、緩衝材として入れられているピンク色の紙パッキンのおかげでしっかりと守られていた。

安堵《あんど》して、またポケットの中へと戻そうとしたときに、ほわっとした吐息が聞こえた。

見れば、雪ノ下《ゆきのした》の視線はそのクッキーへと注がれている。

「……それ、とても綺麗《きれい》ね」

うっとりと恋い焦《こ》がれるような眼差《まなざ》しで呟《つぶや》く。不意に開かれた口に由比ヶ浜《ゆいがはま》は一瞬驚いたようだったが、すぐに前のめりになった。

「あ、うんっ！　袋とか、マステとか結構いろいろ探したの！」

「なに？　マステ？　インドの挨拶《あいさつ》？」

「それはナマステでしょう。マスキングテープのことよ」

雪ノ下がこめかみに手をやり、呆《あき》れ交じりに言う。

「あなた、挨拶もろくにしないのに無駄な知識は持ってるのね」

「ばっかお前、挨拶さえしとけば会話してるみたいな空気になるだろ。挨拶の定型文は必須知識だ」

言うと、雪ノ下はげんなりした様子で苦笑した。

「あなたの中では、挨拶も会話にカウントされてるのね……」

「ああ。だから、挨拶もなるべくしないようにしてるんだ」

「ヒッキー、会話苦手すぎない⁉」

そりゃまぁヒッキーだからね、仕方ないね。名は体を表す、けだし至言だ。それにしても、由比ヶ浜が言うヒッキーという呼び名にも慣れてしまったな……。昔は、そんな恥ずかしい名前の人は知らない……って可愛《かわい》く頬《ほお》を染めて目を逸《そ》らし小声で否定したのに。いや、そんな記憶はねぇな。わりと最初から諦めモードで受け入れてましたね！

マステ……。マスキングテープの略ね、ちぃ覚えた。何に使うテープなのかはよくわかんないけど。それにしても、雪ノ下《ゆきのした》さん、意外に若者文化に詳しくていらっしゃるのね……。と、思って視線を向ける。

　すると、雪ノ下はそんな俺の意図を読んだか、ふっと笑《え》んだ。

「マスキングテープは本来、塗装作業なんかをするときに使うものだったらしいのだけれど、最近は凝《こ》ったデザインのものも多いの」

「そうそう。可愛《かわい》いの多くて、流行《はや》ってるんだよ！　だからラッピングとか手帳デコったりとか……」

　などと、前のめりに解説を始める由比ヶ浜《ゆいがはま》の言葉に耳を傾けつつ、改めてラッピングを見てみれば、なるほど、確かに縁取りやなんやとなかなか凝っている。

　控えめな大きさながら金糸があしらわれたリボンや、犬の足跡らしい模様がプリントされたテープ。可愛らしくて、綺麗《きれい》な装飾だ。

　まじまじと見ていると、不安になったのか由比ヶ浜がそわそわし始め、視線をあっちへふらふらこっちへふらふらと移す。

「あ、味は、……自信ないんだけど。……でも、頑張ったから」

　けれど、最後はしっかりとこっちを見て、確かな意志をもってそう言った。真剣な眼差《まなざ》しを茶化せるわけもなく、俺は手の中にあるクッキーの袋をそっと撫《な》でた。

「……ああ、それはよくわかる」

本当によくできていると思う。まだ食べていないから味のほどはわからないが、それでも料理が苦手な彼女が精一杯のことをしたのだと、贈る相手のために真心を込めたのだと、伝わってくる。

だから、できるだけ誠実な言葉を過不足なく返そうと努めた。飾り気がない代わりに洒落《しゃれ》っ気も何もあったものではないが、それでも言わんとすることはわかってもらえたらしい。

「でしょ？　ヒッキー、言ってたしさ。ほら、頑張る姿がどうのって」

由比ヶ浜はへへんと胸を張ると、指を振り振りしながらそんなことを言った。

「……覚えてたのか」

少し驚いた。意外に記憶力いいな……。いや、俺ももちろん覚えているけれど。

あの時言ったことは嘘《うそ》でもなんでもなく、心底今もそう思っていることだが、改めて言われるとさすがに少し恥ずかしい。昔の自分の発言を思い出すと死にたくなることが多々あるどうも俺です。

だが、恥ずかしいのは俺だけではないらしい。

「そ、そりゃまぁね。覚えてるっていうか忘れらんないっていうか……、最初は、ちょっと、びっくりしたし……」

由比ヶ浜もあはは一と照れ笑いを浮かべると少し居心地悪そうにもじっと身を捩《よじ》る。そういわれると、こっちも落ち着かないんですけど！　おかげで、俺まであはは…と誤魔化《ごまか》すような笑《え》みが浮かんでしまう。そうして目が合うと、由比ヶ浜《ゆいがはま》はぱっと視線を外す。

「……ま、まぁ、ヒッキー、それからずっとそんな感じだからもう慣れたけどね！」

最後におどけるように付け足すと、雪ノ下《ゆきのした》がふっと笑った。

「そうね、常に予想の斜め下」

「そうそう」

その言葉にうんうんと頷《うなず》く由比ヶ浜。うーん、その意見はちょっと待ってほしいですね……。と思いつつ、反論の意を込めて、ちろりと雪ノ下に視線を向ける。

「……あの、俺だけじゃないと思うけどね？　君もでしょ、斜め下さん？」

「何かしら、その胡乱《うろん》な呼び方は……」

ぴくりと眉尻《まゆじり》を上げて斜め下さんが俺を横目で睨《にら》む。が、それと対照的に、隣にいた由比ヶ浜は困ったように眉尻を下げ、ほあーと口を開けた。

「あー……、アニマルセラピーとか……」

「それそれ、それとかな。斜め下かあるいは斜め上かは知らんけど」

軽く頬《ほお》を掻《か》き、やや気まずそうな由比ヶ浜に同調して俺はうんうんと頷く。あの時はさして仲が良かったわけでもないから今一つ強く言えなかったが、今にしてみると、「何言ってんだこいつ……」って感じ。それは由比ヶ浜も同様なのか、うーんうーんと唸《うな》りながら何やら考え込んでいる。

「うーん……どうだろ、頭いいんだなーとは思ったんだけど……」

おっと、逆説来ちゃったねぇ。けど……って言っちゃったら、後はもう否定の言葉しか出てこないんだよなぁ……。たぶん、ただ猫と戯《たわむ》れたかっただけなんだよなぁ……。

が、それを言わないのも優しさだろう。あんまり追及すると、めっちゃ早口で長文の反論が来ちゃうからな。思ったことをそっと胸にしまう。

だが、由比ヶ浜は胸にしまいきれなかったらしい。確かに、しまいきれそうにないですもんね、その胸！

「ま、まぁ、でも！　ゆきのん、ちょっと天然なとこあるから！」

フォローのつもりなのか、ちょっと勢い込んでそんなことを言うと、雪ノ下がじろっと冷たい視線を向けた。

「それはあなたでしょう？」

「そ、そんなことないから！　大貧民のときとか、ほら、ちゃんと考えてたし……」

ううっと言葉に詰まりながらも、由比ヶ浜は思い出したように付け加えて反論する。俺もおぼろげな記憶を引っ張り出して、あの遊戯部との闇のゲームの結末に思いを馳《は》せた。

「運がよかっただけなような気もするけどな……」

「い、いいじゃん、運も実力のうちなの！　あの日は、その、誕生日だったから運がいいのも当たり前っていうか、普通にいいことあったし嬉しかったし……」

最初こそ勢い込んで話していた由比ヶ浜《ゆいがはま》だったが、後半に差し掛かるとこそっと顔を伏せ、どんどん声が小さくなる。ぽしょぽしょしゃべるせいで中途半端に聞こえてくるのほんとやめてほしい。プレゼントのこととか思い出してなんだかこっちまで恥ずかしくなってきましたよ！　俺もついつい顔を伏せてしまう。と、雪ノ下《ゆきのした》がぽつりと呟《つぶや》いた。

「誕生日と運のよさって関係あるかしら……」

「い、いいの！　あるの！　勝ったんだからいいじゃんもう！」

真剣な顔で小首を傾《かし》げる雪ノ下と、ふすっと不満げに言ってむくれる由比ヶ浜。二人を見てつい笑ってしまった。

確かに由比ヶ浜の言うとおりだ。過程はどうあれ、結果としては勝負に勝った。だから、それでいい。

そういうポジティブさにきっとずっと救われてきたのだ。俺も、雪ノ下も。

雪ノ下もそのことはわかっているのだろう、ふっと微笑《ほほえ》む。そして、肩にかかった髪を払うと満足げに頷《うなず》いた。

「……まぁ、そうね。勝ったのはいいことね」

「出たよ、負けず嫌い……」

思わず、苦笑いとともにそんな言葉がまろびでる。すると、雪ノ下はしらっとした目を向けてきた。

「あなたは負けるのが好きだものね」

「別に好きじゃないんですけどね……。一応毎回ちゃんと勝つ気はあるんですよ？」

と言ったものの、二人とも聞いちゃいない。由比ヶ浜に至っては納得したような息を漏らす。

「テニスとか柔道とかね……」

「……ああいうのも骨折り損というのかしらね」

雪ノ下はふーっと呆《あき》れとも疲れともつかぬため息を吐《つ》く。そういう言われ方をすると、俺もいささかむっとしてしまう。ここはちゃんと訂正するべきだ。

「いや、骨は折ってない。柔道の時は腰を痛めただけだ」

どやっとばかりに言うと、雪ノ下がむっとする。

「ものたとえでしょう、話の腰を折ってどうするの。だいたいちゃんと病院には行ったの？腰痛は癖《くせ》になると長引くし、後々に響くのよ？」

「案外心配してたんだ!?　あ、あたしもちょっとしたけど！」

問い詰めるように畳みかけてくる雪ノ下に由比ヶ浜が驚き、さらになんかしれっと便乗して付け加えた。うーん、ありがたいご助言も心配いただいたお言葉もその時にかけて欲しかったですね……。けど、まぁご心配おかけしていたのなら、ちゃんとご報告いたしましょう……。

「行ったよ。整骨院だけどな。領収書貰ってそれで体育見学を勝ち取った」

「ちゃっかり！　心配して損した！」

勝ち誇る俺に、由比ヶ浜《ゆいがはま》がうわぁと半《なか》ば引き気味に言う。いや、お前あの時、絶対大して心配してなかっただろ……。恨みがましい視線を向けていると、それを察したか、誤魔化《ごまか》すようにぺちりと手を打つ。

「けど、ああいうバカっぽいイベント楽しかったよね。なんかみんなでやるの」

「……そうか？」

バカっぽいという部分には同意だが、みんなでやるのが楽しかったかどうかは……と訝《いぶか》しんでいると、由比ヶ浜はむんと胸を張る。

「そうなの。優美子《ゆみこ》とか姫菜《ひな》とか隼人《はやと》くんとかさいちゃんとか小町《こまち》ちゃんとか、みんなで遊ぶの結構楽しかったじゃん。夏休みとかさ」

視線を遠くにやった由比ヶ浜の語り口に雪ノ下《ゆきのした》がほうと頷《うなず》いた。

「林間学校ね。楽しかったかはさておき、賑《にぎ》やかではあったわね。……誰か忘れていない？」

雪ノ下がはてと小首を傾《かし》げる。言われてみれば……、と、俺もひのふのちゅーちゅーたこかいなっと、あの千葉村にいた人を指折り数えて、思い至った。

「平塚《ひらつか》先生は……、引率だから一緒に遊んだとは言い難いか」

「……先生も結構満喫してたように見えたけれど」

むむっと眉根《まゆね》を寄せる雪ノ下の気持ちもわからんではない。うん、まぁ、あの人だいたいいつも楽しそうだからな……。あと戸部《とべ》もいたけど、戸部はいいや。戸部だし。戸部のことは俺がちゃんと覚えてるからどうか安らかに眠ってほしい。戸部が葉山《はやま》に妙なことを聞いたせいでもやっとしたことも含めて、俺だけが覚えていればいいのだ。

そうやって自分の中だけに刻んだことがあの夏はとても多かった。

その苦みは澱《おり》のようにずっと蟠《わだかま》って、しこりを残している。

鶴見留美《つるみるみ》という一人の少女を放っておくことができなかったのは、どこかで誰かと重ねていたからだ。「みんな」なんて存在も曖昧《あいまい》なくせに同調圧力だけはある強迫観念が、彼女を押しつぶそうとすることが、あるいは押しつぶしてきたことがたぶん許せなかった。

その結果がいいものだったとは決して言わない。

ただ、偽物だとわかっていながら、それでも手を差し伸べようとした彼女の姿に、俺はほんのかすかな望みを、祈りにも似た願いを抱いた。それも俺が覚えていればいいだけのこと。

けれど、思い出というのは自分の意思にかかわらず、一緒に過ごした人も共有するものだ。

だから、彼女もまた、自分が覚えていればいいと思ったことを口にするのだろう。

「花火も、楽しかったね」

夜空を見上げて、由比ヶ浜が呟《つぶや》いた。釣られて俺も振り仰ぐ。光の大輪も金紗の雨もない、真っ暗な空を。

「……花火、な」

「ちゃんと覚えてるんだ」

「まぁな、他に何かしてたわけじゃないし。なんかあった日のことは覚えてる」

由比《ゆい》ヶ浜《がはま》の口調はどこかからかうようだった。だから、俺も肩を竦《すく》めて、自虐《じぎゃく》交じりに混ぜっ返す。

そうすることで、俺たちはその共有した思い出をそっと大事にしまい込んだ。

後に残るのは、ほのかな笑《え》みと、ひそかな吐息、そして幽《かす》かな沈黙。

その一瞬の間を埋めるように、雪ノ下《ゆきのした》が大仰なため息を吐《つ》いた。

「四十日近い休みの中で数日しか記憶がないのね……」

「そんなもんだろ、気づいたら終わってたからなぁ……。というか、あれなんだよ、その後が無駄に忙しかったし」

「後期に入ると行事多かったもんね」

「ああ。……まぁ、だいたい全部あの委員長が悪いんだけど」

ふとよぎったとある人物のことを思い出して、言い方がついつい苦々《にがにが》しくなってしまった。するよ、由比ヶ浜もちょっと困ったように口元をもにゅらせる。

「うーん……ノーコメントで」

やだ！　もう由比ヶ浜さんたら優しい！　ここは普通なら欠席裁判で超弾劾、即死刑まであるのに！　などと思っていると、雪ノ下が肩を竦めた。雪ノ下も雪ノ下で俺の私見に言いたいことがあるらしい。やだ！　雪ノ下さんも優しいのかしら！　と、思ったのですが……。

「相模《さがみ》さんだけのせいでもないわ」

「あー、名前言っちゃったよ……」

「……伏せる気がまったくなかったのによく言うわね」

雪ノ下は頭痛を堪《こら》えるようにこめかみに手をやり、眉根《まゆね》を寄せて俺に一瞥《いちべつ》くれる。それに俺がわかったわかった悪かったと雑な頷《うなず》きを返すと、雪ノ下は軽い咳払《せきばら》いをして仕切り直す。

「あの時は、いろいろな要因が重なってああなったわけだし……」

彼女がぽそぽそと紡《つむ》いだ言葉はひどく抽象的で、とても大雑把《おおざっぱ》だ。けれど、他にどんな言い方があっただろう。それでも、俺たちにはそれが何を指すのか理解できてしまう。

不用意に自分の理想を押し付けていたり、あるいは軽々に人に頼ることを良しとしないがために頑《かたく》なになったり、もしくは慮《おもんぱか》ったつもりで勝手に遠慮したり、そんな様々な要因があった。けれど、そんなことを繰り返して、少しはお互いのことを知って、それなりの答えを得たのだと思う。

その答えは俺たちでそれぞれ違って、たぶん結局同じもの。

だから、それを総括するように、雪ノ下はまるで別のことを言った。

「なにより、過密スケジュールだったもの」

それに俺も由比ヶ浜も頷く。

「だね。そのあと、すぐ修学旅行あったし」

「それな。あれも結構バタバタしてたからな」

なんて、そんな言葉で流しながら、俺はそれ以上続けようとはしなかった。代わりに、由比《ゆい》ヶ浜《がはま》と雪ノ下《ゆきのした》がその後を引き受ける。

「あんまりゆっくり観光って感じじゃなかったもんね。清水寺《きよみずでら》くらい？　あとなんか鳥居が超あるとこ。名物もあんま食べてないし……。でも、映画村はなんか楽しかった！　お化け屋敷とか！」

「……それこそ忙《せわ》しないものの代表だと思うけれど」

はしゃいだ様子の由比ヶ浜に比べて雪ノ下はいささか引いた様子だ。あの時はクラスが違うから別行動だったが、たぶん一緒に行ってたとしても雪ノ下はお化け屋敷に入らなそうだな。

あんまり、そういうの得意そうじゃないもんね！　いえ、俺もまったく得意じゃないんですけどね？

「観光だって、それなりに巡ってるはずよ。竜安寺《りょうあんじ》も伏見稲荷《ふしみいなり》も東福寺《とうふくじ》も北野天満宮《きたのてんまんぐう》も、……私は他にも行ったけれど。食事だって湯豆腐とうどんすきは旅館で出たじゃない。それに行きたかった喫茶店にも行けたし」

そう語る雪ノ下の表情はほんのりと嬉しそうだ。……ああ、やっぱりあのモーニング食べた喫茶店はこいつの趣味か。しゃれたお店だったし、美味《おい》しかったから文句はないですけど……。

と、思い出し思い出ししていると、雪ノ下がぽつりと付け足すように続けた。

「あと、ラーメンとかね……」

「ラーメン？」

由比ヶ浜がはてと首を捻ると、雪ノ下がはっとして口を噤《つぐ》んだ。その間を埋めるように俺が口を開く。

「ああ。京都は有名店が多いからな。北白川《きたしらかわ》とか一乗寺《いちじようじ》とかあの辺は激戦区なんだ。俺も余裕があれば行きたかった……。高安《たかやす》、天天有《てんてんゆう》、夢を語れ……」

「は？　え、なに？」

「いいんだ、なんでもない。ただ俺が行きたかった店の名前だ。気にするな」

「う、うん……」

終始疑問符を浮かべたままの由比ヶ浜を無理やり納得させて、俺は勝手気ままに話を続ける。

「その後もなんだかんだ大変だったな。相模《さがみ》から解放されたと思ったら、今度は一色《いっしき》が問題ばっか持ってくるし……」

「あはは……。生徒会選挙も、大変だったね」

苦笑いする由比ヶ浜の横で、雪ノ下がちょっとだけ肩を落とした。それを視界の端に捉えながら、俺は少しばかり大げさなため息を吐《つ》く。

「選挙が終わったと思ったら即、あのクリスマスイベントだ。ロジカルマジカルそれあるって感じの地獄の日々だったな……」

「アレは本当に何を言ってるかわからなかったわね……。今のあなたも何を言っているか相当わからないけれど」

くすりと微笑《ほほえ》み交じりで雪ノ下《ゆきのした》が毒づく。丸まっていた背中はいつしかしゃんと伸びていた。その肩に由比ヶ浜《ゆいがはま》が肩をぶつける。

「でも、ディスティニー、タダで行けたし楽しかったよね！　パンさんグッズもいろいろ買えたし！」

「……まぁ、そうね。悪いことばかりではなかったけれど」

由比ヶ浜にへへーと笑《え》みを向けられて、雪ノ下はふいっと顔をそむけた。そんな姿を見るとこっちも微笑ましい気分になってくる。

確かに悪いことばかりではなかった。

あの時、俺たちがしたことにはちゃんと意味があったと思う。一色《いっしき》いろはに対する責任がきちんととれたかは定かではないし、鶴見留美《つるみるみ》がたどった顚末《てんまつ》も正しいものであったかはわからない。ましてや彼女の投げかけた言葉の意味など知る由《よし》もない。

けれど、少なくとも、無駄ではなかったと思う。

そんな思いがあったからこそ、静かな年の瀬を迎えることができたのだ。その温かさはおそらく俺だけではなくて、二人も同様に抱いたものなのだと思う。

だから、その時を振り返る由比ヶ浜の口調もどこか穏やかだった。

「なんか、あっという間だったね。去年はいろいろあったからかな……」

「年明けてからも充分忙しかったと思うぞ……。特にうちは、小町《こまち》の受験勉強も本格化してたからな」

学校が始まってしまうと、くだらない噂話《うわさばなし》やそれにまつわる諸々に振り回されて、始終ばたばたしていた気がする。落ち着いて過ごせたのなんて年始くらいのものだ。おかげで思い出すのも年始のことばかりで、そうすると、小町の受験のことが気がかりになってくる。

「初詣、効果あるといいわね」

「ん？　ああ。ほんとだよ……」

どうやら試験結果への不安が顔に出ていたらしい。雪ノ下に励まされるように言われてしまった。

「まぁ、こればっかりは俺が気を揉《も》んでもしょうがないからな」

気分を切り替えるつもりでそう言うと、由比ヶ浜も頷《うなず》きを返してくれる。

「そだね。……じゃあ、あれだ、全部終わったらお疲れ様会とかしよう！」

「ああ、ぜひ頼む。盛大に合格祝いしてやってくれ」

「……ええ」

「うん！」

俺が小町《こまち》の合格前提で言っても、二人ともそれに否を唱えることはせず、微笑《ほほえ》みでもって答えてくれた。本当にありがたい話だ。俺も相好《そうごう》を崩してしまう。

だが、不意に由比ヶ浜《ゆいがはま》の表情が陰った。

「あたしたちもあんまり他人事《ひとごと》じゃないんだよね」

「そうね。来年の今頃はちょうど大学入試の時期ね。それが過ぎれば……」

言って、雪ノ下《ゆきのした》もまたそっと目を伏せた。その言葉の続きは聞かずともわかる。

受験が終わってしまえば、後にあるのは卒業だ。

「一年って結構早いもんな……」

そう口にした言葉は自分で思っていたよりも、ずっと実感を伴っていた。現に、今俺たちが話していた程度の時間の重みでしかないのだ。それは共に語った彼女たちも充分に理解していることとなのだろう。

「今まで生きてきた中で一番早く過ぎていった一年だったわ」

雪ノ下が深い息とともにそんなことを言うと、由比ヶ浜がはたと手を打つ。

「それあたしも思った！　なんか、なんだろ。よくさー、大人が言うじゃん？　年取ると一年が短いみたいな話。そんな感じ！」

「まぁ、なんだかんだ忙しかったからな……。依頼だの相談だのがラッシュで来ることもあったし。それもこれも平塚《ひらつか》先生が悪いんだけど」

「言ってみれば元凶だものね」

苦笑交じりに雪ノ下が言うと、俺も由比ヶ浜も似たような表情を浮かべた。

本当だよ。全部あの人の言葉から始まったのだ。

事の始まりは、本当に些細《ささい》なものだった。たぶん、あの人の思い付きだったんじゃないかとすら思える。

そして、それがもうすぐ終わる。

結局、いつだって勝敗らしい勝敗がついたことなどなくて、いつも曖昧《あいまい》な結果ばかりで、すべては藪《やぶ》の中。

それでも、その曖昧さを排して、たとえ、まちがっていたとしても、失ってしまうとしても、俺の答えを俺たちの答えを出すのだと決めたのだ。

過去を振り返ればきりがない。この一年間を語る言葉はきっといくらでも出てくる。

それも、明るくて楽しくて、ただ笑っていられるような話ばかり。

話したいことだけを話して、話したくないことはそのままで。

本当に言いたいことは何一つ、言わずに。

恣意的《しいてき》に、意図的に。それを話さないことで、そこを気にしているのだとすぐにわかってしまう。

それは俺たち三人とも、自覚しているのだと思う。

だからこそ、会話は途切れてしまった。

一緒に過ごした時間は一年に満たない。その中で、覚えていることも忘れてしまっていることも忘れたふりをしていることもたくさんあって。

そんな昔語りの思い出話も、いずれは尽きてしまう。

過去から現在までの話をし終えてしまえば、途切れるのは必定《ひつじょう》。

なら、これから語るべきは、未来の話だ。

だからだろうか。三人ともがふっとため息にも似た息を吐いて、それきり口を噤《つぐ》んでしまったのは。

不可視で不可知、不可解にして不可逆。

見えもしない、知りもしない。わからないのに、進んでしまえばもう後戻りはできない。

そうして生まれた沈黙の中で、そっとマフラーを巻きなおす衣擦《きぬず》れの音がした。

「雪、やんだね」

由比ヶ浜《ゆいがはま》がけぶるような霞《かすみ》がかった夜空を見上げて、誰に向けるともなくそう言った。

雪ノ下《ゆきのした》は言葉を返すことはなく、薄曇りの空から透けた月光のような微笑《ほほえ》みを浮かべて小さく頷《うなず》くと、視線を上にやる。

たぶん、同じ月を見ていた。

これまでも、きっと。

近い場所にいて、似たようなものを目にして、一緒の時間を過ごしてきたのだ。

それでも、同じ答えにはおそらくならないだろう。その答えだけはまったく変わらないのだと、確信をもってそう言えた。

だから、それを口にしないために、俺たちは他のことを口にしていたのだ。

何気ない天気とか、何よりも甘ったるいコーヒーとか、あるいは、なんてことのない思い出話とか。

「私が生まれた日も雪が降っていたのだそうよ。だから、雪乃《ゆきの》。……安直でしょう？」

静かな時間が流れる中で、不意に雪ノ下が言った。どこか自嘲《じちょう》するような笑《え》みに、由比ヶ浜が柔らかな声音《こわね》で答える。

「……でも、素敵で、綺麗《きれい》な名前だよ」

由比ヶ浜の言葉は誰に賛を求めるものでもないとわかっていたが、俺は自然と頷いていた。

「……まぁ、いい名前だな」

漏れ出てしまった返事に、由比ヶ浜がちょっと驚いたように目を瞬《しばたた》き、雪ノ下はぎょっと驚いたように目を見開く。そんなリアクションをされてしまうと、なんだか無性に気恥ずかしくなって俺は視線を横へとスライドさせた。

奇妙に空いてしまった間を誤魔化《ごまか》すように缶コーヒーに口をつけて、ちびりと呷《あお》る。

実際、いい名前だと思ったのだから、ことさらに前言を否定するのもおかしな話で、俺は他てこなかった。

綺麗《きれい》で、儚《はかな》くて、どこか寂しい響きがある。不思議と冷たさや寒さといったワードは紐《ひも》づいにとるべき行動がなかった。

雪乃《ゆきの》という名前は彼女によく似合っている。

ては誤り

てこなかった。

「……ありがとう」

ぽしょりと呟《つぶや》かれた声に視線を戻すと、雪ノ下《ゆきのした》はスカートの上できゅっと手を握りしめ、顔を俯《うつむ》かせていた。はらりと流れた黒髪が、まるで御簾《みす》のようにその表情を覆《おお》い隠していたが、隙間から覗《のぞ》く頬《ほお》はほんのりと色づいている。それを由比ヶ浜《ゆいがはま》も目にしたのだろう。微笑《ほほえ》ましげな口元を緩《ゆる》ませて優しい吐息を漏らした。

そのほのかな笑い声が耳に届いたのか、雪ノ下は控えめに咳払《せきばら》いをすると顔を上げ、居ずまいをただす。

「母が、決めたそうよ。もっとも姉さんからそう聞かされているだけだけれど……」

声音《こわね》は始めこそ冷静に。だが、最後は消え入るように空へと融《と》けていった。上のほうへと向けられていた視線も下がっている。苦笑交じりの表情にはすっと影が落ちていた。

俺も由比ヶ浜も一瞬言葉を詰まらせる。

なにか、話の接ぎ穂に適当なことを言うべきだっただろうか。たとえば俺の八幡《はちまん》という名前のほうがずっと安直だとか、親父も母親も小町《こまち》の時は悩み続けたのに俺の時は即決だったとかそういうどうしようもないお為ごかしのお道化を。

あるいは由比ヶ浜に任せて、そこから乗っかればよかったのかもしれない。

けれど、俺も由比ヶ浜も沈黙を選んでいた。

言葉ではなく、吐息だけで相槌《あいづち》を打った。

雪ノ下と母親、そして陽乃《はるの》さん。

その関係性について俺たちの知っていることはあまり多くない。いや、それを言ってしまったら由比ヶ浜の家族関係にだって別に詳しいわけでは全くないし、二人だって俺の家についてよく知っているわけではないけれど。

だから、知らないのはもっと根本的なことだ。

俺は、彼女のことを、彼女たちのことを知らない。知らないから正しい答え方がわからない。まるで何も知らない頃ならいくつもの免罪符があったのだ。

知らない相手だから何かおかしいことを言ってしまっても仕方がない、知らない相手だから誤解の一つや二つは当然のこと、知らない相手だから関わらなくても当たり前。面倒ごとに行き当たりそうなら、それこそ知らんぷりを決め込んだっていい、本当に知らないわけだし。

だがそうやって無視を決め込み、無知を装《よそお》えない程度には互いのことを知っている。今更そんなふりをするのは厚顔無恥《こうがんむち》というものだ。

今の関係値にもっともふさわしい対応は結局わからない。上っ面《つら》、話を合わせて、そこそこ適当にそれっぽい共感を示し、自分も同程度のエピソードを開示し、押しつけがましくない程度の助言めいたことを口にするのはできたと思う。おそらくそれが模範解答だ。誰もが普通にこなしている至極《しごく》自然なやりとりだろう。

けれど、そんなまがい物を排したいから、俺たちはこうなっているのだ。

知らず、缶を握る手に力が入る。スチールでできた缶はへこみはしない。かわりに指先が震《ふる》えて、かすかな水音がした。

そんな些細《ささい》な音が耳に入るくらい、俺たちは黙していたのだ。

俺はゆっくりと缶を口に運んでから、残りを確かめるために軽く振った。これを飲み終えたら、話をしようとそう決めて。

そうして自分で決めたことなら俺はやらざるを得ない。これまでもそうだったのだ。流されたり、巻き込まれたり、引きずられたりしても、結局最後の判断は自分でせざるを得なかった。

それが俺の性分だ。決断力云々《うんぬん》などと褒《ほ》められることや誇ることではまったくなくて、ただの習い性でしかない。ぼっちというのはだいたい一人なので、全部一人でやることになる。いわばユーティリティプレイヤーなわけだが、別に万能なわけではないので、オールマイティにだいたい全部苦手なのだ。得意なことと言えば、自分をうまくなだめすかして納得させて諦めることくらいだろう。

ただ、今はそんな戯言《ざれごと》では自分を騙《だま》せそうにない。

ひどく正直な話をしてしまうのなら。

実のところ、俺はこの先のことについて考えることをずっと避けていたのだと思う。

逃げているという表現はあまり正しくないように感じる。避けている、というのがきっと一番近いだろう。

忌避《きひ》していると言い換えてもいい。

けして逃避ではないと思う。

現に、忌《い》ま忌ましいと、そう感じているのだから。

結局のところ、俺はありとあらゆる解答も解決も結論も求めてはいない。きっと解消されることを望んでいた。目の前の課題問題難題が有耶無耶《うやむや》のうちに雲散霧消《うんさんむしょう》する曖昧模糊《あいまいもこ》とした終わりを待っていた。

おそらくは俺たち全員がこのまま何もかもがなかったことになるのを無意識のうちに願っていたのだと、手前勝手にそう思っている。俺が彼女たちの心情を忖度《そんたく》しようなどと不遜《ふそん》にも過ぎることだが、ただそう遠くは外れていないだろう。

だって、微睡《まどろみ》のような、あるいは真綿で首を締めるような、そんなまだらに幸せと不幸せが入り混じった時間を俺たちはともに過ごしてきたのだから。

だが、それが叶《かな》わないことを知っている。

由比ヶ浜結衣《ゆいがはまゆい》は既に問いを投げた。

雪ノ下雪乃《ゆきのしたゆきの》も答える意思を示した。

では、比企谷八幡《ひきがやはちまん》はどうだろうか。

過去の俺はこんなぬるま湯のような状況を嘲笑《あざわら》うだろう。未来の俺はその答えとも呼ばない結論を許しはしないだろう。現在の俺は正しさの何たるかを知らぬまま、それでもまちがっているという実感を抱《かか》えている。

なら、おそらくはそのまちがいを是正するよう努力するのが俺のすべきこと。話を切り出すのは俺がやるべきことだった。

もう充分に冷え切ってしまった缶コーヒーを最後に呷《あお》って、俺は口を開いた。

最初に出たのはため息だけ。そして、言葉を選ぶための呻《うめ》くような声。そののちにようやくそれっぽい言葉が出てきてくれた。

「……雪ノ下。聞いていいか。お前の話」

こんな言い方で何が伝わるのだろうかと自分でも思う。

何を聞こうとしているのかさえよくわからない。

けれど、二人にはこれで充分だったようだ。この言葉には葉どころか枝葉末節《しようまっせつ》いずれも見当たらないし、なんなら幹も根もありはしない。ただ、種くらいにはなったのかもしれない。少なくとも、話をするという意志は、そしてこの停滞した関係性を前に進めるのだという意志だけはそこにあるのだから。

由比ヶ浜《ゆいがはま》はかすかに息を呑《の》んで、俺をじっと見る。その眼差《まなざ》しは覚悟を問うようだった。かたや雪ノ下は身を固くして、俯《うつむ》いている。

「……聞いてもらっても、いいのかしら」

控えめな声音《こわね》には逡巡《しゅんじゅん》の色が見える。俺と由比ヶ浜を窺《うかが》うような視線は弱々しく、躊躇《ためら》う吐息だけが後に続いた。

雪ノ下の問いかけ、いや、問いかけであったかはわからない。その言葉が俺に向けられているようには思えなかった。確かめるような呟《つぶや》きに、俺は眼差しと頷《うなず》きを返す。すると、雪ノ下は困ったように眉尻《まゆじり》を下げて、少し間を取った。

おそらくは俺と同じように、言葉を選んでいるのだろう。

そんな雪ノ下を後押しするように、由比ヶ浜がそっと寄り添った。ベンチをにじり寄って隣に座り、雪ノ下の手に触れる。

「あたしはさ……、待ったほうがいいのかなってずっと思ってたの。今までも、ちょっとずつだけど、いろんなこと話してくれたから」

由比ヶ浜は雪ノ下の肩に頭を乗せる。閉じられた瞼《まぶた》の奥、その瞳がどんな色をしているのかはわからない。けれど、子犬が甘えるような仕草は熱を与えるのには充分だった。ゆっくりと氷が融《と》けるように、雪ノ下の強張《こわば》りは解けてくる。スカートの上でぎゅっと握りしめたままだった雪ノ下の拳《こぶし》が徐々に開いて、こわごわと、由比ヶ浜の手を握り返した。

互いの体温を確かめるように手を取って、雪ノ下《ゆきのした》がゆっくりと口を開く。

「由比ヶ浜《ゆいがはま》さん。あなた、私にどうしたいか聞いてくれたわね。……でも、それがよくわからないの」

雪ノ下の声音《こわね》はどこか陶然《とうぜん》としていて、言い方も迷子の子供のようだった。静かに聞く俺たちもきっと同じような顔をしているだろう。途方に暮れる子供そのものなのだから。

由比ヶ浜が悲しそうに目を伏せる。

それに気づいた雪ノ下は気遣うように、あるいは励ますように、努めて明るく振る舞おうとしたのか穏やかな笑《え》みを浮かべた。

「けれどね、昔はちゃんとやりたいこと、やりたかったことがあったのよ」

「……やりたかった、こと?」

訝《いぶか》しんだのか、由比ヶ浜がオウム返しに問い返す。それに雪ノ下はちょっぴり誇らし気に頷《うなず》いた。

「私の父の仕事」

「ああ、……でもそれって」

言われて、思い至る。雪ノ下の父は県議で、かつ建設会社だかを営んでいると聞いた覚えがある。それについては陽乃《はるの》さんからも言われた。おぼろげな記憶をたどって言うと、雪ノ下が遮《さえぎ》るようにその続きを引き取った。

「ええ。けれど、姉さんがいるから。……それに決めるのは私じゃない。ずっと、母が決めてきたわ」

雪ノ下の声音は少し冷たくなっていた。遥《はる》か彼方《かなた》を、まるで睨《にら》むように見つめる雪ノ下に俺たちは口を挟むことをしなかった。

思い出話を語るとき、視線は遠くなるものらしい。雪ノ下は空を仰いでいた。俺もそれにつられて天を見上げる。

上空は風があるのか、薄い綿菓子のような雲が絶え間なく流れていた。月明かりに照らされて、常にふわふわと形を変えていくのがよく見えた。

もう空模様の心配はしなくともいいのだろう。雪を降らせた雲は既に遠くへと飛んで行ってしまっていて、星がいくつも瞬《またた》いている。

星々の光は何十光年も離れた遠い過去の光だ。今この瞬間、存在しているかどうかもあやふやな光、だからこそ、ことさらに綺麗《きれい》に見えるのかもしれない。手に入らないものや失ってしまったものは美しい。

それを知っているから、手を伸ばすことができない。きっと触れた瞬間に色褪《いろあ》せて朽ちてしまう。そも自分程度で摑《つか》めるものがそんなたいそうなものなはずがないと、自分で理解しているのだから。

自身の願望を過去形で語った雪ノ下も、そしてそれを聞く由比ヶ浜も、そのことをわかっているのかもしれない。

「昔から、母は何でも決めていて、姉さんを縛り付けて、私のことは自由にしていいとばかり。だから、姉さんの後ばかり追っていた。どう振る舞っていいかわからなかった……」

囁《ささや》くような声には郷愁や悔恨《かいこん》に似た響きがあり、その横顔を見つめる瞳には寂寞《せきばく》や痛恨に近しい色がある。

「……今も、わからないまま。……本当、姉さんの言った通り」

ぽつりと、小さく紡《つむ》がれる言葉。遠くを見ていた雪ノ下《ゆきのした》の視線は足元へと至る。じっと、まるでそこから一歩も動いていないことを確かめるように、綺麗《きれい》に揃《そろ》えられたつま先を見つめていた。

小さな呟《つぶや》きに俺たちはつい言葉を詰まらせた。

雪ノ下は痛々しいほどの沈黙に自分でも気づいたのか、ぱっと顔を上げて、誤魔化《ごまか》すようなはにかみ笑いを浮かべる。

「こんなこと聞いてもらったの初めて」

その笑《え》みに釣り込まれ、俺も乾いた唇から安堵《あんど》にも似た叶息を漏らして、相槌《あいづち》代わりに口を開いた。

「誰にも言ったことなかったのか」

「父と母にはそれとなく言ったことがある、と思うけれど……」

考えるような仕草。そうして振り返るほどには昔のことなのだろう。思い出し思い出ししていた雪ノ下だったが、それを打ち切って小さくかぶりを振る。

「でも、まともに取り合ってもらった覚えはないわ。その度にあなたは気にしなくていいって言われてきたから。……跡を継ぐのは姉さんで決まっていたからなんでしょうけど」

「陽乃《はるの》さんには？」

「……言ったことはないと思う」

由比ヶ浜《ゆいがはま》の問いに、雪ノ下はそっと顎《あご》に手をやり小首をかしげる。そして、苦笑した。

「あの人、ああいう性格だから」

「ああ、なるほど……」

妹である雪ノ下から伝え聞く話でも、幼馴染《おさななじ》みである葉山《はやま》からこぼれ聞いた印象でも、雪ノ下陽乃という人はおよそその手の話、例えば将来だとか色恋沙汰《ざた》だとか夢だとか希望だとかそうした相談をするのに不向きな人だ。

きっと関係のない他人相手であれば表向きは親身に、しかし、けして押しつけがましくない程度で一般的観念に照らし合わせて的確な助言をくれるだろう。もしくは、上手に相槌を打って共感して見せ、その場限りの満足感を与えてすっきりさせてくれるかもしれない。あの人はそれくらいのことは簡単にやってのける。

だが、それがこと身内となるとまるで違う対応になるであろうこと請け合い。笑うからかう茶々を入れるは当たり前、仮に悩みが解決に至っても後々いじりほじくり蒸し返して一生おもちゃにされるだろう。かつて葉山隼人《はやまはやと》がそんなことを言っていた。

経験則として、彼も彼女もそれを知っているのだろう。だから、これまで雪ノ下《ゆきのした》は陽乃《はるの》さんにその手の話をしなかったのかもしれない。

まぁ、俺も進路や将来の話をわざわざ改まって自分から家族に話したりはしない。幸か不幸かは知らないが、これまでの人生の中で、自分の裁量を超える大きな選択を迫られることもなかった。

だが、そのせいで、家の話と言われても今一つピンと来ていないことも確かだ。うちに何か家業があれば、共感できたのかもしれないが、生憎《あいにく》といわゆるサラリーマン家庭に育ったおかげでそうした話とは縁遠い。

それは由比ヶ浜《ゆいがはま》も同じなのか、彼女もいささか浮かない顔をして、俯《うつむ》いた。

俺たちの反応をよそに、雪ノ下は小さな吐息を漏らす。

「でも、ちゃんと言うべきだったんでしょうね。それが叶《かな》わないとしても……。たぶんきちんとした答えを出すのが怖くて、確かめることをしなかったの」

雪ノ下の声音《こわね》には懐古《かいこ》が滲《にじ》んでいる。あるいは、後悔と呼ぶべきなのかもしれない。どちらにしろ、取り返しのつかない過去のことだ。

けれど、彼女の瞳はちゃんと前を向いている。

その視線の先にいるのは由比ヶ浜と、そして俺だ。

「だから、まずはそこから確かめる……。今度は自分の意志でちゃんと決めるわ。誰かに言われたからとかではなく、ちゃんと自分で考えて納得して、……諦めたい」

小さな吐息と静かな微笑。

穏やかな声音で、諦めたい、と、雪ノ下は確かにそう言った。

雪ノ下の中にあるのはこれまでもずっと諦観だったのだろう。ただ、それが確定されなかったからそのまま抱きしめ続けていたのだ。

箱の中身は開けてみるまでわからない。その時が来るまで、観測されるまで、結果は決まらない。それでも、観測者が諦念を抱いたときに、それはちゃんと終わる。

一つの結果に収束されるのだ。

「……私の依頼はひとつだけ。……あなたたちに、その最後を見届けてもらいたい。それだけでいいの」

雪ノ下は首元のマフラーにそっと手をやり、瞼《まぶた》を閉じる。それは寒さを堪《こら》えるためではなく、襟《えり》を正す姿のように見えた。訥々《とつとつ》と、一言一言を丁寧《ていねい》に、まるで神前にでも誓うかのように彼女は言う。

「ゆきのんの答えは、それ、なのかな……」

ぽつりと、由比ヶ浜が口を開く。それは問いかけているようだったが、俯いた視線が雪ノ下を捉えることはない。

けれど、雪ノ下《ゆきのした》は由比ヶ浜《ゆいがはま》へまっすぐに瞳を向けた。

「もしかしたら、違うのかもしれない……」

苦笑にも似た微笑《ほほえ》みを浮かべ、そっと由比ヶ浜の手を握る。すると、由比ヶ浜が顔を上げた。

「だったらさ……」

言いかけたが、雪ノ下と目が合うと、由比ヶ浜は声を詰まらせた。後に続くはずだったろう言葉は消えていく。

俺も声を失った。息をすることさえ忘れていたかもしれない。

それくらい、雪ノ下の微笑は綺麗《きれい》だった。

梳《くしけず》ったような長い黒髪がはらりと流れ、白い細面が露《あら》わになると、水晶のように澄んだ双眸《そうぼう》が俺を捉える。

その視線は揺れることも惑うこともせず、ただただ俺たちを見つめていた。吸い込まれそうなほどに深い蒼《あお》色に、嘘《うそ》は一つもないように思えた。

「けれど、私は……、私が自分でうまくできることを、証明したい。そうすれば、ちゃんと始められると思うから」

淀《よど》みのない言葉だけではなくて、しっかりと握った手にも、外されることのない眼差《まなざ》しにも、ぴんと伸びた背筋にも、迷いは見受けられない。

「ちゃんと、始める……」

ぼうっと熱に浮かされたような表情で呟《つぶや》いた由比ヶ浜の言葉に、雪ノ下が頷《うなず》く。

「ええ。一度実家に戻って、きちんと一から話をしてくる」

「……それが答えでいいんだよな」

そう口にした俺の言葉は、たぶん、問いかけではなかったと思う。相手に向けて言うことのできない言葉なら勝手な独り言と変わらない。

けれど、雪ノ下は耳に届いた呟きをしっかりと受け止めた。軽く握った拳《こぶし》を膝に置いて、静かに口を開く。

「どんなに時間が経っても、諦めきれていないから……、だから、たぶんこれは私の本音なんだと思う。……それは間違いではないと思うのだけれど」

言い終えて、雪ノ下はちらりと俺を窺《うかが》うような視線を送ってきた。

その言葉には納得のできる部分が、あるいは俺が共感できる部分がある。

どれだけ時が経っても変わらないのなら、どれほど捨てておいても色褪《いろあ》せないのなら、それを本物と呼ぶことに抵抗はない。待って、擲《なげう》って、壊れてしまう偽物とは違う。

顔をそむけて、目を逸《そ》らして、見て見ぬふりをして、忘れ去ろうとしても、それでも消えてくれないなら、それをして本当の願いと言っていいはずだ。

それが彼女の望んだ結末なら、俺に言うべきことはない。

俺がこだわっていたのは一点だけだ。

雪ノ下雪乃《ゆきのしたゆきの》が自分で選んで、自分で決めること。

誰かの意思や思惑や、同調圧力や空気や雰囲気《ふんいき》で決められていいことではない。それがたとえ、何かを崩すことであったとしても、彼女の尊さや気高さを奪っていい理由にはならない。

誰かの求めに応じるのではなく、心からの言葉をこそ、望む。

「いいんじゃねぇの、やってみたら」

どこか自信がなさそうな眼差《まなざ》しに、軽く顎《あご》を引いてそう言った。すると、雪ノ下はほっと胸を撫《な》で下ろす。

「うん、わかった。……それも、答えだと思うから」

黙って雪ノ下の横顔を見つめていた由比ヶ浜《ゆいがはま》はすっと視線を外し、足元に目を向けた。そして、確かめるように何度もゆっくり頷《うなず》いた。

「ありがとう……」

静かに呟《つぶや》いて、雪ノ下は頭を下げる。だから、彼女がどんな表情をしていたかはわからない。おそらくはずっとわからないままだ。たとえそれを目に捉えていたとしても、きっとすぐに忘れてしまっただろう。

それくらいに、再び顔を上げた雪ノ下の表情は晴れ晴れとしていたから。

俺にも由比ヶ浜にも、それ以上何かを言わせる間を与えず、雪ノ下はぱっと立ち上がる。

「そろそろ行きましょうか。さすがに冷えてきたわ」

そう言って、雪ノ下は一歩踏み出した。向かう先はこの公園の出口、そして、彼女の住む部屋だろう。

いまだ動けずにいた俺たちに、雪ノ下は振り返った。

流れる黒髪も、はためくスカートも、揺れるマフラーも、その立ち姿そのものが美しく、だから、近づくことを躊躇《ためら》わせる。

けれど、見届けると約束した。

だから、俺もまた彼女のいるほうへと歩みだす。

たとえ悔いるとしても、せめてそこに嘘《うそ》のない言葉がありますように。誰に祈るともなく、そう願いながら。

2

こう見えて、雪ノ下陽乃は酔っていない。

これまでにもここへ来たことがある。

双子《ふたご》のようによく似た建物。ツインタワーの高層マンション。

そのうちの片方、雪ノ下《ゆきのした》が住むマンションの一室がその上層階にある。

以前、訪れたのは文化祭の折、雪ノ下が体調を崩して学校を休んだときだった。

その時、彼女は一人きり、その部屋にいた。そこへ俺と由比ヶ浜《ゆいがはま》がやってきたのだったか。

それ以来、俺がここへ来たことはない。

しかし、由比ヶ浜はそれ以前もそれ以降も何度となく来ているはずだ。そうした慣れもあるのだろうか、エントランスの自動ドアを抜けても、由比ヶ浜は終始落ち着いた様子で雪ノ下の隣に立っている。

俺はといえば、なんだか落ち着かない気分でそわそわきょろきょろしていた。いや、だって女の子の家って緊張しちゃうし……。まぁ、まだマンションのエントランスなんですけどね！　踏み入る前から圧があるとか女子の家やばい。もはやラストダンジョン過ぎて出会いを求めるのは間違ってると思う。

他に人の姿もないマンションのエントランスは森閑としていた。その静けさたるや、俺が芭《ば》蕉《しょう》なら岩に染み入るまである。なんなのその芭蕉、アンジェロなの？

耳に届くのは息遣い、戸惑うような吐息くらいだった。エレベーターホールへと続く自動ドアもまた静かに閉ざされている。

透過度の低い擦りガラスは建物の外装と合わせた橙《だいだいいろ》色の合板で彩られ、その先を見通すことはかなわない。

ドアへちらりと視線をやると、雪ノ下は鞄《かばん》から鍵《かぎ》を取り出す。

しかし、それがインターホン集合機に差されることはない。ただ数度、ちゃりっと鍵を鳴らした。

ここには雪ノ下が一人で暮らしているのだから、本来躊躇《ためら》うようなこともないはずだ。だが、今は彼女の領域に他者がいるのだ。

どういう経緯があって、雪ノ下がここで一人暮らしをしているのかは知らない。今まで聞く機会それ自体はあっても、俺が踏み込んで尋ねることはしなかった。

おそらくこの先も強《し》いて聞くようなことはないだろう。

興味が欠落しているわけではなく、欠けているのはもっと別のものだとは思う。端的に言ってしまえば、聞き方を知らない、聞くべき適切なタイミングがわからないという問題によるものだ。

プライベートな事柄に触れることに対して、いつも怯《おび》えに似た感情を伴って生きてきた。どこに地雷が埋まっているかなんてわからないのだから。

何の気なしに言った一言が誰かを深く傷つけることを俺は経験則で知っている。例えばバイトの面接で「彼女いるの?」とか、あるいは相手に悪気がない言葉であったとしても聞き方やタイミングによってはかなりのダメージを負うものだ。まーた俺の話をしてしまったのか……。いや、俺のことはどうでもよくて。要するに、開示されていない情報に触れることは常にリスクを孕《はら》んでいるという話だ。

けれど、今はひとつだけ、雪ノ下《ゆきのした》に聞けることがあった。互いに共有した情報であれば、それを土台に話の口火を切ることはできる。

「……あの人、まだいるのか」

「……たぶんね」

わざわざ名前を出さずとも、充分に伝わる。あの人が、雪ノ下陽乃《はるの》がこのマンションで待つと確かに言っていた。

雪ノ下はやや弱々しい微笑《ほほえ》みを浮かべて答えると、手の中でちゃりっと鍵《かぎ》を鳴らす。どうやら踏ん切りがついたらしい。ようやくそれをインターホンの鍵穴へと差した。

だが、その鍵が回るより早く、自動ドアはすっと音もなく開いてしまった。

「ありゃ、雪乃《ゆきの》ちゃんだ」

素《す》っ頓狂《とんきょう》な声が弾み、軽やかな足音が響く。

開いた扉の先にいたのは雪ノ下陽乃だった。エレベーターホールから差し込む照明が、まるでスポットライトのように、彼女の姿を照らし出す。

「……姉さん」

きょとんとした顔とぽかんとした顔が互いを見つめていた。そうしていると、この二人がよく似た姉妹であるのだと改めて気づかされる。いや、顔の造作それ自体が似ているのは重々承知。俺の個人的主観趣味嗜好《しこう》を抜きにして一般論で語ってもそっくりな美人姉妹なのだ。ただ、普段は受ける印象がまったく違うせいで、異なった種類の美しさを俺が勝手に見出《みい》だしているだけのこと。

けれど、今この瞬間はそうしたいつもの感想を飛び越えて、素直によく似ていると思った。驚いて小さく口を開け、目をぱちくりする姿はまるで合わせ鏡のようだった。

だが、その鏡像はすぐに壊れてしまう。

「おかえり〜」

調子っぱずれに軽いノリでぺしぺしと雪ノ下の肩を叩《たた》く陽乃さんの表情が常よりもずっと柔らかな印象だったせいかもしれない。

見れば、服もいつものしゅっとした感じではなく、むくむくもこもこふわふわしている。たぶん部屋着なのだろう。その上から腕を通さずに軽くコートを羽織り、足元はサンダル履き。

「ちょっとそこまで」と言わんばかりにラフな格好だった。

そのうえ、髪はしっとりと潤《うるお》っていて、頰《ほお》は上気したように朱に色づいている。大きな瞳はいつもなら鋭い印象があるが、今はどこかとろんと眠たげに見えた。

普段と様子が違うことには雪ノ下《ゆきのした》も気づいているようで、怪訝《けげん》そうに眉《まゆ》を顰《ひそ》めた。

「……飲んでるの？」

「まぁ、ね。ちょっとだけ」

問われて、陽乃《はるの》さんは親指と人差し指で虚空を摘《つ》まむジェスチャーをしてみせる。その仕草と裏腹に、柔らかく綻《ほころ》んだ口元から結構な量を呑《の》んだであろうことが窺《うかが》えた。思わず、俺も雪ノ下も由比ケ浜《ゆいがはま》もしらっとした目で陽乃さんを見てしまう。

すると、さすがにばつが悪くなったのか、陽乃さんは小さく咳払《せきばら》いをした。

「それより、帰ってきたってことは」

「……ええ。姉さんに話があるから」

切り出されたその言葉の続きを雪ノ下が引き取る。表情に緊張や硬さはなく。それを見て取って、陽乃さんはふっと短い息を吐く。

「そ」

興味なさげなそっけない一言だけを漏らすと、もう上へと昇ってしまったエレベーターへ目を向ける。

「……とりあえず、あがる？　こんなところで話も何もないでしょ」

「あ、いや、俺ら全然帰りますよ。ただ送ってきただけだし」

「は、はい……。それにどっか行くつもりだったんじゃ」

出し抜けに言われた言葉に俺も由比ヶ浜も戸惑い交じりに答えた。さすがにごく個人的にすぎる問題に、無遠慮に踏み入るわけにはいかない。だが、陽乃さんは俺たちの反応を気にもかけず、由比ヶ浜の背中をぐいっと押した。

「いいのいいの。ちょっとコンビニ行こうと思ってただけだから」

「あ、あの……」

困り顔で言いつつもぶいぶいぐりぐり押されてしまえば足を進めるしかない。雪ノ下も当惑してため息交じりながら、陽乃さんと由比ヶ浜二人についていく形でそのままエレベーターホールへと向かった。

陽乃さんはエレベーターが来るまで鼻歌交じりでボタンを連打する。いや、それ連打しても早く来たりしないから……。なんなら機種によってはキャンセルされるまである。

そうした仕草が、陽乃さんをいつもよりちょっと幼く感じさせた。陽乃さんはお酒に強いものだと勝手に思っていただけに、ふらふらしている姿が意外だ。

ようやく戻ってきたエレベーターに乗り込んだものの、この狭い空間はいささか気づまりだ。ただ一人楽しげな陽乃さんを除いて、俺たちはじっと、刻一刻と変わる階数表示に視線を注いでいる。沈黙とともに、重力がずっしりと肩にのしかかってくる気がした。

そんな気まずい空気を気にしたのか、由比ケ浜《ゆいがはま》が陽乃《はるの》さんに話しかける。

「お家で飲んでたんですか？」

「んー？　違う違う。外で飲んでたの。で、酔い覚ましにシャワー浴びたんだけど……、お酒飲んだ後って甘いもの欲しくなるじゃない？」

ね？　と確認するような視線を俺へと投げてくる。

「いや、知らないですけど……」

そんな当たり前みたいに言われても。未成年なんですよね、ぼくたち……。と、そのことには陽乃さんも思い至ったのか、ふむと首を捻る。

「そっか。まぁ、みんなも飲むようになったらわかるよ」

「ええ……、なにその鬱陶《うっとう》しい大学生みたいな発言……」

「お、なんか生意気」

言って、陽乃さんは俺の耳を摘《つ》まむ。さっきまで寒い外にいたせいでじんじんしている耳に新たな刺激が加えられた。ら、らめっ！　耳は弱いから！　それに、吐息にうっすら酒精の香りが漂ってるし、シャンプーもいい匂いだからもうほんとダメ。エレベーターの中ってなんでこんなにいい匂いが残るのん？

「飲みたくなるし、食べたくなるの」

ぽしょりと呟《つぶや》いた声音《こわね》は聞こえても聞こえなくても構わないくらいの大きさだった。それに返事をするべきか悩む間もなく、エレベーターは雪ノ下《ゆきのした》の部屋がある階へとついていた。

×　×　×

ゆっくりとノブを回す雪ノ下に続いて、玄関へ入る。

雪ノ下の住むマンションの間取りはおそらく3ＬＤＫだ。以前に来た時はリビングまでしか立ち入ったことがないが、結構な広さがあったし、廊下から主寝室であろう部屋のドアを見た覚えもある。

だが、前に来た時となにかが違う、そんな印象を受けた。

玄関から廊下、リビングに至るまで、目に入る箇所についてはどこも綺麗《きれい》に片づけられているし、インテリアが変わったわけでもない。

ただ、雪ノ下だけはその違和感の正体に気づいているようだった。

雪ノ下がちらとソファ脇のサイドボードへと視線をやる。つられて見れば、そこにあるのは揚げパスタみたいなやつだ。由比ヶ浜の部屋でも似たようなのを見たことがある。確かルームフレグランスとかって総称されるものだ。

改めてまじまじと見てみれば、プリッツみたいな木の棒が瓶に立てられている。ほーんと思って、眺めてみると瓶の底には薬液っぽいものがたぷたぷ入っている。これが香りのもとで、揚げパスタが吸い上げて香りを拡散する、とまぁたぶんそんな感じなんだろう。

ふわりと香るフレグランスはフローラルノート。甘くて華やかで、されどどこかに優雅さを窺《うかが》わせる。

ただ、本来なら落ち着くであろうはずの香りが、今は不穏に揺れている。

あの時には感じなかった異物感が鼻につく。他者の存在があることを雰囲気《ふんいき》で語っている。

雪ノ下陽乃《ゆきのしたはるの》の滞在は、かすかな影響を残していた。

ああ、これが違和感の正体か。

あまり雪ノ下のイメージにはない香りだから気にかかったのだろう。おそらく、このフレグランスは陽乃さんが持ち込んだものだ。ひどく手前勝手な印象だけを言うならば、雪ノ下は清潔感や清涼感を抱かせるミントやサボンのほうがイメージに近い。

実際、雪ノ下本人もあまり好みの香りではないのか、雪ノ下は軽く顔をしかめる。なわばりを荒らされた猫のようにちらちらとそのルームフレグランスに視線を送りながらも、キッチンへと回り、お湯を沸かし始める。来客用に紅茶を淹れてくれるようだ。

不機嫌そうな雪ノ下をよそに、陽乃さんは上機嫌だった。鼻歌交じりで冷蔵庫を開けると、ボトルとシャンパングラスを手にし、うきうきスキップでソファにダイブ、そしてごろーんと寝転んだ。

ボトルとグラスをサイドチェストに置くと、もこもこのショートパンツから伸びる長い脚を投げ出して、気持ちよさそうに伸びをする。

そのしどけない姿についつい視線がいきそうになるのをぐっと堪《こら》え、所在なく視線を彷徨《さまよ》わせていると、陽乃さんが手招くようにひらひらと手を振った。

「ま、適当に座って」

「なぜ姉さんがしきるの」

呆《あき》れたようにため息を吐《つ》きながら、雪ノ下がリビングへ戻ってくると、手にした紅茶をローテーブルに準備した。

用意されたカップは四つ。そのカップの位置で俺たちもだいたいの居場所を見つけることができた。

陽乃さんも目の前に置かれたカップに手を伸ばし、それをくいっと飲んでぷはっと満足げな吐息を漏らすと、今度はグラスに手酌《てじゃく》でシャンパンを注ぐ。その姿を、由比ヶ浜《ゆいがはま》が興味深そうに眺めていた。

「ワイン？　ですか、それ？　よく飲むんですか？」

「なんでも飲むよ。ビールもワインも日本酒も紹興酒もウイスキーも」

「はえ～。かっこいい。なんかお酒に詳しいのかっこいいですね！」

由比ヶ浜の言葉に陽乃さんはふふっと笑う。

「それが全然詳しくないのよね。それなりのお店行くと、だいたい何でも美味《おい》しいからその時に気分とか好み伝えてお任せしちゃうの」

なにそれ、逆に通っぽくてかっけぇ……。

あれですもんね、なんか語り始めちゃうパターンってちょっとイキっちゃってる感じしちゃいますもんね。森伊蔵《もりいぞう》とか魔王《まおう》とか獺祭《だっさい》とかその辺の名前挙げてイキりはじめるお酒覚えたて大学生の鬱陶《うっとう》しさは異常。

その点、陽乃《はるの》さんのお酒の選び方はある意味スマートだと言える。

蘊蓄《うんちく》垂れ流して講釈ぶちながら飲む人って面倒くさいよね。やたらにベルギービールを持ち上げて日本のドライビールを否定する輩《やから》とかね。こういう社会人二年目にありがちな症状を社二病というぞ！　なんで僕たち男の子は聞かれてもいない蘊蓄を語りたくなってしまうんでしょうね……。しょうがないね、それが男子流のマウンティングだから。

が、まったく知識がないというのも少々寂しい。たとえば……。

「ソムリエ、ソムリエだ！」

「適当な知識で物言うなよ……」

わーっときらきらお目々なガハマちゃんみたいに語彙力《ごいりょく》死んじゃってる子もちょっとどうかなと思います。最近の若者の語彙力のやばさはもうやばいっていうかマジやばいよね。ありえんやばみが深い。

　しかし、お酒の効果というのはなかなかに侮れない。まぁ、飲みニケーションなんてのたまう連中も世の中にはいるわけで、そこに一定の効用を認めることはできるだろう。例えば、死ぬほどどうしようもない暴言を吐いたりしても、お酒のせいにしておけばセーフみたいな風潮もある。ねぇよ。言われたほうは絶対忘れねぇからな。

　ともあれ、今この瞬間においては、陽乃さんが酔っているおかげでいつもよりは接触するハードルが低くなっているのは確かだ。

　おかげで、由比ヶ浜《ゆいがはま》もいくらかとっつきやすく感じているのか、陽乃さんとの距離が近いように感じる。

　シャンパングラスをくるりと回して、立ち上る芳香を楽しむと、陽乃さんはくいっと呷《あお》る。その仕草はなかなかどうして様になっている。それを見る由比ヶ浜もはぁっと嘆息した。

「わー、なんかかっこいい……」

「……かっこいいか？」

　いやまぁ、陽乃さん自体はかっこいいけど、これを手放しに褒《ほ》めてしまうのもどうなんですかね……。酒を飲むことがかっこいいことなら、中山《なかやま》競馬場付近にたむろってるなぜか前歯のないおじさんたちもかっこいいことになっちゃうね？　小岩《こいわ》とか葛西《かさい》で真っ昼間から飲んでるおじさんたちもイケメンだね？

　が、由比ヶ浜はお酒にだらしない残念な大人たちの姿などイメージにないのか、陽乃さんの姿にきらきらした尊敬の眼差《まなざ》しを向けている。

「なんか、女の人でお酒飲める人ってかっこいい！」

「お前、その考え今すぐ捨てろ……」

んもう！　そういうのすっごい心配になっちゃう！　大学とか行っても入るサークルはちゃんとしたとこ選んでね！　お兄さんとの約束だよ！

とはいうものの、由比ヶ浜《ゆいがはま》の言うかっこよさについて一定の理解はできる。どこかでそういう、オトナ的なものへの憧れを俺たちはたぶん持っている。

酒や煙草《たばこ》は大人だけが嗜《たしな》むものと社会が規定しているから、憧れているだけなのかもしれない。そうしたアイテムを手にすることで、大人になったという承認を、イージーでインスタント、かつコンビニエンスに味わうことができる。

けど、身近にお酒にだらしない人がいたりすると、そうした印象はあまりない。……うちとかね、親父がべろんべろんで帰ってきたりとか、取引先との飲み会でよく脱ぐとか聞かされると、なんだかなぁ……って感じになっちゃうよね。

と、そんなことを思うと、つい乾いたため息が出てきてしまう。

そのため息がもう一つ重なる。見やれば、またぞろキッチンへと行っていたのだろう、ミネラルウォーターのペットボトルを持った雪ノ下《ゆきのした》が戻ってきていた。そのペットボトルを陽乃《はるの》さんに渡し、シャンパンボトルと交換しようと手を差し出す。

「お酒を飲む行為がかっこいいのではなくて、節度と良識をもって楽しむことができる品格を持ち合わせていることがかっこいいのよ」

「そうそう、わたしのように」

しかし、陽乃さんはふふんと笑うと、酒瓶をきゅっと抱きしめて引き渡しを拒否する。それに雪ノ下は呆《あき》れ顔で腰に手をやった。

「まだ飲むの？」

「飲みたい日くらいあるの。それに、お酒は人生の潤滑油だよ」

「……トラブルのもとになるほうが多いと思うけれど」

そうそう、潤滑油って自称するものにろくなのはいない。就活の面接でも、自分をものに例えて潤滑油って言い出したらもうそれ絶対不採用。会社はいつだって歯車を求めてるからね！

けれど、たまにはいるのだ。潤滑油並みにぬるぬると、あるいはさらさらといろんなものを受け流してしまう人が。

実際、陽乃さんは雪ノ下の小言などどこ吹く風でするりと躱《かわ》すと、さらにもう一口、シャンパンを呷《あお》る。

「大丈夫、ちゃんと話は聞くから」

そう言った声音《こわね》には酔った様子などなく、確かな落ち着きがあった。それは雪ノ下にもわかったのだろう。陽乃さんが受け取らなかったペットボトルを引っ込めて薄い笑《え》みを浮かべた。

「……そうね、素面《しらふ》でもまともに話を聞く人ではないし」

「そのとーり」

冗談めかしてくるりくるりとグラスを回すと、薄い硝子《ガラス》を透かすようにして雪ノ下《ゆきのした》へと視線をやった。淡い黄金色のフィルターを通しても、その瞳の鋭さはいささかも和《やわ》らぐことがない。

「それで？　話ってなーに？」

軽い調子でそう言って、細い指先でグラスの淵《ふち》をぴんと弾く。それはとても静かで綺麗《きれい》な響きなのに、まるで薄氷を踏むような寒々しさがあった。後に続くのは、囁《ささや》くようにしゅわりしゅわりとゆっくり弾けていく泡の音だけだ。

残響がすべて消え失《う》せてしまうまでのわずかな時間。それは余人の介入を許すものではなく、俺も由比ヶ浜《ゆいがはま》も声の詰まった吐息を漏らすことしかできない。

俺たちは、確かに言われたのだ。見守っていてほしいと。だから、何一つ、ただ一言さえも口にすることはなく、ただ彼女の言葉を待って、視線を彷徨《さまよ》わせ、互いの視線が不意にぶつかっても不自然に逸《そ》らして、最終的には雪ノ下の口元へと目を向ける。

その間、雪ノ下は黙って、陽乃《はるの》さんの眼差《まなざ》しを受け止めていた。言葉を選ぶように慎重に口を開き、それを閉じる。

息を吸ったのか吐いたのかもわからないほどに小さな動きだった。

けれど、躊躇《ためら》いらしきものを見せたのはその一瞬だけ。

雪ノ下は口元に幽《かす》かな笑《え》みを湛《たた》えると、引き結んだはずの口をゆっくりと開いた。

「私たちのこと。……これからの私たちについて」

その声音《こわね》は凛《りん》として涼やか、けして大きな声ではないのに、不思議と部屋に響いているように思えた。あるいは、彼女の眼差しがそう錯覚させたのだろうか。けして逸らすことなく、まっすぐに向けられた瞳が聞く者の心を揺らしたのかもしれない。

それは陽乃さんとて例外ではなく、感心したような声を出す。

「それをわたしにも聞かせてくれるんだ」

「ええ。……私と姉さん、それと母さんの話だから」

その言葉を聞きとがめて、陽乃さんは目を細めると、軽く小首を傾《かし》げた。一瞬考えるような間を取ったが、やがて得心が行ったのか、落胆したように肩を竦《すく》める。

「……ああ。そっちか。わたしが聞きたい話じゃなさそうだね」

そして、ため息をひとつ吐《つ》くと、ついっと視線を動かした。

「ね？」

同意を得るように、そう言葉を投げかけた先には由比ヶ浜がいる。その視線に由比ヶ浜が身を強張《こわば》らせた。

だが、それを遮《さえぎ》るように、雪ノ下がすっと体を前に出す。

「それでも聞いてもらいたいの」

強い意志のこもった声だった。トーンこそ平素と変わらず、ボリュームも決して大きいわけではなく、テンポだって速くはない。

だからこそ、そこに決意を見て取れる。

迷いも惑いも、ましてや間違いなどあるはずもない、雪ノ下雪乃《ゆきのしたゆきの》の言葉は、確かに陽乃《はるの》さんを揺らした。

それまでずっとソファに肘《ひじ》をついて、もたれていた体をゆっくり起こすと、手にしていたシャンパングラスをサイドボードへ置いた。その仕草だけで、雪ノ下の言葉の続きを促《うなが》す。

「だから、実家に戻るわ。そこで私の将来の希望について、母さんにちゃんと話をしておきたい。……それが叶《かな》わないにしても、悔いを残さないように」

そこまで言って、雪ノ下は一度言葉を区切った。

長い睫毛《まつげ》はそっと伏せられ、震《ふる》える吐息が漏れる。細い肩が揺れて、艶《つや》やかな長い黒髪がさらと流れ、雪ノ下の顔を隠してしまった。

その表情を窺《うかが》い知ることができないまま、それでも、雪ノ下の言葉は続く。

「これは……せめて、これだけはちゃんと言葉にして、納得できるようにしたい」

そう言って、髪をかき上げる。

露《あら》わになった白い細面に浮かぶのは穏やかな微笑。

その表情を見て、思わず息を呑《の》んだ。俺だけではなく、たぶん由比ヶ浜《ゆいがはま》も。

それくらい、雪ノ下の佇《たたず》まいは美しかった。鮮やかな決意が滲《にじ》んだ瞳は蒼《あお》く澄んで、はにかむように綻《ほころ》んだ頬《ほお》は薄い朱に色づいて。

だからだろうか。彼女の言葉に誰も返すことができなかったのは。

ただ一人、陽乃さんだけが嘆息にも似た吐息をこぼした。

それにつられて視線をやって、また俺は息を詰まらせた。そこにあるのは、雪ノ下の微笑《ほほえ》みによく似た表情。

艶やかで優しくて柔らかな微笑み。なのに、どこか冷たい。

「そっか。それが雪乃ちゃんの答えなんだ」

陽乃さんはふっと優しく笑《え》むと、柔らかな声で口にした。

雪ノ下はそれに無言で頷《うなず》きを返す。ただ、陽乃さんは相変わらず冷たいままの視線で、しばらく品定めするような眼差《まなざ》しを向けていた。それでも、雪ノ下の姿勢が小動《こゆるぎ》もしないのを見て、短いため息を吐《つ》く。

「ま、いっか。少しはマシになった」

独り言のように言うと、陽乃さんはまたひょうひょうとした様子でグラスに手を伸ばした。残っていたシャンパンを一息に呷《あお》ると、空になったグラスを自分の目線へと掲げた。

陽乃さんの視線の先、曲がった硝子《ガラス》が映す視界に何が映っているとも知れない。ただ、淵《ふち》から一筋、つっと水滴が伝っていく。

それを満足げに見つめて、陽乃《はるの》さんはうんと小さく頷《うなず》いた。

「言いたいことはわかった。雪乃《ゆきの》ちゃんが本気なら、わたしも協力してあげる」

「……協力？」

引っかかりを覚えたのか、雪ノ下《ゆきのした》が怪訝《けげん》な視線を向けた。それに陽乃さんはにこっと笑って返す。

「そ」

端的に短い返事で肯定したものの、雪ノ下の表情は晴れない。それは俺も同じだ。雪ノ下陽乃という人間の一端を知った身としては、彼女の言葉を額面通りに受け取ることなどできない。だから、差し出口と知りつつも、つい口を挟んでしまった。

「……あの、具体的には？」

「お母さんだって簡単には方針変えないだろうから時間をかけて話す必要があるでしょ？　だから、どっかのタイミングでわたしも口添えしてあげる」

俺の問いかけに、陽乃さんは冗談めかしたウインクを交えて答えた。確かに陽乃さんの言うように、雪ノ下の母親はそうそう意見を翻《ひるがえ》したりはしないだろう。別に深く話したわけでも長く知るわけでもないが、傍聞《かたえぎ》きに耳にした雪ノ下との会話を鑑《かんが》みれば、それくらいの想像は俺でもつく。ごく個人的な印象だけでいえば、あの人は他者の意見を必要としないタイプの人間に思える。

あの人の言葉は娘へと向けられているようで、その実、自分自身に向いている気がした。もし、普段のやり取りからしてあんな感じなのだとしたら、雪ノ下一人きりで話をしても、碌《ろく》な会話にならないのではないだろうか。

その頑《かたく》ななイメージは出会ったばかりの頃の雪ノ下の印象に近く、そして、聞いているようで受け流してしまう姿は陽乃さんにも重なる。さすが親子、と言うべきなのだろうか。

であるならば、姉である陽乃さんのほうが母との付き合い方には一日の長があるはずで、この助勢にもいくらかの意味はあるかもしれない。

と思っていたのだが、陽乃さんは不意にくすっと噴《ふ》き出した。

「って言っても、それが効果あるかどうかはわかんないけどねー」

自分で言ったことをけらけらと笑い飛ばして、酒瓶を逆さにすると、空になるまでグラスに注いだ。頼りになるのかならんのかさっぱりわからんな、この人……。

笑いを収め、グラスの中身も胃に収めると、陽乃さんは打って変わって真剣な眼差《まなざ》しで雪ノ下を見た。

「でも、しばらくここには戻らない気でいたほうがいいよ」

「……でしょうね」

「え？」

由比ケ浜《ゆいがはま》が虚を突かれたような声を上げると、陽乃さんが苦笑する。

「わたしがここに来させられた理由は雪乃《ゆきの》ちゃんのことを心配してるからだよ。それが帰ってきたんならそう簡単に解放してくれないでしょ」

ありていに言って、監視。

いや管理というべきなのかもしれない。まぁ、未成年だし、当たり前と言えば当たり前。保護下に置くから保護者であるといえる。

「荷造りしておきなよ。あと、お母さんにも連絡しとくこと。急に戻るって言われてもそれなりに準備はいるんだから」

あー、親父が思いつきで実家に行ったときにばあちゃんによく言われるやつだ。そんでそのあと、死ぬほど飯食わされるやつ。ばあちゃん、いくら俺が若くても胃の大きさには限界があるんだよ……。

などと、比企谷《ひきがや》家の事情に思いをはせている場合ではない。ことは雪ノ下《ゆきのした》家の事情だ。雪ノ下はしばし黙考したのち、素直に頷《うなず》いた。

「そうね、そうする」

「じゃあ、雪乃ちゃんは家に戻るとして……。わたしはしばらくここを使わせてもらおうかな。いいよね？」

「もともと私個人の持ち物でもないから、好きにしたらいいわ」

問われた雪ノ下は迷うこともなくそう答える。それに陽乃《はるの》さんはふむふむと真面目腐った様子で礼を言った。

「ありがと。またなんだかんだ準備するの面倒だったのよね。雪乃ちゃんはちゃんと支度してからおいで」

口ぶりから察するに、雪ノ下の帰省はそれなりの長逗留《とうりゅう》になるのだろう。となれば、学校へも実家から通うことになるし、生活の基盤そのものを移すことになる。男子であるところの俺からすると、そんな大した準備いらなくない？　と思わなくもないが、女子となるとそうもいかないのだろう。ほら、服とかドライヤーとかスキンケアとかなんかいろいろ必要なんでしょ、女の子って。小町《こまち》も旅行行くときとか荷物凄《すご》いもん。

そのあたりの苦労は俺にはわからんが、同じ女の子である由比ヶ浜《ゆいがはま》にはその大変さがよくわかるらしい。はいと手を挙げた。

「あ！　あたしも手伝うよ」

「いえ、そんなことまでさせるのは……」

「いいって全然！　むしろ手伝わせてほしいの！　あたし、片づけとか好きだし！」

「でも……」

いいからいいから！　と由比ヶ浜が詰めれば、雪ノ下はいえいえ……と及び腰になり、押し問答になってしまう。それが一生続くかと思いきや、由比ヶ浜が口元をもにょらせて、俯《うつむ》いた。

「それくらいしか、手伝えなさそうだし……」

漏らした呟《つぶや》き声は沈んでいた。そのことに自分でも気づいたのか、由比ヶ浜《ゆいがはま》はすぐに顔を上げて、あははと力なく笑う。その姿に雪ノ下《ゆきのした》が申し訳なさそうに声を詰まらせた。

そんな光景を見ていると、俺もなんだか辛《つら》くなってくる。雪ノ下自身が自分で決めた行動にあれこれ口を挟むのは、彼女の願いとは相反することだ。

それでも、何かをしたいとそう思う由比ヶ浜の気高さはきっと尊い。なら、俺がすべきことは何だろうか。

そんなこと、いちいち考えなくても、言葉はするりと出てきてくれた。

「いいんじゃねぇの。今時無料の労働力なんて貴重だぞ。ブラック企業ですら最近はすぐに労基に駆け込まれたりすんだから」

いつものように適当ぶっこいて思いついた端からいかにも俺らしいことを口にする。結論ありきで過程も何もあったものではない思いつきにしてはなかなかよくできた惹句《じゃっく》だ。やりがい搾取、サービス残業、週休二日（週二日休めるとは言ってない）。……ああ、素敵な響き。

と、悦に入ってるのは俺だけだった。当たり前だね！　雪ノ下も由比ヶ浜も苦い顔してしょっぱい視線を俺に送っている。

ただ一人、ふっと笑《え》みをこぼしたのは陽乃《はるの》さんだった。

「ま、それがいいかもね。ついでに泊まってけば？　雪乃《ゆきの》ちゃんが実家に戻ったら、あんまり気軽に来れなくなっちゃうだろうし」

その言い方はいかにもお姉さんらしく、常よりもずっと柔らかい。そして、どこかに哀切が滲《にじ》んでいる。確かに、雪ノ下が実家に戻るとなれば、由比ヶ浜が泊まりに来る頻度はこれまでより下がるだろう。

その事実一つとっても、これまでとは少しずつ何かが変わっていくことの兆しだ。それは頑《かたく》なに固辞していた雪ノ下の態度を軟化させるのに充分だったらしい。

それまで引き気味だった雪ノ下がちょっとだけ背を丸めて、由比ヶ浜にちらと上目遣いに視線をやった。

「……お願い、してもいいかしら」

改めて言うのに照れが入ったのか、少しばかり頬《ほお》を染めて、ぽしょりぽしょりと控えめな声で紡《つむ》ぐ言葉に、由比ヶ浜が満面の笑みを浮かべて、ぺしぺしと雪ノ下の腿《もも》を叩《たた》く。

「うん！　もちろん！」

「ありがとう……」

腿をはたかれるのが嫌なのか、はたまたまっすぐすぎる笑顔が眩《まぶ》しかったのか、雪ノ下は口早に礼を言うと、こそっと視線を外す。その視線の先にいるのは陽乃さんだ。

「……ただ、由比ヶ浜さんが泊まるとなると、来客用の布団《ふとん》が足りないのだけれど」

言いながら、雪ノ下がちらと陽乃さんを窺《うかが》う。すると、陽乃さんは自分が腰かけているソファをぽんと叩いた。

「一晩くらいここで充分よ。それに、たぶんずっと一人で飲んでるし」

空になった酒瓶を振り振りしながら答える陽乃《はるの》さんに、雪ノ下《ゆきのした》は短いため息を吐《つ》く。

「……そう。では、そうするわ」

「うん」

それで話は終わったとばかりに、陽乃さんはぱっと立ち上がる。

「わたし、コンビニ行くけど、なんかいる？」

その問いかけに二人は首を振った。それに了解と頷《うなず》きを返すと、陽乃さんは椅子《いす》に掛けられていたコートをさっと取り、部屋を出ていこうとした。その動きを目で追うと時計が視界に入る。結構いい時間だ。お暇《いとま》するにはちょうどいいタイミングだろう。

「じゃあ、俺も帰るわ」

このままだらだらと居続けていたら、俺も雪ノ下の荷造りを手伝うことになってしまう。そうなると、女の子のあれやこれやを手にしてあだち充の主人公ばりに「ムフッ」とか言い出す羽目になるし、なんならなし崩し的に泊まることになってしまうかもしれない。

それは避けなければ！　じゃないと、達也や比呂と同じ顔になっちゃう！　ていうか、普通に女の子の部屋ってめっちゃ居場所ない感じがしてあまり居心地がよくないしね……。

陽乃さんの後を追うように、俺もさっと立ち上がる。すると、それに呼応したように、雪ノ下と由比ヶ浜《ゆいがはま》もすっと立ち、俺の後に続いた。どうやら見送りに出てくれるらしい。

玄関ポーチで靴を履こうと屈んでいるうちにも、陽乃さんはサンダルをつっかけると、先にドアの外へと出てしまう。こういう時でも他人に合わせない感じ、素敵ですね……。

ともあれ、俺も一緒に出てエレベーターの中で気まずい時間を過ごしたいわけではない。あえて時間差をつけるように、ゆっくり靴を履く。

と、背中越しに、すっと靴ベラが差し出された。

「お、サンキュ」

それをありがたく受け取って振り向くと、雪ノ下が神妙な顔をしていた。靴ベラを離した手が所在なげに揺れ、そのまま自身の腕を抱く。

「ごめんなさい、なんだか取り留めのない話に付き合わせてしまって……」

項垂《うなだ》れて呟《つぶや》かれた言葉に俺は軽い頷きを返す。確かに取り留めのない話だった。実際、何が大きく変わるというわけでもない。ただ、雪ノ下が自分で決めたことを自分の力でやるのだと、言ってみればただ当たり前のことを確認したに過ぎない。

「や、別にいい。必要なことだったんだろうし」

おそらくは彼女にとっても、俺にとっても。

立ち上がって、つま先でとんとんと靴の具合を確かめる。使い終えた靴ベラを返すと、雪ノ下はそれを受け取った。

「……ありがとう」

「まぁ、俺は何もしてないんだけど。礼なら由比ヶ浜《ゆいがはま》に、な。荷造り、頑張ってくれ」

控えめな微笑で言われた礼がむず痒《がゆ》く、つい視線を逸《そ》らして、雪ノ下《ゆきのした》の後ろにいた由比ヶ浜に水を向けた。すると、由比ヶ浜は胸の前でぐっと拳《こぶし》を握る。

「まかせて！　あたし、片づけとかなら大丈夫だから！」

それは言外に他の家事は苦手と言いたげな感じだ。……うん、まぁ片づけが得意そうなイメージもあんまないんだけど。けれど、苦手な料理も克服しつつあるくらいだから他のこともできるようになっていくのだろう。

気づかないくらいにゆっくりとした速度で、見過ごしてしまうほどの些細《ささい》な変化だけれど、俺たちは少しずつ変わっていく。

「じゃ、またな」

ドアノブに手をかけて、首だけで振り返った。由比ヶ浜は胸の前で両手をひらひらさせ、雪ノ下は腰よりは上くらいの中途半端な高さでちょこっとだけ手を振る。

「うん。またね、ヒッキー」

「気をつけて」

そうやって見送られると、なんだかちょっと気恥ずかしい。俺はおうと短い黙礼を返し、足早に外へと出た。

×　×　×

ひとりきりのエレベーターから降りると、エントランスホールはやはり静けさに満ちていた。

時間が時間だけに人の出入りもそうそうないのだろう。

この辺りは閑静な住宅街、ハイソなマンション街なのだから夜が更けるにつれて人通りも減ってくるのは当たり前と言えば当たり前。そんなことを実感しながら、エントランスホールを一歩出た。

すると、そこで高級住宅街にはあまり似つかわしくない格好の女性を見かけた。

俺より先に出ていたはずの雪ノ下陽乃《はるの》だ。

淡いパステルピンクのボーダー柄で彩られたふわふわふかふかしてそうなパイル地のフード付きパーカーはフルジップだというのに、胸元は緩《ゆる》めに開けられていて、さらにもこもこ素材のショートパンツからしなやかで形の良い脚が伸びている。

その上から軽くコートを羽織った姿は瀟洒《しょうしゃ》なインテリアのホールにはやや不釣り合いで、そのアンバランスさには危うい美しさがあった。

ただでさえ目を引く容姿なのに、その油断しきった格好はちょっと卑怯《ひきょう》なのでは……。

普段は積極的に会話をしたい相手でもないのだが、マンションの入り口付近に立たれてしまうとそれを無視するのも不自然だ。何より、にこりと微笑《ほほえ》まれて手招きされてしまっては近寄るほかない。

「……先に行ったんじゃないんですか」

言うと、陽乃《はるの》さんはくすりと笑い、秘密めかしてぽしょりと囁《ささや》いた。

「こういうの、なんか待ち合わせっぽくていいでしょ？」

「……これは待ち伏せというのでは」

同じ待つって行為でもあみんとユーミンくらい違うんですけど。いや、でもよく考えたら『待つわ』も『まちぶせ』もスタンス違うだけで結論同じだな。結局どっちも怖いんだよなぁ……。

けれど、一番怖いのはこの雪ノ下《ゆきのした》陽乃だろう。俺がついてくることを全く疑わない足取りで、彼女は歩き出した。ここから近いコンビニはおそらく駅前だろうし、俺も帰る方向はそっちだから別にいいんだけど……。

一歩先を行く陽乃さんについて、マンションの街路を進んだ。開けた大通りまで出ると、冬の夜風が吹き抜けていく。

頬《ほお》を撫《な》でる冷たさに、陽乃さんが首を竦《すく》め、羽織ったコートに顔をうずめる。

すると、何かに気づいてすんすんと鼻を鳴らして、コートの肩口を見るや顔をしかめた。なんだろ……と思って見ていると、陽乃さんが腕を突き出してくる。

「ん」

不機嫌そうな声音《こわね》でそれだけ言って、俺の横に並んだ。すぐそばに伸ばされた手はそのままで、何かをアピールするようにぷらぷらさせている。

ええ……、なになんなの……。

待て落ち着け。……手を握れってこと？　え、なんで？　指紋を取るため？　それだわ。名推理。やだ俺のiPhoneの認証とかされて勝手に課金されちゃう！　やめて！　☆5が出るまで回すのはやめて！

などと心中穏やかならず、へどもどしながら顔を逸《そ》らしたその時、ふと、煙草《たばこ》の匂いがした。

「……あー、匂いですか」

「うん」

返事はしてくれたものの、陽乃さんの意識は俺のほうには向いてないらしく、手を引っ込めると、またぞろすんすんと鼻を鳴らしていた。

おそらく陽乃さんが店で飲んでいるときに、コートに染み付いてしまったのだろう。俺も居酒屋でバイトをしていた時に覚えがある。もしかしたらシャワーを浴びたのも髪についてしまった匂いを落としたかったからかもしれない。

喫煙者本人はもう慣れてしまっているから、あまり気にならないのかもしれないが、非喫煙者にとって、この匂いはそれこそ鼻につく。特に、陽乃さんが気にしているこの手の煙草、タールがガツンと重い、いかにも昔ながらの昭和ストロングスタイルな煙草の匂いは。

メンソール系だったり、バニラやフルーツの甘いフレーバーの香りがつけられたやつとか、女性に受けのよさそうな細巻きのタイプならもう少しマシなんだけど。

……ということは、一緒に飲んでた相手は男性だろうか。

男か、男だな。彼氏か。え？　マジ？　彼氏いんの？　いや、お年頃の女性ですし、彼氏いても全然おかしくないと思いますけどね？　でも、いざそういう情報に触れると、なぜだか無性に辛《つら》くなったりするよね。声優さんの結婚報告みたいな感じ。とりあえずブログのタイトルを【ご報告】にするのやめてほしい。ドキッとするから。ちょっと横になっちゃうから。それどころか縦になるし、最終的には縦横無尽《じゅうおうむじん》になるまである。

などと、なぜか言いしれないショックを受けている場合ではない、ていうか別に全然ショックじゃないし！　あれだから！　ちょっと予想外のことにでくわしてびっくりしてるだけだから！　あ、あんたのことなんて全然好きじゃないんだからね！

危なかった……、これがもっと身近な存在だったら結構マジでショックを受けてるところだった。具体的には小町《こまち》とか小町とか小町とか。あと小町とかね！

ひとしきり現実逃避をして、いったん冷静になる。さすが小町、急な発熱や動悸《どうき》息切れにも効くとか、ひょっとしてあいつ救心かなんかなのでは？

それはそれとして、陽乃《はるの》さんのコートにこれだけ煙草《たばこ》の匂いがつくとなると、それなりに長い時間そのお店にいたのだろう。消臭スプレーをかけるなりしたのだとは思うが、それでも追いつかない程度には染み付いてしまっている。

「……結構長い時間飲んでたんですね」

「そ。なかなか帰してくれなくてさ。危うく朝までコースになるとこだった」

陽乃さんがうんざりした様子でため息を吐《つ》く。

「へ、へぇ」

朝までコースとかなんか超卑猥《ひわい》。なんなら「朝まで生テレビ」ってもう絶対エロい番組だと思ってたからね、俺。そのせいで「朝だ！　生です旅サラダ」もエロく感じちゃう。

それにしても、陽乃さんの知りたくない情報を仕入れてしまった……。まーた週刊八幡《はちまん》の八幡砲が炸裂《さくれつ》してしまったのか。いや、今回は祝砲のつもりだったんだけどね？　オイラたちもたまにはおめでたいスクープもするんだよ！　などと、どこに向けてるかもわからないクソダサい言い訳をしている場合ではない。むしろ、それだけ飲んでいたからこそ、今日の陽乃さんの態度だったのだと思えば、感謝こそすれショックを受ける道理もない。

実際、これまでの陽乃さんであれば、きっと追及の手を緩《ゆる》めることはしなかったと思う。けれど、今はどこか晴れやかな顔をしている。

その表情を窺《うかが》いがちになるせいで一歩遅れてしまう俺の前で、陽乃さんがんーっと大きく伸びをした。

「けど、早く帰ってこれてよかったー。おかげで、雪乃《ゆきの》ちゃんの話も聞けたし」

「……」

ほうっと安堵《あんど》にも似た吐息を漏らす陽乃《はるの》さんの言葉に、つい押し黙ってしまう。その沈黙が気にかかったのか、陽乃さんが「ん？」と俺を振り返った。その視線が沈黙の意味を図るようだった。

それに大したことじゃないと軽く首を振った。

「……いや、なんか意外だなと」

その言葉に陽乃さんは、かかとを軸にくるっとターンし、おどけたように言う。

「なーにが？」

「なにがっていうか……素直に話を聞いたことが」

「そんなこと。当たり前でしょ。これでもお姉ちゃんだからね」

ふっと呆《あき》れにも似た笑《え》みをこぼして、陽乃さんはそのままゆっくり後ろ向きに歩いたかと思うと、またくるりと前を向いた。

「比企谷《ひきがや》くんだって小町《こまち》ちゃんのお願いは聞くでしょ？」

「……まぁ、そう言われるとわかる気がしますけどね」

確かに俺と小町の関係性であれば、その言い分は筋が通る。俺は小町のお願いであれば、それも真に迫った心からの言葉であればこそ、一も二もなくその願いに応えようとするだろう。

小町を引き合いに出され、うむと唸《うな》る俺の声を聴いて、陽乃さんは笑ったようだった。

「でしょ？　雪乃《ゆきの》ちゃんがそれを選んだなら、わたしはそれを応援するの。それが正解でもまちがっていても」

「まちがっているなら止めるのが道理では？」

「それを聞く子じゃないし。何より、わたしはどっちだって構わない。どっちでも変わらないのよ。うまくいったって諦めたって……」

そう呟《つぶや》くように言った彼女の顔は見えない。その表情が少しばかり気にかかり、追いつこうと足を早めた。

それでも俺と彼女の距離はさして縮まらず、ちらと横顔を覗《のぞ》ける程度に留まる。やがて、大通りを越える陸橋を渡り終えてしまい、夜の公園内を通る小道へ差し掛かった。

枯草色の野原には淡いオレンジの街灯が立ち並んでいる。

一歩進むごとに流れる光が、陽乃さんの白い頬《ほお》に温かな光と冷たい影を落としていた。そのせいで、陽乃さんの表情を捉えることは難しい。矛盾《むじゅん》しているように思える模糊《もこ》とした言葉と同様に。

木々に覆《おお》われていた野原を抜けると、急に視界が開けてくる。公園の中央を走るプロムナードにやってきていた。

長く続く噴水に沿った並木道まで至ると、陽乃さんはやや歩調を緩《ゆる》め、ふと空を仰ぎ見る。つられて見やれば、そこには弓張り月が浮かんでいて、その下で、双子《ふたご》のようによく似たツインタワーの高層マンションがぼんやりと薄い灯《あか》りを纏《まと》っていた。

段差をぴょんと跳んで、陽乃《はるの》さんがこちらを振り返る。

「そうやってたくさん諦めて大人になっていくもんよ」

「はぁ、そうですか……」

世界を狭めていくことはきっと大人に近づくことだ。いくつもある選択肢を削って、可能性を潰《つい》えさせ、より確かな未来像を削り出していく。

それは俺にも理解できることで、あるいは雪ノ下《ゆきのした》の決断もそうした類《たぐ》いのものなのかもしれない。

ただ、それを語る陽乃さんの寂しげな瞳には哀切にも似た色が宿っているように思えて、それが気にかかった。その語り口はまるで他の人のことを言っているような遠さがあったせいかもしれない。

「……あの、そういう経験がおありで?」

「さて、どうでしょう」

ふふんと笑って見せる。

「わたしのことは関係ないでしょ。今話してるのは雪乃《ゆきの》ちゃんのこと。……あの子がちゃんと言ったのは、たぶん初めてだからさ。比企谷《ひきがや》くんも見守ってあげて」

手を出すなと暗に言われた気がする。いつだか電話口で「優しい」とそう言われた時と近いニュアンスだった。

　雪ノ下の意思を尊重すること、それ自体にはなんの異論もない。俺がなにか意見を差し挟むようなことでもない。だから、陽乃さんの言っていることに頷《うなず》くことはできる。

　たぶん、これが望んだ、そして望まれた形なのだ。それを雪ノ下陽乃が肯定するのなら、そこに問題を見出《みい》だす必要はないように思えた。

「……そうですね」

　陽乃さんは俺の返事に満足したのか、腰の後ろで軽く手を重ねて、胸を反らすと楽しげに笑う。

「ふふっ、またお姉ちゃんしてしまった……」

「いつもお姉ちゃんしてやったらどうですか」

「いやよ」

　冗談めかした言葉に返した軽口に、けれど陽乃さんは即座に応える。肩口から首を巡らせて、ちらりと視線を流し、俺に微笑《ほほえ》みかけた。

「君とは違うの。君は、いつも『お兄ちゃん』してるけど」

「……それは、まぁ、お兄ちゃんですから」

　何を当たり前のことを。小町《こまち》が生まれてこの方ずっとお兄ちゃんであり続けてきたベテランお兄ちゃんだ。意識するまでもなく、この身は常にお兄ちゃんとして生きるようにできている。むしろ胸を張ってそう言える。

陽乃《はるの》さんはじっと俺の眼を見ていたが、不意にふっと吹き出した。

「そっか。いいなぁお兄ちゃん。わたしもこんなお兄ちゃんが欲しかったなー」

冗談なのか何なのか、陽乃さんはけらけら笑うと、酔いに任せたように肩を組んできた。俺にしなだれかかるように体重を預けてくるせいで、柔らかさといい匂いがめっちゃ気になる。

「ちょっと……酔っ払い鬱陶《うっとう》しいんですけど……」

「酔ってない酔ってない」

やんわりと引き剝《は》がそうとしても、ふらついておぼつかない足元はつかず離れずステップを踏み、なかなか離れてくれない。

そうこうして歩いているうちに、並木道も終わり、駅前へ向かう道に差し掛かっていた。

横断歩道を二つ越えるとすぐにアウトレットモールへとつながっている。営業時間こそ終わっているが、駅前広場へと続く通路には温かな光が灯《とも》っていた。未《いま》だ肩を組まれた状態だったが、さすがに人目も気にかかる。

右に進めば駅、左へ折れればコンビニというところまで来て、どうにか陽乃さんをやんわりとひっぺがして、すすっと一歩距離を取った。

「あの、……帰り、だいじょぶですか」

「お、やーさしー。すごーい。紳士だ、紳士」

君は女性に優しくするのが得意な紳士のフレンズなんだね！　とばかりに、俺の肩をぺしぺし叩《たた》いてくる。……うわぁ、鬱陶しい。つい引き攣《つ》ってしまう頰《ほお》をどうにか動かし、ことさら不機嫌そうな表情を作る。

「別に紳士じゃないです。このまま帰る気ですから」

それに陽乃さんはまた楽し気に笑った。

「大丈夫だよ」

けれど、笑《え》みを収めて、返ってきた声音《こわね》は至極《しごく》冷静。とろんとしていたはずの瞳は、あの底冷えのするような冷たい光を放っていた。

「あれくらいで酔うわけないじゃない」

そう言われても、陽乃さんが飲んだ量を知らない。けれど、その声音からして既に先ほどとは違い、よれも震《ふる》えも上ずりもしない、いつもの雪ノ下《ゆきのした》陽乃そのままなのだとわかった。

綺麗《きれい》で、蠱惑《こわく》的な、聞く者を陶酔させて取り殺してしまいそうな響きを持つ、彼女の常。

だから、それに引き込まれないように、俺もいつも通りのスタンスをとった。ため息交じりに顔を逸《そ》らして、聞こえても聞こえなくてもいい程度の声で、軽口めいた皮肉をこぼす。

「……酔っ払いはみんなそう言うらしいですよ」

「本当に酔わないんだって。……もしかしたら、酔えないのかも」

ぽつりと漏らした呟《つぶや》きについ引き込まれて、陽乃さんへと視線を戻してしまう。すると、彼女はふと遠くを見ていた。

頬《ほお》はわずかに色づいたままなのに眼差《まなざ》しは冷めきっていて、口元は綻《ほころ》んでいるのに笑っていない。

「どんなにお酒飲んでも後ろに冷静な自分がいるの。自分がどんな顔してるかまで見える。笑ったり騒いだりしても、どこかで他人事《ひとごと》って感じがするのよね」

今、この時でさえ、陽乃《はるの》さんの言葉はどこか他人のことを述べているような距離感のある響きを伴っている。彼女自身のことなのに、ひどく客観的に思えて、主観の在りどころかが曖昧《あいまい》だった。そのせいで、問わず語りに徒然《つれづれ》と紡《つむ》がれる言葉には、嘘《うそ》と本当がまだらに入り混じっているように思えた。

黙ってじっと見つめてしまっていたことに気づかれて、陽乃さんはまるで誤魔化《ごまか》すみたいにぺろっと舌を出す。その仕草で全部冗談だと伝えてきた。

「……だから、がんがん飲んで気持ち悪くなって吐いて、あとは寝落ちするだけ」

「最悪の酔い方じゃねぇか……」

「ほんと最悪」

乗っかって俺も軽口で返すと、陽乃さんは口元に手をやってくすくす笑う。そして、立ち止まってしまっていた足を動かした。一歩、二歩と俺から離れていく。このままコンビニに向かうのだろうと見送っていると、陽乃さんが俺を振り返る。

少し遠くから投げかけられる笑顔は、慈愛や同情さえも滲《にじ》ませていて俺が今まで見た中で一番優しい微笑《ほほえ》みだった。

「けど、たぶん君もそうだよ。……予言してあげる。君は酔えない」

「やめてくださいよ、俺は将来、飲み会に嫌々駆り出されるスーパーな社畜か、もしくは昼日中から嫁の稼いだ金でランチにビールつけるハイパーな専業主夫になるつもりなんですから」

別れの挨拶《あいさつ》にしてはずいぶんと不穏な言葉に不敵で不快な笑《え》みでもって答えて、俺も一歩だけ足を進める。

それから振り返れば、陽乃さんはまだそこにいて、常よりもあどけない面差《おもざ》しで俺を見送っていた。その、都合三歩の心地よい距離感が、言わなくてもいいことを口走らせる。

「……ていうか、やっぱ酔ってると思うんですけど」

そんなことを言うなんて。そんな本当に楽しげな笑顔を見せるなんて。まるで本物の雪ノ下《ゆきのした》陽乃を曝《さら》け出しているみたいで、やっぱり酔っているとしか思えない。

言うと、陽乃さんはきょとんとした顔を見せる。

「そうかな……。そうか。そういうことにしておこう、うん」

うっすらと浮かんだ笑みを隠すように、口元に手をやって無邪気に頷《うなず》いた。

じゃあねと手を振る陽乃さんに会釈《えしゃく》を返して俺は背を向ける。

あの人は、アルコールのせいにして、また一枚仮面をつけたのだ。お酒は胸襟《きょうきん》を開く潤滑油だなんて大嘘《おおうそ》を吐《つ》きながら。

結局いつも素顔は見せないで、なのに、わざわざ綻《ほころ》びを見せつけてくる。何が彼女の真実かなんて、ずっとわからないままだ。

その矛盾《むじゅん》した有様を、あるいはその処世術を老獪《ろうかい》と評するならば、確かにこの人は大人なのだろう。最後に飲み下せない何かを忘れたふりができるのだから、少なくとも、俺よりは余程。

夜もだいぶ更け、街は静かな闇に微睡《まどろ》んでいた。目立つ光と言えば、うすらとぼけたビル灯《あか》りと客待ちタクシーのテールランプくらいのもので、駅前を離れていくごとに喧噪《けんそう》も遠ざかっていく。

その静けさのせいで、たった一言、言われた言葉が耳を離れなかった。

酔えない。

その予言はきっと当たる気がした。

interlude•••

片づけが好きなのはほんとのこと。

全然得意じゃないけど。

でも、好き。

ひっくり返して、散らかして、ほったらかして、どうにもならなくなったものを一つ一つ片づけていくのが好き。

そうしてると、これでよかったんだって思えるから。

二人で部屋に残されて、何から手を付けようか話をしていたら、空き箱とかゴミ袋とか準備があるからって、出て行ってしまって、あたしは一人でちょっと待つ。

部屋の中を見渡してみたけど、綺麗《きれい》に整理された部屋だった。わざわざ片づける必要なんてなさそうなくらい。あたしの部屋と違ってあんまり無駄なものがない感じ。

ただ、部屋の片隅、ベッドの頭のほうだけがにぎやかだった。

ぬいぐるみとか猫グッズとか、たぶん好きなものとか大事なものとか。それがひっそりと並べられてた。

モノトーンが基本で、青とか水色とか銀色とか涼し気な色が目立つ部屋の中で、その一角が女の子っぽくて柔らかい。

可愛《かわい》らしくて微笑《ほほえ》ましくて、あたしはそのパンダのぬいぐるみを撫《な》でてみる。

すると、そのぬいぐるみの裏に、まるで隠されてるみたいにビニール袋が置かれてるのを見つけてしまった。

可愛いスペースにはちょっと場違いな、黒くて四角くて平べったい袋。

その袋はどこかで見覚えがある気がして、だから、つい手を伸ばしてしまった。

少しだけ袋を開けて隙間から覗《のぞ》くと、中にあったのは記念写真。昔、あたしも同じものを持っていた。家族で遊びに行ったときに、あのアトラクションの最後に貰ったやつだ。

見ないほうがいいってわかってるのに、あたしはそれを開いてしまう。

そこに映っていたのは見慣れた二人。

ちょっとびっくりしてて、なんかバカっぽい、けど楽しそうな顔。

それと、体を縮こまらせて、目をつぶって、背中に隠れるようにして、でも、ぎゅっと強く握りしめてる手。

——ああ、やっぱり。って、それだけ思った。

あの時二人はちゃんと話せたのかなとそんなことばかり心配してたけど、良かったって素直に思った。

可愛《かわい》いなって思う。写真も、それを大事に取っておいてあることも、隠してしまうことも。

だから、あたしはそれをそっと片隅に、元あった場所に押しやった。

忘れてしまえ。

見なかったことにしてしまえ。

なかったことにはならないけれど、忘れてしまうことはできるから。

きっと、彼女もそうするつもりなんだから。

飾りもせずに、けれど大事に大事に宝物の奥底にしまいこんで。

言葉にするなんて思わずに、行動に移すだなんて考えもせずに。

もしかしたら、あたしが聞いちゃえばいいのかもしれない。冗談っぽくからかっちゃえばいいのかもしれない。それで、応援するから頑張ってなんて、そんな風に笑って言っちゃえばいいのかもしれない。

けど、そうしたらたぶん全部終わってしまうから。

あたしが聞いてしまったら、尋ねてしまったら、彼女は絶対に違うって否定して、そんなことはありえないって拒絶して、そしてそのままそれっきり。

認めないで、見逃して、見落として、見過ごして。

なかったことにして、忘れてしまって、失くしてしまう。

だから、あたしは絶対に聞かない。

彼女の気持ちを聞くのはずるいことだ。
自分の気持ちを言うのはずるいことだ。
でも、彼の気持ちを知るのが怖いから。
彼女のせいにしているのが一番ずるい。

ほんとはずっと昔から気づいてた。
あたしが入り込めないところがどこかにあって、何度もその扉の前に立つけれど、それを邪魔しちゃいけない気がして、ただ隙間から覗《のぞ》いて聞き耳を立てることばかり。

ほんとはずっと昔から気づいていた。
あたしは、そこへ行きたいんだって。
それだけのことでしかなくて。

だから、ほんとは。

——本物なんて、ほしくなかった。

3　不意打ちに、比企谷小町はあらたまる。

ひんやりとした空気で目が覚めた。

寝ぼけ眼《まなこ》で見る窓辺にはうっすらとした朝日が差し込んでいる。ようよう白くなりゆく家々の屋根際、柔らかな光が反射していた。

今日の天気はやや曇り。いまだ霞《かす》みがかった思考に似つかわしい空模様だった。

寝返りがてらちらと時計を見やる。普段なら慌てて飛び起きるような時間だが、幸いなことに今日は高校入試のおかげで休日だ。ぼんやりしている頭とじんわりと重くなる瞼《まぶた》に任せて、もう一度惰眠《だみん》を貪《むさぼ》ろうとした。

が、その瞬間、今しがた自分が思い浮かべた単語が再び脳裏を駆け巡る。

入試！　そう、小町《こまち》の入試二日目！　両親はもう家を出ちゃってるだろうからせめて俺だけでも見送らきゃっ！

勢いよく跳ね起き、やる気元気寝起き！　な感じで、ばたばたと部屋を飛び出し、どたどたと階段を駆け降りる。それでもくわぁと漏れ出る欠伸《あくび》を噛《か》み殺しながらリビングへ行くと、ちょうどゆめかわな小町が家を出ようとしているところだった。

お気に入りのヘアピンもきらりと輝き、中学の制服を校則通りにきちっとパリッと着込んだ我が愛すべき妹は、俺に気づくと、おいっすとばかりに手を挙げる。

「お。おはよ」

「おう」

応えながらテーブルに着くと、そこには俺の分と思《おぼ》しきラップがかけられた朝食とコーヒーがある。

小町は俺との朝の挨拶《あいさつ》もそこそこに、鞄《かばん》の中身へと視線を戻していた。出発前の最終確認といったところだろうか。だが、持っていくものは受験票と筆記用具くらいのものらしく、全部しまうと鞄をぺしぺし叩《たた》いて押しつぶした。

小町が背負ったすかすかぺらぺらの鞄はなんだか物悲しく、その寂寥《せきりょう》感のせいで、入試はほとんど終わったのだと思い至った。

筆記試験は昨日で全教科終了していて、今日は面接だけの予定のはずだ。だから、参考書や単語帳の類《たぐ》いを持っていく必要もない。

面接だって、そう大きな意味のあるものじゃない。千葉県の公立高校の入試は学力試験に重きを置いている感がある。

なので、一日目の出来でその趨勢《すうせい》は既に決まっているとも言える。

小町も受験生の倣《なら》いとして、回答を書き込んだ問題用紙を持ち帰り、自己採点しているはずだ。手応えがあればもちろんいいが、何かのミスや誤答を気にして面接に集中できないなんてなったら目も当てられない。

そのあたりのことが気にかかって、それとなく聞いてみる。

「どんな感じ?」

放置されているコーヒーカップに手を伸ばして、ずずーっとすすりながら努めて軽く、あくまで明るく、口にする言葉は曖昧《あいまい》に、何の気なさげに聞いてみた。

すると、小町《こまち》はきょとんとした目を俺に向け、それからぴっと伸ばした指先を顎《あご》に当て、くてんと首を横に曲げて考え考えし始める。

「んー。……まぁ、ぼちぼち。今更じたばたしてもしょうがないしね」

笑《え》みを含んだ声音《こわね》は至って落ち着いている。

覚悟の決まり方がすごい。世紀末が来るぜと言われたかのような落ち着きぶり。下手《へた》すると蝋人形《ろうにんぎょう》にされたくらい落ち着いている。それは聖飢魔Ⅱなんだよなぁ。ともあれ、今の小町は冷静なようで少し安心した。

ただ、その冷静さは必ずしもプラスの要因によって導かれるものとは限らない。

「それに昨日の試験でほとんど決まっちゃってるし」

そう苦笑交じりに付け加えられた言葉にはうっすらとした不安が滲《にじ》んでいる。ある種の諦観は時に静かな悟りを生むのかもしれない。今の小町は表面上こそ凪《な》いだ湖面のように穏やかだが、かすかなそよ風一つでさざ波だってしまいそうだった。

だから、全然関係ない話をしよう。それがただの現実逃避であったとしても、目の前のことから逃げることでしかないとしても。真実を突きつけることが正論を叩《たた》きつけることだけが正解ではないと知っているから。

「……終わったら一緒に飯でも食うか」

ほんのり熱を残すコーヒーに砂糖とミルクをどばどば足して、黒とも白ともつかない俺好みの褐色に仕上げていると、小町が八重歯を覗《のぞ》かせてにこっと笑う。

「お？　いいねそれ」

「だろ？」

「うんうんっ！」

俺もにやっと笑い返すと、小町はぱちぱち手を打って、その手を自分の頬《ほお》にあてる。そして、しゃなりしゃなりとわざとらしくしなを作り始めた。

「お兄ちゃんのおごりなんてご褒美《ほうび》があったら小町頑張れそうテレテレ今の小町的にポイント高そうテレテレ」

「おごりじゃないしポイントは低いんだよなぁ……」

なんならお金は昨日ほとんど使い果たしたんだよなぁ……。けれど、冗談めかしてでも頑張れそうというなら多少の無理はできる。

「まぁ、妹とのデートだしな、飯代くらいはどうにかしてやろう」

ふふんと冗談めかして尊大にふるまって、王の財力をひけらかしてやろうとしたら、小町《こまち》は一転すっと冷めた表情を見せていた。

「うん、いや、デートって言われると正直絶対行きたくないけど、アゴアシ持ってくれるなら我慢します」

「やめてやめて真顔やめて……なんだよ我慢って、言われて辛《つら》くなるだろ。無邪気なお兄ちゃんジョークじゃない……こんなこと小町にしか言えないんだからいいじゃない……」

「うわぁ、そういうところがまた気持ち悪いなぁ……」

およよと泣き崩れる俺に、小町が超面倒そうな口調で追い打ちをかけてきた。辛辣《しんらつ》ぅ……。ていうか、いつのまにか昼食代だけじゃなくて交通費まで俺持ちになっちゃってますね……。だいたいなんでそんな業界用語覚えちゃったの？　大人ぶりたいお年頃？　いやだわ小町ちゃんがちょっとずつ大人になっていってる……。

ちらと見れば、小町はくすくす笑っている。よいしょっと鞄《かばん》を背負い直すと、携帯電話をふりふりさせてリビングを後にしようとしていた。

「んじゃ、終わったら連絡するね」

「おう。面接の時間待ち、暇つぶし程度に何食べたいか考えとけ」

だから、あんま気負うなと言外に、別に伝わらなくても構わないと思いながら、そんなことを言って、玄関口までついていく。

するると、ローファーをつっかけて、履き具合を確かめるようにけんけんと地面を蹴っていた小町が振り向いた。

「……うん、そうする」

落ち着いて、どこか大人びた微笑《ほほえ》みを浮かべている。俺が何か具体的に言わなくたって聞かなくたって、きっと世界でたった一人、この子にだけはちゃんと届いているのだと、自己満足だと知りながら勝手にそう理解した。

小町はさっきまでの笑《え》みを収めて、すーっと大きく息を吸うと、とびきりにはしゃいだ様子で、びしっと敬礼する。

「では、いってくるであります！」

「はいよ、いってらっしゃい」

くるっと踵《かかと》でターンしてぱたぱたと駆けだしていく小町を見送った。

さて、俺も食べログぽちぽち調べながら出かける準備しますかね。

×　×　×

そろそろお昼も近くなろうかという頃合いに、高校の最寄り駅までやってきて、しばらくぷらぷらしていた。

小町《こまち》の試験が終わる時間はいまいち読めない。というのも、入試二日目に課せられているのは面接だけ。この面接は終えた人から帰っていい類《たぐ》いのものなので、小町の受験番号がいくつか知らない俺には終わる時間が見当つかないのだ。もっとも、受験者たちも今は試験のことで頭がいっぱいで何時に終了かなんて考えてないだろう。

となれば、俺がとるべき行動は決まっている。

高校の近くで待ち伏せである。あみんもユーミンも真っ青レベルではちまん待っちゃう。可愛《かわい》いふりしてなかなかやる。

とはいえ、学校のすぐそばで木の陰に隠れながら「小町……」とか星飛雄馬《ほしひゆうま》の姉みたいに待ち伏せしているのもなにかと具合が悪い。具体的には世間体が悪い。まーた比企谷《ひきがや》さんちの息子さんが回覧板でご近所さんに回覧される事案になってしまうところだった。特徴は黒い服だよ！　俺たち黒い服好きすぎるだろ……。

そんな感じで事案発生即通報されても困るので、今日のところは近い場所で暇をつぶしながら小町を待つことにした。

というわけで、やってまいりました、稲毛《いなげ》海岸駅すぐそばのマリンピア！　今はイオンに名を改めた旧ジャスコの中に入って、書店をふらふら。そこで何冊か適当に本を買ったら今度は本格的に時間をつぶすべく、駅にほど近いサイゼを目指した。やっぱりサイゼ！　一人で行っても大丈夫！

ことに、稲毛海岸のサイゼは駅前ビルの二階にあるので、人通りがよく見える。中学の制服を着た子供を多く見かける時間になれば試験が終わったことがわかるって寸法よ！

もしかしたら千葉で時間をつぶさせたら天才かもしれない……と自分の才能に恐れおののきながら、外へと出た。

海沿いの街、開けた大通りを吹きぬける風の冷たさに思わず身震《みぶる》いする。ただでさえ寒暖の差があるのに、この風はなぁ……と、マフラーをぐるぐる巻きなおして、顔をうずめた。

と、その時、視界の端に見慣れた姿を見つけた。

マリンピア出口のすぐ横、通りに面したサンマルクカフェ。その外向きカウンター席、ガラスの向こうに青色がかった黒髪ポニーテールが忙《せわ》しなく揺れている。

んー？　と訝《いぶか》しむ視線を送っていると、どうやらそのポニテさん、これまた似たような青みがかったおさげ髪をぴょこぴょこさせている幼女の口元を拭《ぬぐ》ったり、鼻をかんだりとあれこれお世話を焼いていた。

俺が見覚えのある幼女といえば一人しか思いつかない。川崎京華《かわさきけいか》だ。そして、その世話を焼くといえば……、そうだね、川なんとかさんだね！

それにしても、ほんとこの姉妹仲良いなぁ、どっかの姉妹と大違いだなぁなどと川崎姉妹の微笑《ほほえ》ましい様子についつい見入っていると、硝子《ガラス》越しに、ぱちぱちと瞬《またた》く大きなお目々とばっちり視線が合ってしまった。

京華《けいか》がおおっと大きく口を開けて、ガラスの向こうにいる俺を指差す。そして、何事かぱくぱくと口を動かしていた。やだなにこれ可愛《かわい》い……。

などと、京華の可愛さにうつつを抜かしている場合ではない。すぐに川崎《かわさき》も俺に気づいて俺と目が合った。

お互い、へこっと小さな会釈《えしゃく》をしあう。

そして、お互い、それきり固まってしまった。

もはや地蔵タイム安定である。あまりの地蔵っぷりにお供え物どころか笠までもらえちゃうかもしれん。この地蔵タイムがシークタイムでちょっとしたシンキングタイム。となれば、できた時間で謎解きクイズが始まるのも道理というもの。

さて、ここで問題です。同級生と街中で出会った場合、どんな行動をするのが正解でしょうか！　早押しです！　七問正解で勝ち抜け、お手つき三回で失格ナナマルサンバツだよ！

が、このクイズ何問もやる必要はない。答えは簡単。

特に会話もしたことないような相手ならそのまま気づかなかったふりをするのが正しかろう。さして仲良くないもクラスメイトであれば、軽い挨拶《あいさつ》程度で去るのがスマートだ。逆に仲の良い友人であれば、仲良しさんなんていつでも会えるわけだからわざわざ話し込む必要もないのでやはりその場を立ち去って構わない。なーんだ、つまり外で誰かと会っても帰るのが正

解なんだね！

とそんな感じで、ここでうまく立ち去れればよかったのだが、相手は川崎《かわさき》だ。俺と川崎の関係性をふと考えてしまって、つい足を止めていた。

そのせいだろうか、硝子《ガラス》一枚隔てても、川崎が戸惑っているのがわかる。この距離間は、飼い猫と家の外で出くわしたときの感じに似ている。一歩近づけばシュババババッ！　とダッシュで逃げていきそうなあの微妙な距離感。

一進一退の状況は完全に立ち往生で「誰かー！」と堤真一ばりに助けを求めたくなるレベルだった。誰かー！

と、心中でアクサダイレクトに助けを求めていると、助けてくれたのはアクサではなく、京《けい》華《か》だった。

京華はにこにこ笑顔を浮かべながら、ぱたぱたとしきりに俺を手招いている。普通に誘われていたら「行けたら行く」とちゃんと断るのだが、幼女のご招待には簡単に応じてしまうどうも俺です。

だけど、相手は未成年！　困った！　どんなに誘惑されても保護者の了解を得ないと一方的に俺が捕まってしまう！

保護者に許可を取るべきかしらんとそちらをちらりと見やると、川崎はちょっと困った顔で京華に何事か言い聞かせ、なだめ始める。だが、京華はぷくーっと頬《ほお》を膨《ふく》らませてぷいっとそっぽを向いてしまった。すると、川崎は小さなため息を吐《つ》く。

そして、隣の椅子《いす》に乗せていたのであろう荷物をどけると、俺に窺《うかが》うような視線を送ってきた。しばらく口元をもにょらせていたかと思うと、小さく口を開いて、たった一言、呟《つぶや》いたようだった。

唇を読むに、おそらくは「寄ってく？」と言っているらしい。もっとも、すぐにふいっと顔を逸《そ》らしてしまったせいで、はっきりとは見えなかったけれど。

まぁ、ご許可いただけたなら恐悦至極《きょうえつしごく》。かるーく二言三言みぴょこぴょこ合わせてぴょこぴょこむぴょこぴょこくらいの、挨拶《あいさつ》程度の会話はしていこう。

×　　×　　×

店内に入ると、自然にほわっと吐息が漏れた。

その主たる要因は温度と湿度にあると思われるが、個人的には目の前にあるにこにこ笑顔に一票投じたい。それくらい川崎京華のチャーミングな姿はハートウォーミングだった。

「はーちゃんだー！」

「おお、久しぶりだなー。いやそうでもねぇなこないだも会ったな。元気かー」

体感時間で二年ちょっとぶりくらいの気分になってたぜ……。そんな懐かしさも相まってひとしきり京華《けいか》の頭をわしわしと撫《な》で繰り回していると、京華はえへへーげんきーと笑いながら、ぽんぽんと自分の左隣の椅子《いす》を叩《たた》く。

どうやらそこに座れということらしい。

なんてスマートでかっこいい素敵な誘い方……。ははーん、こいつさてはイケメンだな？　イケメンには弱いことに定評のある俺なので、誘われるまま素直に京華の隣に座った。

というか、ここに座るほかない。むしろ、川崎《かわさき》さんの隣とかちょっと怖いからね！　軽く肩が触れ合っただけでドキドキしちゃう！　やめて！　因縁つけてカツアゲは勘弁して！　まぁ、川崎がカツアゲするような人じゃないというのは知りつつも、いかんせん見た目がたまに結構わりとマジで怖い時があるからね、仕方ないね。

なので、間に京華を挟んで非武装中立地帯を確保しつつも、対話に臨む。

「ていうか、お前、なんでこんなとこいんの……」

お互いさして会話の種があるでなし、こういう場合は当たり障《さわ》りのない身近で共通の話題から入るのがセオリーだろう。それに休日にわざわざ高校近くのイオンくんだりまで来るのも端的に言っておかしい。通例、千葉の高校生は入試期間の休みには家でゴロゴロしているかディスティニーランドにでも行って遊びほうけるものだ。……ははーん、こいつ、さては変わり者だな？　うーん、俺もなんだよなぁ……。

などという俺の胸中を知ってか知らずか、川崎は先ほど椅子からよけて足元に置いた買い物袋をがさっと示した。

「買い物……に来たんだけど、ちょっと休憩……」

袋の隙間からはネギやらなんやらが覗《のぞ》いている。

しかし、わざわざ休日にここまで来るのか、川崎の家の近所にも他のスーパーマーケット的な存在はある気がするが……と、抱いたそんな感想が少し形を変えて、口を突いて出ていた。

「ほーん。わざわざここまで」

「いつもここで買い物してるから」

もじもじと恥ずかしそうに、目を逸《そ》らしながら川崎は言う。すると、すかさず隣の京華がぱっと手を挙げた。

「ポイントカード！」

ふふんと勝気に笑い、声高に叫んだ京華の手に握られているのは犬のキャラクターがプリントされたカードだ。

あー、あの、会計するとワオンって犬の鳴き声がするあれか、と微笑《ほほえ》ましい気持ちで京華を見ていると、うっすら頬《ほお》を染めた川崎が「けーちゃん……」と小さな声で窘《たしな》めつつ、その手を下ろさせる。うん、まぁ、小さい子ってバスの降車ボタン押したがったりカード出したがったりするよね……。どうやら川崎家ではその類《たぐ》いのカードを出すのは京華のお仕事らしい。

いつも保育園への迎えの行き帰りに買い物に寄っているのだろう。

とはいえ、イオン系列は他の場所にもあるわけで、わざわざ休日の外出にしてはちょっと労が大きくないかしらと小首を傾《かし》げていると、それを感じ取ったのか、川崎《かわさき》がぽしょりと付け足すように呟《つぶや》いた。

「……ついでに、大志《たいし》も。今日で、その、受験、終わりだし」

こちらに視線はくれず、窓の外へと向けている。

はぁ、なるほど。それが理由か。川崎の弟、川崎大志も総武《そうぶ》高校を受験すると以前、聞いた。おおかた大志への心配が高じてついついこちらに足が向いてしまったとかそんなところだろう。ええ……、どうなのそれ……。

「お前、それ相当ブラコンだぞやばいぞ病気だぞ……」

「あ？　あんたに言われたくないんだけど」

「ひぇっ」

じろっと睨《にら》まれてつい縮こまる。いい人だって知ってても時折見せる鋭さはやっぱり怖いのです……。

そうして肩を竦《すく》めてふるふる震《ふる》えていると、不意に寒さに気づく。

窓際の席は暖房の効きがいまいちらしく、外の冷気が硝子《ガラス》を伝ってきているような気がした。そのぞわぞわとした寒気に、会話が途切れた気まずさも相まって、どうにも落ち着かない。

それは並んで座る川崎も同様なのか、視線は窓の外や俺や京華《けいか》の間を行ったり来たりしている。自然、俺の視線も京華へと向かいがちだ。

京華はお子様用グラスを両手で持ち、ストローをちゅるちゅるしてオレンジジュースを飲んでいる。やがて、それを飲み切ると、ぷはっと満足げな息を吐いた。

見れば、川崎のカップも空になっている。どうやら川崎は京華が飲み終わるのを待っていたようだ。となれば、ぼちぼち帰る……という流れになるのかしらんと思っていると、川崎がちらと俺を見る。

「えっと……あんたは？」

端的な問いかけではあったが、そこには自分たちはそろそろ出ようかと思ってるけど……というニュアンスを感じる。であれば、これを潮に俺もそれとなく帰ることを伝えるべきだろう。

「ああ、ちょうど飯行こうと思ってたから」

「そうなんだ……」

聞いた川崎は気が抜けたような返事をした。そして、京華に視線を落とすと、その背をぽんと叩《たた》く。

「はーちゃ……えっと、お兄ちゃん、もう行くって」

一瞬言い淀《よど》んで言い直す。いや、まぁ、京華にははーちゃんって呼ばれてるから別にいいんですけどね。むしろ、川崎にお兄ちゃんって言われるほうがこそばゆい……。と、小さく身もだえしていると、くいと袖《そで》を引かれた。

「えー、もう帰るの？」

傍《かたわ》らを見下ろすと、京華《けいか》は至極《しごく》残念そうに眉《まゆ》をハの字にしながら俺を見上げている。摘《つ》まんでいた袖《そで》はいつのまにやらきゅっと強く握り込まれていた。そんなふうにされると席を立ちづらい……。就職したら会社で言われるであろう「もう帰るの？」くらい帰りづらい。

どうしようかしらと戸惑っていると、京華とのやり取りを見ていた川崎《かわさき》がむっと眉根《まゆね》を寄せる。今にも「けーちゃん……」と低い声で呼ばわって窘《たしな》めそうな雰囲気《ふんいき》だ。お菓子作りイベントの時にも見たけど、あれ、怖いんだよなぁ……。

京華に矛先《ほこさき》が向くのも可哀想《かわいそう》なので、とりあえず適当ぶっこいて間に入る。避雷針になるのも平井堅になるのも特技だ。いや、そんなに顔濃くねぇな。

「……一緒に行くか？　俺サイゼ行こうと思ってたんだけど」

すると、川崎は一瞬目を大きく見開き、口をパクパクさせた。

「は、……は？　い、行かないけど……」

「だよな」

知ってた。女子は男とサイゼに行くのは嫌がるってネットに書いてあったし。ネットは広大だわ、知らなかった情報が何でも手に入る。

むくれたままの京華をなだめるべく頭をひと撫《な》でしてから席を立つ。すると、か細い声で呼び止められた。

「……あ、ちょ」

おん？　と、振り向くと、川崎は頰《ほお》をうっすら朱に染めて、つんと唇を尖《とが》らせ、目を伏せている。そしてぽしょぽしょと呟《つぶや》いた。

「……ま、まぁ、ここでお茶くらいなら」

「へ？　あ、はい。じゃあ、そうですね。お茶なら……」

予想外の言葉に、ついつい敬語になってしまい、俺はすごすごとまた元居た椅子《いす》に座り直した。京華はわーいと俺にしなだれかかってくる。

困った、帰るタイミングを完全に見失ってしまったぞい……。となると、さすがに俺も何かを注文しないわけにもいかない。

「なんか飲むか？」

椅子から立つと同時に聞くと、川崎は我《われ》に返ったようにしゅぱぱっと京華の手元を見やる。

「あ、え、じゃ、じゃあホットココア。……と、ついでにアイスコーヒー」

「了解」

自分のより先に京華の飲み物を気にするあたり、さすがのお姉ちゃんぶりだ。それを目の当たりにしてつい緩《ゆる》みそうになる頰を隠すように、てててっとレジまで急ぐ。

手早く注文を済ませて商品を受け取ると、木目合板のカウンター席まで、いそいそとトレイを運んだ。

トレイに載っているのは先ほどオーダーいただいたホットココアとアイスコーヒー、それとホットのカフェラテ。ついでに、焼き立てらしいチョコクロワッサン。

戻ると、京華《けいか》がキラキラした目でクロワッサンを見つめる。ほぁ〜とサニー千葉みたいな感嘆の声が漏れ出ていた。さすがお子様、甘いものに目がない。俺もお子様経験者であるが故《ゆえ》、お子様の気持ちは手に取るようにわかる。言ってみればお子様イスターである。

なので、今、京華が一番言ってほしいであろう言葉を口にした。

「……食べるか？」

すると、京華はそのキラキラお目々をぱっと俺に向けた。ふっ、どうやら作戦は成功したようだな……。俺は、選挙前になってから急に老人介護や年金給付問題について訴え始める政治家のように、安易な人気取りが平気でできる男なのだ。ついでに、政治に関心あるアピールをして次の十八歳選挙キャンペーンのコラボも狙う男なのだ。総務省さん、見てるー？

そんな俺の計略はつゆ知らず、京華は大はしゃぎだった。

「たべるー！　だからはーちゃん好き！」

元気よくそう言うと、俺の腕をぱしぱし叩《たた》く。

「ははは、そうだろうそうだろう。でも、そういう軽めのボディタッチ、男子はすぐ勘違いしちゃうから他の人に気軽にやっちゃいけないぞー」

「わかった！　はーちゃんだけにするね！」

やだこの子ったら、早くも男心をくすぐるパワーワードを会得しているわ、恐ろしい子……。こんなこと言われた日にゃ世の男子はイチコロで、京華はたちまち大量虐殺者として歴史に名を刻んでしまうことになるな……、その慰霊碑の最初の名前はたぶん俺。世界平和のためにもこの女子力テロリストを早めになんとかしなきゃ！　と使命に燃えていると、その横で隠れ女子力テロリストがため息を吐《つ》いていた。

「あんた、子供になに教えてんの……」

額に手をやり、舌打ちせんばかりの様子の川崎《かわさき》は、京華の背中越しに腕を伸ばし、ぐいっと俺の袖《そで》を引く。そして、ちょいちょいと手招き、京華の頭越しに顔を寄せると内緒話のようにこそっと声を潜《ひそ》めた。

「ていうかさ、あの……、そういうの、ちょっと困るんだけど」

「え」

困るってなんだ。あれか。俺が今から京華を手懐《てなづ》けて素敵なレディに育てようとしている俺的光源氏計画のことかな？　ただいま絶賛しゃかりきコロンブスで進行中、ようこそここへって感じなんだけど……。

などと考えていると、川崎はちらと窓の外、いまだ昇り切らぬ太陽に視線をやる。

「お昼もまだだし……」

「あ、あー……」

なるほど。子供の胃って小さいもんな。今の時間に食べたら昼食も食べきれないのだろう。何を食べる気かは知らんが、よそ様のご家庭にご迷惑をかけるのは忍びない。英語で言うとノーニンジャ。

とはいえ……、とはいえですよ？　俺、幼女の人気取りのためにわざわざ買ったんですよ、このチョコクロ……。どうしようかしらんと考えて、はたと思いついた。チョコクロの載ったお皿をこそこそっと京華《けいか》の前に押しやり、こしょこしょと耳打ちする。

「……じゃあ、半分こな。お姉ちゃんには内緒だぞ」

「うん！　内緒！」

しーっと口元に人差し指を当てると、京華もそれを真似っこする。秘密の共有、あるいは悪事の共犯ほど人を結束させるものはない。

「見えてるっつーの……」

二つに割ったチョコクロをあむあむ食べ始める京華を満足げに見ていると、不満げなため息が漏れ聞こえてくる。川崎《かわさき》は軽い怒気を孕《はら》ませた瞳で、じっと俺を睨《ね》めつけた。

「あんまりさ、甘やかさないでよ」

「……い、いや、たまにはね？」

「たまにはっていうか、あんたいつもそうじゃん」

「いつもってことはないと思うけどな。……京華だけ特別、的な。あと小町《こまち》」

「……自覚無いんだ」

切れ長でアイスブルーの瞳が放つ眼力が一層強まった。ええ……、嫌だわ、さらに冷たくなったわ！　あれかな、今の、川崎も含めるほうがベターだったのかな……。女子わかんねえなマジで。「私がなんで怒ってるかわかる？」くらい難問じゃん。何答えても絶対不正解のガー不じゃん。

困ってしまってわんわんわわーんと、たじろいでへどもどしていると、川崎は打って変わって今度は申し訳なさそうに目を伏せる。そして、言いづらそうにしながらも口を開いた。

「京華に構ってくれるのは嬉しいんだけど、我慢することも覚えないと……」

「はい、ごめんなさい……」

思わず素直に謝ってしまった。いや、怒ってからしゅんとするの卑怯《ひきょう》だと思うの……。それされるともうなんも言えなくなっちゃうんですけど……。と、そんな態度でいると、川崎もそれ以上言い募《つの》るつもりはないのか、互いに黙《だま》りこくる時間が続く。

頭上でのやり取りが急に静かになったのを訝《いぶか》しんだのか、京華はほっぺにチョコをつけた顔を上げて、不安げに俺たちをきょろきょろ見た。

「けんかしないで？」

「喧嘩《けんか》じゃないよ。ほら、けーちゃんこっち向いて」

優しく微笑《ほほえ》むと、川崎は買い物袋からウェットティッシュを取り出し、ちょいちょいと京華の頬《ほお》を拭《ぬぐ》ってやる。それで安心したようで、京華《けいか》はまたチョコクロへと意識を戻した。

まぁ、実際川崎《かわさき》も本気で怒ってるわけではないのだろう。本気で怒ってたらもっと怖いからね、この人……。雪ノ下《ゆきのした》とか三浦《みうら》とバチバチでやりあってるときとかヤンキーかと思うもん。

けれど、今はその印象が和《やわ》らいでいる。

昔は木刀やチェーン、ヨーヨーとかが似合いそうだったが、最近は買い物袋とか長ネギとかがよく似合う。ていうかこの人、買い物袋持ってる姿、馴染《なじ》みすぎじゃありませんかね……。

自分によく似た小さい子供連れてサンマルクで時間潰《つぶ》ししてる感じ、マジヤンママって感じなんだけど。ヤンママって死語すぎるんだけど。

おかげで、一緒にいる俺も含めて家族みたいな感じがしてくる。これで俺がエルグランドかアルファードとかのワンボックスカー乗ってたら田舎のイオンにありがちな光景になってしまうぞ。好きな漫画はワンピとナルトとか言い出しそうだし、ダッシュボードに白いふわふわしたマット敷いてそうだし、バックミラーに麻の葉っぱの芳香剤吊るしてそう。

そんな想像をしてみると、なんだかむず痒《がゆ》い。

チョコをほっぺにつけながらもくもく食べている京華や、それを頬杖《ほおづえ》つきながらもウェットティシュ片手に見守っている川崎。そして、その二人をぼーっと見ている自分という構図がさらにむず痒さを助長してくる。

ずっと見ていると気恥ずかしくなってくるので、ふいっと視線を窓の外にやった。

すると、中学生と思《おぼ》しき制服が店の前を横切る。ぼちぼち面接を終えた受験生も出てくるころ合いなのだろう。

その制服姿は川崎も視界の端で捉えていたらしい。ふーっと肩の凝《こ》りをほぐすような息を吐いていた。

気持ちはわかる。俺もいざ他の受験生の姿を見ると、小町《こまち》のことが気にかかってくる。言ってみれば目の前に小町のライバルであり、障害となる存在がいるわけで、今のうちに潰しておいたほうがいいのではないかという気分がむくむくと湧き上がってくる。

となれば、まずは一番手近な相手を潰すのが良策！　差し当たっては小町に近づく男子！　そう、川崎大志《たいし》だね！　というわけで、敵方の情報を収集することにした。

「大志はどんな感じなんだ？」

「……わかんないけど」

出し抜けに聞いてみると、川崎はうーんと首を捻った。あら、意外。このブラコンもとい心配性の姉なら、弟の自己採点の点数くらい知ってるものだとばかり……と思っていたら、川崎はすんと鼻を鳴らして渋面《じゅうめん》を作る。

「そういうの聞くと不機嫌になるから……」

「あー。お年頃かね」

大志の気持ちもわからなくはない。反抗期に限らずだが、身内に、というか身内だからこそごく個人的でセンシティブな問題についてあれこれ言われたり聞かれたりするとむっとしてしまうことはある。

例えば、借金の額とか給料の低さとか本来マイナスの事柄を友人たちとの楽しいおしゃべりの場でにぎやかしに自虐《じぎゃく》ネタとして披露することはできても、家族に対してはそう簡単に言えないものだ。そのあと、めっちゃ深刻な顔で「あんた、ほんとにだいじょぶなの？」って言われたりすると超辛《つら》いだろう。心配かけたくない想いと同時に、どこか信じてもらえていないような気分が相まって、聞いてくれるなという態度になってしまうのだ。

男の子ってそういうところあるのよねーなどと、世の母親目線で相槌《あいづち》を打っていると、川崎《かわさき》もまたうんうんと母親っぽい顔で頷《うなず》く。そして、ぽつりと聞き捨てならないことを漏らした。

「でも、自己採点の点数は八割ってとこ」

「知ってるのおかしいんだよなぁ……」

ややべぇな、世の母親、一枚上手すぎる。なんで母親、すぐに息子の秘密の本の隠し場所に気づいてしまうん？

ていうか、弟君、お姉ちゃんに言ってないんでしょ？　それ知ってるのおかしくない？　疑惑の目を向けていると、川崎がこそっと視線を外す。

「あ、や、その、けーちゃんが……」

「うん、３９６点って言ってた」

傍聞《かたえぎ》きながらも、何について話しているのかは理解しているらしい京華《けいか》がえへんと胸を張った。

「ほーん……。あ、けーちゃんが聞いたのね」

大志《たいし》も姉には言いづらくともまだ幼い妹の前ではついつい口にしちゃったのかしらね。それにしても、小さい子ってこういうのすぐ覚えるよね。すごいよね、ねー？　と川崎に視線をやると、なぜか川崎はまたぞろこそっと顔をそむけた。

「……それに、う、うち、そんな広くないから目につくし」

「あ、そう」

これは自分でもばっちり見てますね、間違いない。わざわざ右京さん張りに「最後にもう一つだけ、よろしいですか？」って確認するまでもなく自供しちゃったよ……。

しかし、これで大志の自己採点の点数は知れた。往々にして自己採点はどうしても甘くつけがちだから、実際の点数は10点くらい低く見積もるにしても、七割ちょっとの得点率。

「微妙なところだな……」

自分の経験に照らし合わせてちょっと苦めの感想が漏れた。今朝の小町《こまち》の様子を見るに、あいつもたぶん似たような点数だろう。過去のデータによってある程度の基準はわかる。

俺と同じく総武《そうぶ》高校を受験した川崎もまた同様の意見なのか、難しげな表情で頷く。

「うん。だからあとは倍率と内申点次第……」

川崎《かわさき》が吐《つ》いたため息は重々しい。うちの高校の志願者倍率は例年二・五倍前後を推移している。体感で言うと、まぁ、八割とれてたらなんとか合格くらいのつもりでいればいい。それで言うと大志《たいし》は合否の境界線上にいるわけだ。

「別にうちは私立でもいいんだけど、本人の気持ち的にね」

そのギリギリないけないボーダーラインを思ってか、川崎はちょっと辛《つら》そうな顔をした。それぞれの家庭の事情まではわからないが、確かに本人の心情としては辛いものがある。経済的な問題よりも先に、まず自分が否定されたこと、烙印《らくいん》を押されたこと、その事実は消えずにずっとその身を苛《さいな》ませる。いずれ大人になればなんてことはないと開き直れるかもしれないが、十五やそこらの子供にとっては家庭と学校がその人生のほぼすべてだ。学校に否定され、家族にも哀れまれるのはやりきれないものがある。

ことに、川崎大志の場合は、また一つ毛色の違う重圧が存在する。それを思うと、差し出口ながら口を開いていた。

「まぁなぁ。来年のこと考えると、公立入っておきたいよな」

「は？　来年？」

川崎が「あんた話聞いてた？」みたいな顔で俺を見てくる。聞いてたよ、失礼な……。胡《う》乱《ろん》な眼差《まなざ》しに顎《あご》だけで頷《うなず》きを返した。

「ああ。お前国公立志望じゃん。結構プレッシャーあるだろ、知らんけど」

「あたしの話？」

はてと小首を傾《かし》げる川崎に、それを真似してふむんと首を曲げる京華《けいか》。その仕草がよく似ていて、思わず、俺の声に笑いが混じってしまった。

「違う違う。いや、違くはないがまぁ違う」

「……なんなの？」

すると、川崎はかなりいらっとした様子で俺を睨《にら》んでくる。やべぇ超怖い。

「や、ほら、弟的にはここで自分が公立行ければ多少なりともお前の選択の幅は広がると思うんじゃねぇの知らんけど。だから、なんとしても受かりたいだろ、知らんけど」

責任逃れのための惹句《じゃっく》をつけつつ、慌てて言い募《つの》ると、川崎は目をぱちくりさせる。数度瞬《しばたた》いてふっと笑《え》みをこぼしたかと思えば、ぷいっとそっぽを向いてしまった。

「……高校と大学じゃ全然学費違うじゃん」

え、そうなの？　こいつ詳しいな。学費とか自分で払うつもりまったくないから調べたこともねぇな……。もし、軽々に調べたりしちゃったら授業一コマおいくら万円くらいか計算してその結果、もったいない精神で全然サボれなくなりそう。

「……でも、確かに言いそうかも」

アイスコーヒーのストローをくるりと指先で回して、川崎は柔らかな声音《こわね》で呟《つぶや》いた。険の取れた言い方にいくらか俺も口が軽くなる。

「だろ？　俺はシスコンの気持ちは誰よりもわかるからな」

「なにそれ気持ち悪い」

直截《ちょくせつ》な言葉のわりに、弾んだ調子の声だった。おかげで京華《けいか》も一緒になって気持ち悪い気持ち悪いと無邪気に口にする。

いや、まったくその通り。本当に気持ち悪いと思う。窓ガラスに映る、ちょっと頰《ほお》を緩《ゆる》ませている男の顔を見て、深く同意した。

×　×　×

窓の外には制服姿の中学生たちが目立つようになっていた。

京華の相手をしながら、たまに思い出したように川崎《かわさき》とぽつりぽつりと会話をしているうちにいくばくかの時間が経っている。

不意にぶるっと俺の携帯電話が鳴動した。見れば、小町《こまち》からの連絡だ。手短に駅近くのサンマルクにいることを返信。すると、すぐに返事があった。それも、ぶるってではなく、こんこん、という硬質な音だ。音のしたほう、つまりは正面の窓を見れば、そこには小町がいた。コンコンと窓を叩《たた》いて、ひらひらと手を振っている。

それに、はよこいと手招くと、小町はてててっと軽い足取りで店内へと入ってきた。そして、入ってくるなり、両手をがばーっと大きく上げる。

「おわったー！　いえーい！」

「いえーい！」

その手と声に合わせて、俺も諸手を挙げて迎え入れる。互いの掌《てのひら》を打ち付けあう乾いた音が響いた。その残響が消えるのも待たずに、小町はさらに歩を進め、川崎と京華の前に躍り出る。

「沙希《さき》さんも京華ちゃんも！　こんにちはいえーい！」

「いえーい！」

挨拶《あいさつ》からシームレスに小町と京華がハイタッチ。さらに流れで川崎ともハイタッチしようとしたのだが、川崎さん、めっちゃ戸惑ってますね……。けれど、空気を読んでくれたのか、小町に合わせて、ちょっとだけ手を挙げた。

「い、いえーい……」

が、照れが入っているらしく、顔を耳まで真っ赤にして、声もか細い。それを見て小町は上半身を大きく仰《の》け反《ぞ》らせた。ついでに、三歩ほど後ろに下がる。

「うわ声ちっさ沙希さん声ちっさ！　はいもういっかいいえーい！」

「い、いえーい！　……なんなのこの妹」

やり直しのハイタッチをシームレスに求められ、川崎は半《なか》ばやけっぱちで声を張り上げた。

そして、すぐにこっちをめっちゃ睨《にら》んでくる。いや俺を睨まれても……と思いつつも、お兄ちゃんだから妹の不始末は俺がつけないとね。

「なんかごめんね？　テンション上がっちゃってるみたい。小町《こまち》、はいこれお水。飲んで落ち着いて？」

お水おいしい!?　と聞く準備をしながらグラスを差し出すと、小町はにっこり笑う。

「ありがと。でも、お兄ちゃんの飲みかけはちょっと気持ち悪いから買ってくるね」

ごくごく自然にするっと華麗にスルーする小町。くるりとターンすると、とてとてレジへと向かってまっしぐら。そのあしらい方を見て、川崎《かわさき》がくすくす笑っていた。

「こ、小町ぃ……」

途中からるんたったとスキップ気味に遠ざかる小町に俺の呻《うめ》くような声は届かない。お兄ちゃん、今かなりダメージを受けたよ……。特に「ちょっと」ってつけたあたりにリアリティを感じて、結構ショックだよ……。多少気を遣われているのが伝わってきたおかげで普段の自分の生活を顧《かえり》みたよ……。

俺がうぐぅと唸《うな》ってカウンターに突っ伏している間にも、小町は手早く注文を終えて、アイスカフェラテを片手に俺の隣に座る。

「……お疲れさん」

「うん、疲れたー」

ねぎらいの言葉をかけると、小町は軽く頷《うなず》く。そして、ちゅるるーと喉《のど》を潤《うるお》すと、はぁーと大きく息を吐いた。面接の間、いや、入試が終わるまでの間、ずっと息が詰まっているような心持ちだったのだろう。ようやく解放された喜びを体で表現するかの如く、小町はぐでーっと脱力してカウンターに体を預ける。

兄妹揃《そろ》って同じような姿勢になっていると、京華《けいか》がほえーと不思議そうな顔でまじまじと見つめてきた。そして、ぽつりと呟《つぶや》く。

「にてる」

「……え」

言われて、小町は一瞬、超嫌そうな顔をした。その表情を見て、京華がほぉーと感嘆の声を漏らす。

「はーちゃんと小町って似てるね、どっちがちょさっけん違反？」

「また変な言葉憶えて……」

不思議そうに首を傾《かし》げる京華と額に手をやりため息を吐《つ》く川崎。うん、まぁ、小さい子って新しい言葉すぐ覚えるよね……。

ていうか、なんで小町はさっき嫌な顔したの？　いや、理由はわかるから聞かないけどね？　俺も小町が俺に似なくてよかったと思ってるくらいだし……。どちらかといえば俺は親父に似ており、小町は母親似だ。揃って受け継いだのは髪質くらいだろうか。でも、こいつ気ぃ抜いてる時とか嫌そうな顔するとき、俺とすげー似てんだよな……。

などと思いつつ、小町《こまち》の顔をしげしげと眺めていると、小町はけぷこんけぷこん咳払《せきばら》いしながら居ずまいを正し、微苦笑を京華《けいか》に向けた。

「うーん。まぁ兄妹だからね……」

小さく漏らした呟《つぶや》き声には、諦めとも照れともつかない響きがあった。が、それを吹き飛ばすように、小町はハイチェアをずりずり動かして京華へにじりよる。

「京華ちゃんも沙希《さき》さんと似てるね！　そっくりだね！　将来は絶対美人さんだよー！」

「んふふ、小町も可愛《かわい》いよ」

京華はこの手のことは言われ慣れているのか、ふにゃーっとはにかんで礼を言うと、お返しとばかりに小町のことも褒《ほ》めて遣わす。小町は「お、言うな～、こいつぅー」と冗談めかして京華の頰《ほお》をぷにぷにつついた。

……ほーん、なんかこういう会話、女子っぽいな。

女子のお互い褒めあうギブアンドテイクの関係性って素敵。右の頰を殴られたら右の頰を殴り返す感じ、たまらない。

東に「可愛い」と自分を褒めてくれるものあらば、行ってお返しに「可愛い」と言ってやり、西に「私ブスだからな～」と呟くものあらば、行って「そんなことないよ～、私のほうがブスだから～、ほらーマジデブ（死亡）」とリプライし、南に中学の同級生あらば、やたらに目と口を大きく開いて「え、え、え、えうっそ超久しぶりじゃなーい？　え、え、今度遊ぼうよ」

と相手の腕を触りながら叶《かな》わぬ約束をし、北にとりあえず女子と思《おぼ》しきものあらば「わかるー」と合いの手を入れる。そういうものだと勝手に思ってる。

けーちゃんもそうなるの？　どうなの？　と、そっくりさんのほうをちらと見やると、小町に美人と言われた川崎《かわさき》沙希さんは「なっ……」と言葉を詰まらせ、大層照れていらっしゃいました。うーん、これは女子社会から弾かれて当たり前ですわ。美人さんがそういう普通に可愛い反応しちゃうのは良くないなって思います。川崎家、マジかわわ。

などと、その横顔を見ていると、川崎が牽制するようにんっと小さく咳払いをする。そしてお返しとばかりに今度は俺と小町へ視線をやった。

「相変わらず仲良いね」

と、照れ隠しの相殺みたいに言う。それに小町はほぼゼロフレームで即答した。

「や、結構割りとマジでそんなことないです」

「小町ぃ？　マジトーンの否定やめて？」

真顔でないないとすごい速さで手を振っていたかと思うと、その手を可愛らしく頰に添えて、今度はにっこり微笑《ほほえ》んでみせた。

「ぶっちゃけたまに超うざい♡」

「い……」

もう声が出ない！　冗談めかして刺しに来る感じ、ひょっとしてこれマジなのでは？　もはや言葉にならず、ひゅるるーと掠《かす》れて途切れ途切れに息を吐いていると、やりとりを見ていた川崎《かわさき》がふっと笑う。

「そろそろ行く。帰ってご飯作んないと」

言って、見やるは窓の外。太陽は高度を上げていて、お昼時に差し掛かっている。大志《たいし》も試験が終わって帰る頃合いだろう。京華《けいか》はまたぞろ眉尻《まゆじり》を下げて不満そうな息を吐く。

「えー？」

「たーくん、待ってるよ」

だが、川崎がとんと背中に手を当てて、短く囁《ささや》くと、むーぅと唸《うな》りながらも、腕を組んでしぶしぶと言った感じで頷《うなず》いた。

「じゃあしょうがない」

そんな仕草に苦笑していると、川崎は手早く出る準備を整え、京華にコートを着せマフラーを巻き手袋をきゅっとはめさせる。それが済むと、俺と小町《こまち》に軽く会釈《えしゃく》をした。

「それじゃ……」

そのごくごく小さな別れの挨拶《あいさつ》に、俺も頷きを返す。

「ああ、じゃあな」

「またぜひ！　京華ちゃんまたね！」

「またねー！」

と、俺たちに元気よく手を振る京華を連れて、川崎はてこてこ駅のほうへと向かっていった。それを見送ってから、小町に振り返る。

「俺らも飯食うか。なに食いたいか考えたか？」

「うん、暇つぶしに考えてたら……」

聞くと、小町はこくと頷き、いったん言葉を切る。そして、えへへーと笑ってからドヤ顔でなんか言い出した。

「ひつまぶしに行きついたよ」

うーん、駄洒落《だじゃれ》……。本来なら審議に入るところだが、でも、可愛《かわい》いから不問にしちゃおうっと！

「でも、ウナギか、ウナギはいいな……。もうすぐ絶滅して食えなくなるかもしれないから今だけってプレミアム感が最高にいいし、俺が滅ぼしたって感じがなんかかっこいい……」

「うわぁ、最悪だなこの人……。そんな理由で食べられるウナギも浮かばれないよ……。あ、でもでも、日本で完全養殖？　できるらしいじゃん、今って。こないだニュースで見た」

ああ、そういえば小町は受験の面接対策で気になるニュース的なものをよく調べていたんだった。だがな、甘いぞ小町！

「いやー、無理だろ」

「なんで？」

「当の日本が繁殖できないで少子高齢化だからな、ウナギ育ててる余裕なんかねぇよ」

「お、社会派〜！」

したり顔でドヤる俺に小町《こまち》がヒュ〜♪とコブラばりの口笛交じりに「それ」とばかりに指差した。おかげでとてもいい気分。

「そう考えるとウナギもそう簡単に絶滅しないかもな。日本産の天然社畜だって厳しい労働環境の中でなんだかんだ生き残ってるし。なんなら日本人、社畜よりもウナギのほうを大切にしてるまである」

「どっちも絶滅しちゃうんじゃないかなぁ……」

まったくだ。ウナギだって社畜だって生きてるんだよ？　と、折に触れ日本の労働環境に言及することで、政治的関心が高いことを示し、ゆくゆくは次の十八歳選挙キャンペーンのコラボを以下略。などと、野望に胸躍らせている俺をよそに小町がむーんと首を捻る。

「ていうかウナギじゃなくて全然いいよ。ウナギはこないだ、お父さんとお母さんと行ったし」

「そうですか……」

なんでそういうの俺抜きに決めちゃうのやっちゃうの行っちゃうの？　俺だってウナギの絶滅に寄与したかったんですけど？　まぁ、俺最近帰り遅かったから仕方ないな。そっか、三人で行っちゃったかー……。

まぁ、財力という面において俺が両親に及ばないのはやむなし。高級だったり美味だったりするお食事という路線は一度忘れるべきかもしれない。

となれば、ここはある意味逆に俺だけの強みでもって小町を労《ねぎら》うべきだろう。

俺にしかできないサプライズ！　といっても別に何を持ってるわけでもない。俺が余人に誇れるものなど、世界一可愛《かわい》い妹がいることくらいしかないのである。けど、労う対象がその小町だからな……。どうしようかな、困ったな……。

「あ、あれだ。なんか遊びに行くか。思いっきり体動かしてみるとかな。具体的には戸塚《とつか》とテニスとかな。あとは、こう、普通に戸塚と遊ぶとか」

むむむと唸《うな》っていたらミコーン！　と天啓が降ってきた。おいおい天才か？　世界一可愛い妹を労うのに世界一可愛い友達と遊ぶとかこれもう勝ったでしょ、勝ったな、ガハハ！

が、小町は少々難しい顔をしていた。

「うーん……。や、そういうのは……」

控えめな声音《こわね》でそう言うと、指先で小さく×印を作る。

「そ、そう？　お兄ちゃん的にめっちゃ甘やかすつもりでいたんだけど……」

戸塚と遊ぶ夢を捨てきれず、さりとてサシでいきなり戸塚を誘う勇気もないので、ちょっと食い下がってみる俺。しかし、小町はぷるぷるっと首を横に振った。

「まだ結果が出てないからそういうのはいいのです」

「お、おう、そうか……」

本人の望まぬ労《ねぎら》いになど何の価値もない。小町《こまち》の言うことは何よりも優先されるのだ。となると、どうしようかしらん……と考えていると、小町がくいくいと俺の袖《そで》を引く。

「うん、まぁ、だからお兄ちゃんと二人だけ……とかだったらちょうどいい感じ。などと小町的にポイント高いことを思うのですが……」

ほんのり色づく頬《ほお》を隠すように、すいーっと視線だけはよそを向けて、小町が呟《つぶや》く。そのいじましさについ聞かずもがなのことを聞いてしまった。

「いや、俺は全然いいんだけど……、いいのか」

すると、小町はこちらをむいてもっともらしく頷《うなず》く。

「うんうん。お手軽、お手頃、コンビニエンス」

「全然褒《ほ》められてないんだよなぁ……」

が、しかし、小町がそれを望むなら俺がすべきことは決まっている。兄妹二人で最高に楽しめるプランを提案することだ。

「よし、じゃあ、どこいく？　ららぽか？　ららぽだな？　ららぽか。ららぽ一択じゃん。今、マッ缶だけの自販機あんだよ。そこでマッ缶買おうぜ。絶対うまいから」

「味も中身も同じだよ……」

先ほどのいじましさはどこへ消えたのか、小町はめっちゃげんなりした顔で言う。そして、指をふりふりして俺を諭《さと》すように続けた。

「派手なことじゃなくていいし、特別なことじゃなくていいの」

「ほう、というと」

つまり、どういうことだってばよ、とずいっと身体《からだ》を前のめりにして、続きを促《うなが》す。すると、小町はすぅーっと息を吸って、大きく吐き出した。

「お家帰って、家事とかしたーい！」

「ええ、なにそれ……」

さっぱりわからん。はぁ〜、さっぱりさっぱり……とさっぱり妖精《ようせい》が飛び回っているのを肌で感じていると、小町はさっと立ち上がる。

「というわけで、買い物して帰ろう！」

「……はいよ」

ともあれ、小町がしたいようにさせてやるのが俺の幸せというもの。小町に続いて立ち上がると、その背を追って売り場へと向かった。

×　×　×

買い物をして帰ると、小町はささっと家事を片づけ始めた。

掃除洗濯は言うに及ばず、夕飯の準備までてきぱきと進めている。さっきまでタンタンとリズミカルに包丁が踊っていたかと思えば、今はシンクからじゃーじゃーと水が流れ、かちゃかちゃと食器を洗う音が響いていた。料理と並行して諸々の片づけもやっているらしい。その手際はさすがと言わざるを得ない。

その間、俺は炬燵《こたつ》でぐでーっとしながら、膝に乗ってきた愛猫のカマクラを撫《な》で続けている。その撫でっぷりたるや、ぱっと見、悪の首領かと思うレベル。

が、ぱたぱたと忙《せわ》しなく動き回る小町《こまち》の姿をぼーっと眺めていると、さすがに何かしたほうがいいのかしら……という気分がむくむくと湧き上がってきた。

「手伝ったほうがいいか?」

キッチンにいる小町に声をかけたものの、返ってきたのはにべもない言葉だ。

「いや、いいから。お兄ちゃんはじっとしてて。ていうか邪魔」

「ひどい……」

およよ…と泣き崩れ、ついでにカマクラの背中に顔を押しつける。すると、カマクラはすげー嫌そうな顔でこっちを振り返り、さらに小町からも面倒そうな声が返された。

「だって、お兄ちゃんがやると雑だし。料理とかすると片づけしないし」

「……うん、まぁ、そうね。しないね。めんどくさいからね……。ごめんね小姑《こじゅうと》ちゃん」

「誰が小姑ですか。小町は小町です」

ふんすっと不満げに言うと、小町は流しの蛇口をいくらか勢いよく締める。あらかたの準備を終えたのか、エプロンで手を拭《ぬぐ》いながらリビングのほうへと回った。

「それに小町がやりたいんだからいいの。受験でずっとできなかったし、大掃除も中途半端だったし」

言いながら、ポットからお湯を出してコーヒーを淹れ始めた。インスタントながらも、その馥郁《ふくいく》たる香りは俺の鼻孔《びこう》をくすぐる。くんくんしていると、小町はカップを二つ用意しててこてこちらへやってくると俺の斜め横に座り、片方を差し出してきた。

「……それにお母さんにもだいぶ迷惑かけちゃったしね」

そういう表情はいくらか申し訳なさそうだ。カップを受け取り、サンキュと小さなお礼の言葉を添えて、俺は思ったことを口に出す。

「別に母ちゃんのほうは気にしなくていい。普段から小町にいろいろやってもらってるんだからいいんだよ。お前は気にしすぎ」

「うーん……、まぁ、そうかもなんだけど、二人も忙しいから」

今一つ納得はしていないのか、小町はやるせない笑《え》みを浮かべる。

実際、両親が忙しいのは事実で、いつの頃からかできる範囲で家事をするのが俺と小町の常となっている。

小町がまだ小さかった時分は拙《つたな》いながらも俺がそれらをこなしてきてはいた。しかし、小町が小学校高学年に差し掛かるころには俺の家事の腕をあっさり抜いてしまった。それ以来、我が家の家事メイン戦力は小町《こまち》にスイッチしている。おかげで俺の家事能力は小学六年生レベルでストップしてしまっているのだ。

それを思うと、ずいぶんな負担をこの妹に強《し》いてきてしまった……という自責の念もないではない。

受験期間、かつ、両親の忙しさが変わらず、むしろ決算前でばたばたしているこの時期にこそ、超暇な俺がいろいろやるべきだったのだろう。

「……悪いな、俺も何かやろうと思ったんだけど、ほら、ね？」

苦いコーヒーを飲み下してから言うと、口にする言葉も少し苦々《にがにが》しい感じになってしまった。

いや、何かやろうとは思ってたんですよ？　だけど、ほら、あの、半端に手を出すと母親に怒られるから……。

俺が家事をやると先ほど小町に指摘されたこととほぼ同じことを言われるのだ。それとなくこなすこと自体はできるが、母親の要求するレベルには至らない。ことに掃除は俺が大の苦手とするところで、四角い部屋を丸く掃く初期のルンバみたいになっちゃうから……。

なので、かえって迷惑をかけるくらいなら何もしないほうがよかろうと開き直ってきたわけだが、さすがに受験期の小町に対しては少々申し訳ない気持ちがある。

だが、小町はさして気にしていないのかころころ笑っている。

「いいのいいの。小町の趣味だから」

「家事が?」

問うと、小町は頬《ほお》に指を当て、くりっと小首を傾《かし》げると、何事か考え始めた。

「うーん、まぁ。……ていうか、お兄ちゃんを甘やかすのが趣味?」

そして、えへっと可愛《かわい》く笑って見せる。

「やだなにそれバブみを感じて最高におぎゃれる、最の高……完全優勝した。小町ママ……」

小町ママー! と心中で叫びたい気分だったし、なんなら口に出てたまである。そのせいで小町の表情が嫌悪に歪《ゆが》む。

「気持ち悪っ。お兄ちゃん、それ病気だよ」

「うるせほっとけ。というか、お前も相当だ。かなりいい趣味してる」

「でしょでしょ? ポイント高いでしょ?」

小町はふふんと笑って、うりうりと俺の二の腕に肩をぶつけてくる。褒《ほ》めてねぇんだよ、この野郎。

横目で睨《ね》めつけてみたものの小町はそれを受け流して瞑目《めいもく》する。そして、そのささやかな胸元に手をやると、はぁ～っとうっとりした吐息を漏らし、恍惚《こうこつ》の表情を浮かべた。

「小町の手で人を駄目にしてるなぁって思うと最高に気持ちがいい……」

「お前それ病気だ」

言うと、小町はてへぺろ☆っと舌を出してウインクし、頭をこつんとしてみせた。そのわざとらしいリアクションのおかげで冗談だとわかる。

二人して、ひとしきりくすくす笑っていると、不意に小町《こまち》が笑《え》みを収めた。手元のカップの中でたったさざ波を見つめて、ゆっくりと口を開く。

「……けど、家事が好きなのはほんとだよ」

「ほーん？」

「なんていうの、お兄ちゃんにいろいろ面倒見てもらってた頃とは違って、小町、いろんなことできるようになったからさ」

横目で小町を見たが、小町の視線は俺のほうでもカップの中でもなく、遠く、窓の外へと向けられている。

「小町でもできることがあるっていうか、ちゃんと役に立ってるっていうか……」

そう語る横顔にいつものあどけなさは見当たらず、澄んだ瞳は大人びて見えた。

「……そういうの、悪くない感じ」

付け足したその言葉はどこか冗談めかして、口にするその表情はどこか照れているようにはにかんで、いつもの小町の顔だ。

きっと、幼い日の小町には俺が窺《うかが》いしれない歯痒《はがゆ》さがあったのだと思う。本来、もっと甘えていいはずの年齢であった頃から両親は家を空けがちで、代わりに家にいた存在といえばまったく頼りにならない俺だ。それなのに、小町は文句や不平不満を言いながらも俺と一緒に時を過ごし、いつしか俺の面倒まで見てくれるようになった。

「悪くないどころか、むしろできすぎだよ、お前は」

本当にできすぎだ、この妹。そして情けなすぎだ、この兄。心底そう思って言うと、小町はえへんと大仰に胸を張る。

「まぁ、頑張りましたからね。ダメな兄を持つと危機感でぐっと成長するのですよ！」

「だろ？　俺って最高の反面教師だろ？　まーた育ててしまったか。ぜひ感謝してくれ」

だから、言い返す俺もさらりと前髪をかき上げて天井を仰ぎ、ふふんと尊大にふるまってみせた。すると、小町はこくりと頷《うなず》く。

「うん、感謝してる」

「え？」

いや、素直にそう言われても困るんだけど……。なに、なんかノリが違くない？　と、小町をまじまじと見てしまう。その視線を受け止めて、小町はこほんと咳払《せきばら》いをすると、こそっと目を逸《そ》らして口早にぽしょぽしょ何やら言い募《つの》る。

「こういうの、ちゃんと合格してからのほうがいいんだろうけどさ、受かってたら改まって言うのもなんか恥ずかしいし、落ちてたらそれどころじゃないし、今しか言えないから……」

そう前置きして、小町はそっと炬燵《こたつ》を抜ける。

そして、折り目正しく正座して、膝の上にちょこっと手を乗せた。

「なに、なになんなの」

背筋を伸ばして、まっすぐこちらを見つめる小町《こまち》の姿に、思わず動揺してしまった。そのせいで膝の上で寝こけていたカマクラも何事かと起きて、てでっと俺から距離を取る。

狼狽《ろうばい》する一人と一匹をよそに、小町は涼やかな笑《え》みを浮かべていた。

「お兄ちゃん、ありがとう。お世話になりました」

そう言って、しずしずと三つ指ついてゆっくりとお辞儀《じぎ》した。

それを見て思わず息が止まる。思考も止まっていた。小町の行動がまったくの予想外だったから、だけではなくて。その所作が普段の小町から想像できないくらい綺麗《きれい》だったから、たぶん見惚《みと》れていたのだと思う。

ぽけっと口を開けていた自分に気づき、慌てて何か言うべきことを探した。

「……バカお前、なんだそれ。照れるだろやめろ」

「えへへ。ちょっと言ってみたかった。小町的にポイント高いかなって」

なんて、襟足《えりあし》を撫《な》でながら冗談交じりに小町は言ったが、その頬《ほお》は朱色に染まっているせいでどうにも誤魔化《ごまか》し切れていない。

アホ、照れるなら言うな、俺も照れるだろ。あと、誤魔化すときはもっとちゃんと誤魔化せ。照れ隠しするときはもっといろいろ適当ぶっこいて煙に巻くもんだぞ。そのあたり、お兄ちゃん、めっちゃ慣れてるからな。

ここはひとつ手本を見せてやろうと、口を開いた。

「ポイント高くないし、それに、なんか嫁に行くみたいじゃねぇかなんだそれ、いや嫁入りとかほんと認めてないし、その、なに…………ほんと、やめ」

言い切れずに、声が詰まった。

鼻の奥がツーンとして、呼吸がやけに深くなる。

それまで勢いに任せて垂れ流していた声は掠《かす》れて、適当ぶっこいてまくし立ててた言葉も完全に途切れて、後には押し殺した大きな吐息だけがゆっくり漏れ出てきた。

じわりと熱くなった目頭がきゅんと痛んで瞬《まばた》きした瞬間、つっと水滴が頬《ほお》を伝う。

「お、おお……なんか目から水が……なにこれ、なに、なんでこうなってんの、なんだこれ」

思わず、天井を見上げてしまった。唇を浅く噛《か》んで、その隙間から震《ふる》える息を吐き出す。それを見ていた小町《こまち》は少し驚いたように目を丸くしていたが、やがてふっと小さく噴《ふ》き出して笑った。

「それは涙だよ。お兄ちゃん、初めて感情を知ったロボットみたいになってるよ」

「コレガ、涙……コレガ感情……」

「なんで急に片言……」

小町は呆《あき》れたように言うが、そうやって笑い話にでもしないと、本当に涙が出てきてしまうのだから仕方がない。

別に悲しいわけでも辛《つら》いわけでも、ましてや目が痛いわけでもなくて、ただ、嬉しかったのだと思う。

同時にどこかで安堵《あんど》にも似たほんの一抹の寂しさがあった。

けれど、それを言葉にするのは難しくて、俺はどうにも不機嫌な犬みたいな唸《うな》り声を出すことしかできない。

うーっと声を詰まらせて俯《うつむ》いていると、小町はしょうがないとばかりに笑って軽く目元を拭《ぬぐ》う。その手を俺の頭へと伸ばし、ポンポンと軽く叩《たた》いた。

「小町、お風呂沸かしてくる。そんで先に入っちゃうね」

囁《ささや》くように言った言葉は掠れているような気がした。小町はすんと小さく鼻を鳴らすと、すっくと立ち上がる。そして、振り返ることもなく、足早にリビングを出ていった。

遠ざかる足音を耳にして、俺はようやく大きな息を吐く。まともな言葉は何も出てこず、代わりにただ何度もため息を吐《つ》いた。

そうしていると、さっき飛び跳ねて部屋の隅に行っていたカマクラが戻ってきて、俺の背に頭をこすりつけてくる。

誰に似たのか、空気を読んでくれるいい猫だ。

俺はカマクラを抱き上げて、また膝の上に乗せた。

「……兄離れってやつなんですかね、どうですか、カマクラさん。ちょっと卒業が一足早すぎませんかね」

問うてみたものの、カマクラはうんともすんともにゃーとも言わず、黙って撫《な》でられ続けている。

代わりに、俺の鼻がすんと鳴った。

4 今日まで、その鍵には一度も触れたことがない。

二月、未《いま》だ草萌《も》ゆるに至らない。

ひと時は春めいた心地があっても、寒の戻りが訪れることも多く、暦《こよみ》の上でだけ季節が過ぎようとしている。冬枯れの木立が芽をつけるにはいましばらくの時間がかかるのだろう。川沿いの公園もちょっとした並木道も、目に映る景色にはまだ寒々しさが残っていた。

ことに、いつもの通学路であるサイクリングコースは海から吹き付ける冷たい風のせいもあって、冬の匂いが色濃い。

連休のおかげ、あるいは小町《こまち》のお札によって、どこか気が抜けてしまっていたが、頬《ほお》を打つ空気の冷たさに、目が覚めるような心地がする。都合三日の入試休みが終わり、また日常へと戻っているのだと実感が湧いてきた。

身体《からだ》のほうもそれに順応しているようだった。二年近く通い続けた道だけあって、無意識のうちにも曲がるべき角、止まるべき信号で自然と最適な行動をとっている。

これをあと一年も繰り返すのだから、最後は目を瞑《つぶ》りながらでも学校へ行けてしまうのではないか。いや、正確に言うのであれば、あと一年だけしかこの道を使うことはない。ずっと後になってからノスタルジーに浸って、ふと思いつきにここを通ることはあるかもしれないが、通学路と呼んでいいのはあと一年だけだ。

いつだって、なんだって、どこだって、その時限りのものは存在している。朝な夕なに昇り沈みを繰り返す太陽でさえ、初日の出やご来光云々《うんぬん》と特別な意味づけがされてしまえば、そこに永続性はなくなってしまう。

それは人の関係性においても同様のことが言えるのかもしれない。俺と小町が兄妹であるという関係性、それ自体は不変の事実たりえる。だが、もう小さい頃のままの俺たちではないという認識が、二人の関係値をいささか変えることにはなりうる。

きっと、ほんの少しだけ大人になった兄妹になるのだと思う。もっとも、それで何かが致命的に大きく変わるわけではないことを俺も小町もこの十五年でよくわかっているのだけれど。

小町とは家族だから、たぶんこれでいい。そのあたりはもう運の尽きだと思って諦めて、一生付き合ってもらうしかない。一生、お兄ちゃんと地獄に付き合ってもらう。

——けれど、そうでない人は、どれくらいまで付き合ってもらえるものなのだろう。

そんなことを考えているうちに、通用門までやってきてしまっていた。

軽くブレーキを握って減速をかけながら、人と自転車の間をすりぬける。そのまま、くるっとハンドルを回して、空いていたスペースに滑り込んだ。

軋《きし》みを立てて止まった自転車に鍵《かぎ》をかけて、ふと顔を上げると、自分が思っていたよりもずっと余裕があった。

この駐輪場、こんなに広かったかなと内心で首を捻りつつ、昇降口までてくてく歩いた。

休日を挟んだおかげか、行き交う生徒たちはどこか浮かれた気分が残っているようで、道々楽しげにおしゃべりしている。その声がいつもより大きく響いている気がした。

おかげで、さっきの疑問の答えに行き当たる。

ちょうど三年生が受験真っ盛りで自由登校になっており、ほとんどが登校していないのだ。だから、駐輪場は空いているし、校舎の一階と二階も閑散としている。昇降口から階段へ行くまでに通りがかる教室のいずれも人気《ひとけ》がないからこそ、生徒たちの声はよく響くのだ。

そして、ひっそりと冷たく静かな雰囲気《ふんいき》が、彼らに不安を抱かせ、それが故《ゆえ》に彼らはなおさらに口を開くのだろう。

そう思うと、その騒々しさはうら寂しいものに感じられてならない。

それでも、二年生の教室がある三階にまで至ると、喧噪《けんそう》にも温かみが出てくる。ていうかうるせぇ。お前がこの三連休をどう過ごしたかとか興味ねぇんだよ、ちょっと黙ってろ。いいから。携帯出して写真見せ合わなくていいから。ていうか、お前らそれSNSにアップしてんだろ、たぶんその友達もそれ見てるから。で、反射的に「いいね！」してすぐ忘れてるから。あ、だから、わざわざ今見せてるのね。やだもう！　用意周到《よういしゅうとう》～！　隙を生じぬ二段構え～！

などと思いつつ、廊下に溢れるインスタグラマーたちを避けて歩いていると、後ろから軽快な足音が近づいてきた。それに道を譲ろうと半歩右によると、左肩をたーんと叩《たた》かれる。

「八幡《はちまん》！　おはよ！」

振り返れば、そこにいるのはどんな被写体よりもインスタ映《ば》えするであろう御姿。学校指定のジャージの上にウインドブレーカーを羽織った戸塚彩加《とつかさいか》だ。

「お、おお……おはよう……」

どうにか返事をすると、戸塚は悪戯《いたずら》に成功したと言わんばかりに冗談めかした笑《え》みを浮かべ、からかうように「びっくりした？」と小声で問うてくる。それに俺は息を止めたままこくこく頷《うなず》くしかない。んもう！　この、からかい上手の戸塚さん！

いや、びっくりもしますよ、なんでこいつこんな可愛《かわい》いの？　ウインドブレーカーの余った袖《そで》で口元隠してにこにこ笑ってる姿とか女子力高すぎでしょ？　おいおい、なんか代官山《だいかんやま》とか中目黒《なかめぐろ》で売ってそうなしゃれこいたフード写真アップしてる場合じゃねぇぞ。これだよ、これが女子力だよ。女子のみんなは反省して？　とりあえず、心のインスタで「いいね！」を連打しておきますね！

と、十六連射しているうちに動悸《どうき》も収まり、息も整って、戸塚を窺《うかが》う余裕が出てきた。

ちょっぴり長めでつやつやと白銀の光を反射する猫っ毛は少しばかり乱れていて、ラケットケースを背負い直す動きは機敏、浮かべる微笑《ほほえ》みも溌溂《はつらつ》として爽《さわ》やかで、血色のいい頰《ほお》は桃色に染まっている。ふむ、どうやら朝練を終えてから急いでここまで来たようだな。

ほのかにシトラスが香るデオドラントスプレーの香りは身だしなみだろうか。であれば、それを思いっきり吸い込んで、胸にため込み、赤血球で身体中《からだじゅう》にいきわたらせるのが紳士のたしなみだろう。すーっと鼻から息を吸って、呼気とともに話を振る。

「朝練、お疲れさん。寒いのにすげぇな」

「うん。けど、もう慣れちゃってるから」

戸塚《とつか》は俺と歩調を合わせながら、にぱーと笑って答えた。その口ぶりは謙遜《けんそん》よりも自信のほうが強く感じられる。

「もうすぐ新入生が入ってくるし、いいとこ見せるためにも頑張らないと」

むんっと胸の前で握り拳《こぶし》を二つ並べてがんばるぞいっと自分に気合いを入れる姿はなんとも愛らしく微笑《ほほえ》ましく頼もしく可愛《かわい》らしくその他諸々およそいい意味で使われる形容詞がだいたい全部当てはまる。結果、語彙力《ごいりょく》が死んでしまった俺は潤《うる》んだ瞳で見つめるほかない。もはや言葉はいらない……。が、じーっと黙って見ている俺を訝《いぶか》しんだか、戸塚は不思議そうに、くりっと首を傾《かし》げ、俺を上目遣いに見上げる。

「八幡《はちまん》たちは新入生どうするの？」

「へ？」

思わぬことを聞かれたのとぼーっと見惚《みと》れていたのが相まって、素《す》っ頓狂《とんきょう》な声が出てしまった。すると、戸塚は説明が足りないと思ったのか、はたはたと手を振りながら付け足す。

「ほら、奉仕部もちゃんとした部活だし。新入生が入ってこないと困らない？」

ちゃんとしているかどうかは疑問だが……と思いつつも、俺も首を捻る。

「どうだろうなぁ……。下っ端《ぱ》の俺にはわからん。そもそもどういう成り立ちかもよく知らんからな……。ほとんど拉致監禁《らちかんきん》からの脅迫みたいな感じで入部したし」

「あはは、そうだったんだ……」

「だから、新入部員は入らねぇんじゃねぇかな」

苦笑していた戸塚にそう続けると、戸塚はそっと目を伏せた。

「そうなんだ……それは、ちょっと残念」

新入生が入ってこないとなれば、やはり、奉仕部という存在は遠からずなくなるのだろう。

当たり前のことながら、改めて気づいた。俺は戸塚よりも一歩前へ足を送る。そうして表情を見られないところで、疲れたため息を吐き出してみせた。

「俺も残念だ……。一度くらい後輩に向かって『辛《つら》いのはお前だけじゃない、みんな通ってきた道だ』とか『ここでやめるようじゃどこ行っても通用しないぞ』とか先輩らしいこと言ってみたかった……」

「い、嫌な先輩だね……」

後ろから、ちょっと困ったような微苦笑が追いかけてくる。

「あ、そういう話じゃなくてさ！　奉仕部、素敵な部活だから、これからも続いてほしいなって思ったんだけど……」

たっと勢いよく足を踏み込んで、戸塚《とつか》は再び俺と並ぶ。そうして俺を見上げる視線にはこちらを案じる色があった。

「……まぁ、部長と顧問次第じゃないか。俺、下っ端《ぱ》だからそういう決裁権ないんだよ」

だから、真実混じりけのない事実を口にした。

すると、戸塚はくすりと笑う。

「そういう言い方すると、会社員みたいだね」

ちょっと呆《あき》れたような言葉は、けれど、正鵠《せいこく》を射《い》ているかもしれない。

俺のスタンスは今までもずっとそうだったのだ。依頼や相談という形をとって仕事が生まれ、往々にして問題課題難題がつきまとうから、それを自分ができる範囲で片づける。そこに自分の意思はあまり関係ない。仕事だから、とそればかりを口にしてきた。

おかげで、返す言葉にも自虐《じぎゃく》が入り混じる。

「だろ？　働き始めたらこれより辛《つら》いとかやばすぎるでしょ、絶対働きたくない」

冗談めかして笑い合っているうちに教室につき、俺たちは軽く手を振って自席へと向かう。

教室内は暖房のおかげで廊下よりはいくらか暖かく、その分、どこか弛緩《しかん》した空気が流れていた。扉からほど近い席は隙間風のせいでひんやりとしているが、窓際へと向かうにつれ、ヒーターの恩恵によって、まったりとしている生徒が多い。窓際前方に座っている川崎沙希《かわさきさき》に至っては頰杖《ほおづえ》ついて目を瞑《つぶ》り、微睡《まどろ》んでいるようにすら見えた。

片や窓際後方の席にいる連中へ目を向けると、彼らは相も変わらず元気がよい。先日のお菓子作りの一件が丸く収まったおかげか、戸部《とべ》を中心にあれこれおしゃべりに花を咲かせていた。

あのイベントは彼らの関係性に変化を与えたのだろうか。三浦優美子《みうらゆみこ》は正しい距離を測りかねながらもほんの少しだけそれを詰め、また海老名姫菜《えびなひな》は適切に距離を置きながらも前進をし、戸部翔《かける》は……まぁどうでもいいか。楽しそうにしてたし、戸部だし、まぁ、どうでもいい。

ただ、「いいイベントだ」と評した彼は……と、窺《うかが》う視線を送ってしまったせいか、その一団の中にいた由比ヶ浜《ゆいがはま》が俺に気づいた。

由比ヶ浜はかすかに口を開け、小さく手を振ってくる。そういうのなんか恥ずかしいからやめてほしい……。だが、無視するわけにもいかず、こっちもこっちで小さく頷《うなず》きを返した。

すると、由比ヶ浜の視線の先を追って三浦たちもちらと眼差《まなざ》しを向けてくる。三浦は巻いた髪をみょんみょん引っ張りながらまたスマホへ視線を戻し、海老名さんはおーと声なき声を出して俺を認識したというリアクションをとってくれた。戸部たちは戸部たちでおうとかおんとかうすとか息みたいな声でもって挨拶《あいさつ》へと代えたらしい。

そして、葉山隼人《はやまはやと》は微笑《ほほえ》みと目の動きだけでおはようと伝えてくる。それに俺もおうと頷いて、さっと椅子《いす》を引いた。

机に頰杖ついて、目を閉じる。

思えば変わったものだ。

わざわざそれらしく声に出しての朝の挨拶《あいさつ》こそ交わしはしないが、それでも互いに目が合えば会釈《えしやく》の一つもするような間柄になっている。

いつくらいからだろうか、という自問への答えは実に簡単で、俺が彼らのほうに目を向けるようになってからだ。

このクラスに入ったばかりの頃であっても、葉山《はやま》たちの姿それ自体は俺の目にも映ってはいた。教室を彩る風景の一部として、ではあるが。それでも名前を覚えてはいたし、部活動だなんだの周辺情報は把握していて、その存在も認識していた。

けれど、彼らを知っていたとは言い難い。

……別に、今もよく知っているわけじゃないか。

そんなことを思ったせいか、それとも彼らと挨拶を交わすなんていう不慣れなことをしたせいか、むず痒《がゆ》さで尻の座りが悪い。

なんとなく落ち着かず、すぐに席を立った。

こういうときはトイレへ逃げるに限る。逃げるは恥だが役に立つのだ。一昔前、人気漫才コンビも交通事故で当て逃げして謹慎してたけど、しれっと復帰して鉄板ネタにしてるしね！

すすっと教室を去り、するっとお手洗いを済ませる。ついでに、飲み物でも買っとくか……、と、購買の自販機を目指した。時間が時間だけに、遅刻ギリギリで廊下を足早に急ぐ生徒もちらほらと見受けられたが、先程に比べればずいぶんと静かだ。

そのせいで、自分の後に続いて響く足音が気にかかった。背後に感じる気配は、つかず離れずの距離を保ったまま、落ち着いた足取りで俺の後をついてくる。

自販機の前までやってきて立ち止まると、後ろの足音も一拍遅れて止まった。

手早くいつものマッ缶を買ってすっとその場を譲ると、足音の主は悠々と前に踏み出して、ブラックの缶コーヒーのボタンを押した。

「聞いたよ」

取り出し口にしゃがんだそいつは、こちらを振り返ることもせずに話しかけてくる。まるで俺がそこに留まることを確信しているような態度だった。

一昔前ならそれが鼻について、こっちの言葉も鋭くなっていただろうが、今はそうでもない。

葉山隼人《はやと》はこういう鬱陶《うっとう》しい言い方をしてくる奴なのだとわかっているのだから、ちょっとしかイラっとしない。

なにより、彼はわざわざ俺になにかを伝えに来たのだとわかっている。なので、少ししかイラっとしない。やだ！　俺ったら結構イラっとしてるわ！

ほんとなんなの、その言い方……。こういう試すような言い方、よく似てるんだよなぁ……。

まぁ、人の話し方やよく使う言葉がうつることはよくある。それだけ長い付き合いだということの証左《しょうさ》なのだろう。

だから、葉山《はやま》がそのことに触れてくるのはごく自然なことだともいえる。

「大変だったみたいだな。少しは肩の荷が下りたか？」

熱そうな缶コーヒーを軽く放り投げて、お手玉しながら葉山はようやく振り返ると、訳知り顔でそう続けた。知っているのか、雷電……などと内心で呟《つぶや》きつつ、俺は首を傾《かし》げて見せる。

「あ？　なにが？　ああ、うちの妹か？　受験のことか？」

「違うよ」

ため息交じりに言って、葉山が肩を竦《すく》める。

「そっちも大変だったのかもしれないけど……、ああ、そうだ。妹さんに受験お疲れ様って伝えておいてくれないか」

「やだよなんでだよ、なんでお前の言葉伝えなきゃいけねぇんだよ、でも気持ちは嬉しいありがとう」

爽《さわ》やかな笑《え》みに対して、どんよりした瞳でそう返すと、葉山は驚いたように目を瞬《しばたた》いた。

「まさかこんなことで君に礼を言われると思わなかった」

缶コーヒーのタブをカシッと開けて、口をつけると、葉山は苦そうな笑みを浮かべる。いや、俺だって礼くらい言いますよ？　ていうか、こんなときでも労《ねぎら》いの言葉をかけることを忘れない律義《りちぎ》さに驚くわ……。

だが、律義であるがゆえに、葉山は逸《そ》れてしまった話題もちゃんと元に戻した。

「そっちの妹はいいとして……。あっちの妹の話だよ」

あっちの妹か、誰だ。京華《けいか》か。いや、確かに大変だった、末恐ろしい幼女だった……。と、すっとぼけてもよかったのだが、そうするには葉山隼人《はやと》の表情は真剣に過ぎた。

ここでまたとぼけたら「そうかそうか、つまり君はそういうやつなんだな」とかなんとか言って、勝手に納得しだすに違いない。

もうお互いの手の内はだいたい読めている。

事実として、俺も葉山もお互いに相手のことを勝手に理解した気になって、そのうえ失望して、さらには諦めて、あまつさえそれを受け入れて、もはや手前勝手な感傷を押し付けることしかしてきていない。

投げかける言葉はいつも問いかけの体《てい》をなさず、どこかよそを向いている。届いているかどうかを確認することさえしないのに、言わずにはいられない。

お互いのスタンスが相容れないことを知っていながら、それでも無視するのも癪《しゃく》に障《さわ》り、問わず語りや皮肉めいたあてこすりの応酬だけがある。

「……まぁ、大変なのはこれからだろ、知らんけど」

「確かに」

葉山は苦笑交じりに破顔すると、飲み終えた缶を放る。弧を描いて飛んでいく缶は過《あやま》たずゴミ箱に入り、森閑とした校舎の一階に甲高《かんだか》い音が響いた。

それを見届けて、葉山《はやま》は笑《え》みを収めるように薄いため息を吐《つ》く。その吐息は満足感とも寂《せき》寥《りょう》感とも取れない。測りかねているうちに、葉山はすっと歩き出してしまう。

「……でも、昔よりはずっといい。俺は、ずっと変わらないと思っていたからな」

背中越しの呟《つぶや》き声はしかし、俺の返事を待ってはいない。そも、俺が何かを言うとさえ思っていないように見えた。

ああ、やはりいつもの俺たちのやりとりだ。いや、やりとりとさえ呼べない。

本当は言いたくもないことを、絞り出すように吐き捨てるように呟いて、それを勝手に受け取って、意味づけているだけのこと。だから、解釈というよりは、介錯《かいしゃく》というほうが近いのかもしれない。本来会話になりえたはずの言葉をいつも打ち切って、看取っている。

葉山は既に数歩先へ行っていた。その背中をつかず離れずの距離で追いながら、先の話を思い返す。

葉山は、雪ノ下《ゆきのした》が実家に戻ったことを誰から聞いたのだろうか。両親か、あるいは陽乃《はるの》さんからか。それとも雪ノ下本人から聞いたのだろうか。もしくは、由比ヶ浜《ゆいがはま》が話題に出してでもしたのか。まぁ、いずれであっても大差はない。それが意味するところは同じだ。

つまるところ、葉山隼人《はやと》でさえも、ずっと変わらないと思っていた何かが、雪ノ下雪乃《ゆきの》の行動によって変わりつつあると、そう感じているのだ。

ただ、それを葉山がプラスだと捉えていてくれてよかった。雪ノ下家と、あの姉妹と長く親交のある彼がそう言うのなら、その言葉は信じるに足る。

おかげで多少は気が楽になった。雪ノ下は俺の知らないところでちゃんとうまくやっているのだという安堵《あんど》がある。

肩の荷、と評された時には小町《こまち》のこととあえて混同したりもしたが、その表現はあながち間違いではなかったのかもしれない。胸のどこかが疼《うず》くような感覚も、小町に礼を言われた時と近しいものがある。

だから、この疼痛《とうつう》は正しいことの証《あかし》だ。

元居た教室へと戻る道中、俺と葉山の距離が縮まることはない。

始業時間間際にさしかかると、遅刻ギリギリの生徒たちが廊下を駆けていき、追い越しざま、葉山に朝の挨拶《あいさつ》を送る。その度に葉山は軽く手を挙げて応えていた。

いつしか俺の視線は気ぜわしく動く葉山の腕へと向いている。

もしかしたら、葉山も同じような心持ちでいたのだろうか、とふと思う。俺が小町を見てきたように、彼もまた近しい存在であった彼女、あるいは彼女たちへ、そんな思いを抱いていたのだろうか。教室につくまでの短い時間、そんな勝手な想像をしてしまう。

教室の扉に葉山が手をかけるその一瞬、俺と彼の距離は少しだけ近づいていた。

×　×　×

朝方は静かな印象があった教室も、放課後が近づくにつれ、賑《にぎ》わいだしていた。校舎全体にもじんわりとした熱がこもっているような気がする。

入試期間中は部活動も停止していたせいか、とりわけ運動部の連中は活気づいているようだった。既にグラウンドからは野球部やラグビー部の掛け声が響いてきている。

教室内にも葉山《はやま》たちをはじめとする運動部連中はもうおらず、そのほかの生徒たちも徐々に数を減らしている。

部活、か。……部活あるよな？　ないのか？　とりあえず、行くだけ行ってみるか……。と、考え考えしながらゆっくり帰り支度を整え、そっと席を立とうとした。すると、ぱたぱたと慌ただしい足音が駆けてくる。

この足音は……、とあたりをつけて振り向くと、向こうもちょうどこっちを覗《のぞ》き込むように小首を傾《かし》げていた。そのせいでお互いの顔がびっくりするくらい近い。

「っおぉっ！　びっくりしたぁ……」

「あ、ご、ごめん！」

丸く括《くく》ったお団子ごと揺れる桃色がかった茶髪、あどけなく見開かれた大きな瞳、吐息が漏れる柔らかそうな唇、たじろいだ弾みで大きく反らされ強調される胸元、合ってしまった視線を外そうと顔を背けた時に香るシトラス。

そのどれもが至近距離にあるせいで、心臓が大きく跳ねた。

大きく息を吐き出していると、由比ヶ浜《ゆいがはま》がちらっとこっちを窺《うかが》う。

「ていうか驚きすぎだから」

堪えかねたようにぷふーっと噴《ふ》くと、由比ヶ浜は俺の肩らへんをぺしぺし叩《たた》きながら、くすくす笑う。やだもういろいろ恥ずかしくてなんかもう何回か死にたい……。大きい声出したせいでなんだか視線も集まってきましたよ……。とりあえず二の腕触るのやめてね？　それ、ほんと効果抜群だから、つい力込めて見栄張ろうとしちゃうから。

「部活、行く？」

「……あ、ああ。一応な」

未《いま》ださっきの驚きでバクバクしている鼓動を抑えつけながら戸惑い交じりに答えると、由比ヶ浜はしばし考えているようだった。だが、すぐにうんと頷《うなず》く。

「……そっか。そだね。ちょっと待ってて」

由比ヶ浜はそのまま三浦《みうら》たちのほうへ駆け戻ると、二言三言挨拶《あいさつ》を交わして、リュックやらなんやらやけに多い荷物一式をひっつかんで、たたたっと駆け足で戻ってくる。

「行こっか」

言って、急《せ》き立てるように俺の背中を押す。あ、あの、ちゃんと行くので、押さないでほしい……。こういう非常時こそ、押さない駆けないしゃべらないの精神が大事。俺クラスともなると防災意識強すぎて普段から人としゃべらないようにしてたまである。

いや、実際、俺個人としては非常事態なのだ。これまでも部室に一緒に行くことはあった。けれど、教室から二人で出ていくのは初めてな気がする。

だから、つい人目を気にして振り返ってしまう。だが、教室内に残っている人はまばらで大体の者が目の前にいる相手に集中しており、こちらに気をかけることもない。

さっきまで由比ヶ浜《ゆいがはま》と話していた二人は、と、そちらもちらと窺《うかが》ってみたが、海老名《えびな》さんはばいばーいと手を振って、三浦《みうら》は巻き髪をみゅんみゅん引っ張っていた。特にこちらを訝《いぶか》しむでもない。

そのことにひそかに安堵《あんど》する。

俺の内心はさておき、他の者にとってこの光景は、日常といえばそうなのだろう。

由比ヶ浜が放課後に奉仕部の部室へ行くのは当たり前のことになっていて、俺が奉仕部の部員であることは二人もわかっている。だから、俺たちが一緒に部室に行くことはいたって自然な光景なのだ。

昔なら奇異な視線を向けられていたと思う。俺に対してだけでなく、由比ヶ浜に対しても。カースト上位と一括《くく》りにラベリングしていたころには思いもしなかったが、個人として関わり、お互いの事情や背景がうっすらと見えたおかげで、それを手掛かりにいろいろなことが推測できるようになった。それを理解とは呼ばないけれど、なにかしらの理屈をつけて飲み込む程度には互いのことを知ったのだ。

　無論、それは今、隣を歩く彼女についても言えることだ。

　放課後になってからいくぶん時間が経ったせいか、特別棟へと向かう廊下は普段にもまして人気《ひとけ》がない。相も変わらず、冷たく乾いた空気に満ちていた。

　それでも、けして寒々しくはない。

　その理由は隣にいる由比ヶ浜……。が、手に持っているもふもふ毛布のせいだろうか……。ちらと横を見やると、由比ヶ浜は抱《かか》えていた毛布に顎《あご》先を埋めていた。なんでこいつ毛布持ってきてんだろ。ライナス？　ライナスなの？　千葉だけにピーナッツつながりなのかしら……。

「ていうか、その毛布なに、どしたの」

　黙って歩いているのもなんなので、会話の端緒くらいの軽い気持ちで聞いてみる。すると、由比ヶ浜は、はえ？　と小首を傾《かし》げた。

「毛布？　あー、ブランケットのこと？」

「意味同じだろ……。なに、厳密には違うの？　パスタとスパゲッティみたいなこと？　なんでもかんでも横文字にするんじゃねぇよ」

「えー？　でもブランケットって書いてあったし……。あれ？　それどっちも横文字……」

　由比ヶ浜は唇を尖《とが》らせ不満げに言ったかと思えば、はたと気づいて、眉間《みけん》に皺《しわ》を寄せる。気づいてしまったか……。が、その反応には特に取り合わず、そのブランケットをまじまじと見てみる。折りたたんで丸めてはあるが、さして大きいものでもない。畳半畳あるかないかぐらいだ。そのサイズ感にぴったりな言葉を思い出した。

「あれだな、膝掛けだな」

言うと、由比ヶ浜《ゆいがはま》は毛布にもふもふ顔を埋《うず》めて頷《うなず》く。

「あ、そうそう。そんな感じ」

「ほーん……。お前、膝掛け持ってなかったっけ」

ふと思い出すのは部室での光景だ。いつだったたか、由比ヶ浜と雪ノ下《ゆきのした》は二人並んで座り、一枚のブランケットを掛けて炬燵《こたつ》みたいにしていた。あったかそうでいいなぁ、こっちは寒いなぁ、もう帰りたいなぁと思ったのでよく覚えている。

俺が座ってるとこ、やけに寒いんだよなぁと、ちょっと羨《うらや》ましい気分で由比ヶ浜の抱《かか》える毛布に目をやった。すると、由比ヶ浜が目をぱちくりさせている。

「意外によく見てる……」

「い、いや、まぁ、見てるというか自然に視界に入るだけから……」

「自然に……」

「あー、うん、まぁ、俺はなにげに視野が広いからな……」

適当ぶっこいたが、実際俺の視野は広いのかもわからん。面映《おもは》ゆさに顔を背けても、視界の端では、ブランケットに赤くなった頬《ほお》を埋めている由比ヶ浜の顔が見えているのだから。

静かな廊下に足音が響く。他に聞こえるのは窓を打つ風の音と、隣からひっそり漏れる小さな吐息。

やべぇ、なんかこの沈黙超気になるんですけど！　なぜだかすごく墓穴を掘った気分だ。このまま黙ってると、五秒経って時間切れで不正解、バッドコミュニケーションになってしまう！　お仕事報酬少なくなっちゃうよぉ！　パーフェクトとは言わずとも、せめてグッド、いや、ノーマルコミュニケーションくらいには収めたい。まぁ、パーフェクトとっても親愛度増えたりしないんですけどね。

というわけで、適当に思いついたことを口走る。

「ていうか、膝掛け持ってるのにまた買ったの？　膝いくつあるの？　ムカデ？」

「違うから！　雑誌買ったら付録でついてきただけだから！」

ぱっと顔を上げた由比ヶ浜が言い返してくる。だが、その勢いがすぐにしぼんだ。眉《まゆ》をハの字にしてしゅーんとし、なんかぶちぶち言いだした。

「……そんな感じで、気づいたらなんか超増えてて、ぶっちゃけ処分に困る」

「お、おう……。そうか……」

処分する気なのか……。まぁ、冬場は付録だの特典だのプレゼントだのでやたら貰えるよな、ブランケットの類《たぐ》いって。そういえばうちにもちらほらある気がする。春のパン祭りで貰える皿くらいの頻度で見かけるわ。あの皿、まったく割れないからどんどん増えてくよね……。

うんうんと納得していると、由比ヶ浜《ゆいがはま》も微笑《ほほえ》み交じりに頷《うなず》きを返してくる。

「だから、うちから持ってきたの。まだ寒いし。それに……」

不意に、由比ヶ浜の言葉が途切れる。その視線はすっと前へ向けられていた。つられて見やれば、そこにあるのは奉仕部の部室だ。

まるで言葉を選ぶような間を取って、由比ヶ浜は小さく息を吸った。

「……もし、もう少し部活続くなら、部室に置いとこうかなーって」

ぽつりと、呟《つぶや》くようにそう付け足すと、すぐに口を引き結んで、少し困ったように目を伏せる。その横顔を見てしまい、俺は、ああとかなるほどとか相槌《あいづち》を打つことしかできなかった。

別に、例の如く適当なことを口にしてもよかったのかもしれない。けれど、そんな誤魔化《ごまか》しはまったく浮かばなかった。

——続くなら、か。

由比ヶ浜の口ぶりには、終焉《しゅうえん》を確信しているような響きがあった。

投げかけられた言葉に正しい答えを出さないままに、俺たちは部室についてしまう。口を開く代わりに、扉の引手に手を掛けた。

だが、扉はがたっと一度大きな音を立てるだけで、それきり動こうとしない。

「……鍵《かぎ》かかってんな」

言うと、由比ヶ浜が俺の肩口から覗《のぞ》き込むようにして、扉を見やる。

「まだゆきのん来てないんだ……」

言いながら由比ヶ浜は荷物を小脇に抱《かか》えて、コートのポケットをごそごそやり始めた。それを横目に、俺はてくてく歩きだす。

「ちょっと鍵取ってくるわ」

「え？　あっ」

何かを言いかける由比ヶ浜。それに、いいからいいからと手ぶりだけで返事をして、俺は気持ち急ぎ足で職員室に向かう。奉仕部の鍵は雪ノ下《ゆきのした》しか開けたことがない。

今更ながらに気づいたのだ。

その鍵はいつも彼女だけが持っていて、俺は触れたことさえないことに。

×　×　×

扉を開けて覗き見た職員室は入試直後のあおりを受けてか、何やらばたばたしている。

見える範囲のデスクには、あれやこれやと書類の山が積まれていて、あちこちそちこちで打ち合わせやら電話だかの話し声がしていた。鍵どこですかーって聞きづれぇな、おい……。

こういうときは平塚《ひらつか》先生に声をかけるに限る。大体いつもあの人、職員室でアニメ見てたり、飯食ってたりするからな。

寝起きドッキリくらいのテンション感で、失礼しまーす……と小声で言いつつ、室内に踏み入って平塚《ひらつか》先生のデスクへ向かった。

これまでにも何度となく呼び出されているもとい訪ねているデスク。だが、そこにあったのは見慣れない光景だった。

普段はしっちゃかめっちゃかで書類やら封筒やら缶コーヒーやらおまけのフィギュアやらが置かれてどったんばったん大騒ぎな状態のデスクが、今日は整然と片づいている。机の上にあるのは紐《ひも》で綴《と》じられた黒い表紙の帳面と転がっているボールペンくらいのものだ。

一瞬、別人の机かと思った。ただ、回転椅子《いす》だけは背もたれをあらぬ方向に向けていて、そこに平塚先生らしさが見て取れる。だが、本人の姿が見えない。

「おー、比企谷《ひきがや》か。どうした？」

きょろきょろしていると、やや遠いところから声をかけられた。見れば、パーテーションで区切られた応接スペースから、くわえ煙草《たばこ》の平塚先生が顔を出している。ああ、そういえばそこを喫煙所代わりに使ってたなこの人……。

ひらひらと振っていた手が、来い来いと手招くのに変わったのに従って、そちらに向かう。どうやら、なにか書き物仕事をしていたようだが今は休憩中といったところだろうか。煙草のお供なのか、手にはまだ口の開いていない缶コーヒーが握られている。お供に選ばれたのはもちろんＭＡＸコーヒー。なぜなら彼もまた特別な存在だからです。

「あの、鍵《かぎ》取りに来たんですけど」

勧められるまま応接スペースのソファに座り、用件を伝える。すると、平塚先生はおやと不思議そうな顔をした。

「鍵ならさっき雪ノ下《ゆきのした》が持って行ったが……」

ふっと煙を吐いて、煙草の灰を落とす。クセが強いタールの臭いと入れ違いの徒労感に顔を顰《しか》めていると、平塚先生は呆《あき》れたように笑った。

「確認の連絡くらいしたらどうだ？　ホウレンソウは大事だよ」

「いや、連絡先知らないんで」

「……由比ヶ浜《ゆいがはま》もかね？」

「あー、いや……」

訝《いぶか》しむような視線に、なはは一と笑って誤魔化《ごまか》して見せる。言えるか、ただ鍵を取りに来たかっただけだなんて。

だが、言わずにいても、平塚先生は何か察したらしく、そっと肩を竦《すく》めて俺に微笑《ほほえ》みかけてきた。生暖かい眼差《まなざ》しは妙に居心地が悪く、俺は身を捩《よじ》る。

と、その視界に入るのは、どたばたと忙しそうな他の教師や事務員の人たちの姿だ。

「なんか忙しそうですね」

これ幸いと話題を変えると、平塚先生も目を細めてそちらを見やる。

「ん？　……ああ。まぁ、今年度ももう終わりだからな。この時期はいつもこうだよ」

ほーん、入試関連のバタバタかと思ってたが、それだけとも限らんか。卒業や進級にまつわるあれやこれやがあるんだもんな。それに平塚《ひらつか》先生は受け持ちの学年的には俺たち二年生についているわけで、新一年生にはあまり関わりがないのかもしれない。

「期末とか決算前に忙しいのはどこもおんなじなんですかね。うちの親も忙しそうにしてましたけど」

「まぁ、決算期をいつにするかは会社によって違うだろうが、やっぱり三月末が区切りになってるところが多いからな。結果、それに合わせることになるからもうめっちゃ忙しい……。帰りたい……。決算と期末と締め切りは死ね……」

平塚先生がうなだれて泣き言交じりに毒づく。

そう言う割りに余裕がありそうだけどなぁ……。と思いながら、だまーってじーっと見ていると、その無言の問いかけに平塚先生が気づいた。

「む、私も忙しいんだぞ？　ほんとだぞ？」

ぱっと居ずまいを正すと、これ見よがしに頬《ほお》を膨《ふく》らませる。うーん、惜しい、もうちょっと若かったら素直に可愛《かわい》いと思えたなぁ……。けど、平塚先生のその年齢でやられると、一周回って逆に可愛いまである。やだ、結局可愛いわ！

「今は……、まぁ、休憩をな？　ちょっとな？　な？」

念押しするように言いながら、平塚先生は煙草《たばこ》を灰皿に押し付けて、疑惑と一緒にぐしぐしと揉《も》み消す。しかし、火のない所に煙は立たぬと昔から申しましてね……。

「言う割りに机とかやけに片づいてましたけど」

「い、いやー、忙しいとついそういう現実逃避をな」

あはは一と平塚先生が頭を掻《か》いて誤魔化《ごまか》す。

まぁ、気持ちはわかるけれども……。あまりに忙しいとわけわかんなくなって、ついゲームやったりしちゃうよね！　う一ん、これは仕方ない。無罪。先生を責めるのはお門違いだな。なんもかんも仕事が悪い。仕事が悪。仕事憎んで人を憎まずの精神が大事。

俺も腕を組み組みうんうん頷《うなず》いていると、平塚先生はふっと小さなため息を吐《つ》いた。

「けど、そろそろ仕事も片づけないとな……」

その呟《つぶや》きは俺に向けられていたわけではなく、ひとりでに漏れ出たようだった。平塚先生の視線は手元の灰皿へと落とされている。そこにはもう火も煙もなく、ただ残り香だけがある。

その臭いにはもう慣れたと思っていたのに、つい眉《まゆ》を顰《ひそ》めてしまった。陽乃《はるの》さんとの会話を思い出してしまったからかもしれない。あの夜に嗅いだ臭いも、こんな重苦しい、どこか不安を掻き立てるような臭いだった。それを忘れようと、俺はそっと立ち上がる。

「……そろそろ戻ります」

「ん、そうしなさい」

平塚《ひらつか》先生も俺を送り出すように後についてくる。

そのまま応接スペースを出ようとしたとき、背中に声をかけられた。

「比企谷《ひきがや》」

「はい？」

呼び止められて振り返ると、平塚先生は小さく口を開いたまま、しかし、何も言わずにじっと俺を見る。

眼差《まなざ》しに普段の鋭さはなく、けれど時折見せる優しい瞳とも違っていた。

そんな目をするのを初めて見た。だから吐息みたいな言葉の続きが余計に気になって、俺は促《うなが》すように小首を傾《かし》げる。

だが、平塚先生は瞑目《めいもく》して小さく首を振り、それからにっとまるで少年みたいに笑った。

「……いや。ちゃんと、とれよっ！　と」

掛け声とともに、手にしていた缶コーヒーを下手投げで放ってきた。どうにかこうにか受け取って、なんじゃこれと思って平塚先生を見やる。

すると、平塚先生はきゃるるーん♪と頰《ほお》に手をやり、ぱちーん☆とウインクし、舌をペロッと出す。

「私がここでサボってたのは内緒だゾ☆」

うわぁ、うざい……。なにそのゆめかわっ！　な感じ。え？　じゃあ、この缶コーヒーは口止め料のつもりなの？　まぁ、わざわざ貰わなくても別に告げ口する相手いないんだけど……。

とりあえず、対抗して俺も横ピース☆でかしこまっ！　と返して職員室を後にした。

既に部室の鍵《かぎ》が開いているとなれば、急ぐ必要もない。

今頃は雪ノ下《ゆきのした》も部室についていて、由比ヶ浜《ゆいがはま》も中に入れていることだろう。さっき貰ったマッ缶をお手玉しながら、部室までの道のりをゆるゆると歩く。

あにはからんや部室の前に由比ヶ浜の姿はなく、室内からは二人の話し声が届いていた。その声のおかげか、さっきまでは寒々としていた光景に温かみが宿っているように感じる。

先程はガタピシいうだけで開かなかった扉も今はするっと動いた。暖房の効いたほわりとした空気に、紅茶の香りが混じっている。扉の先、窓際寄りのいつもの場所に二人は座っていた。

ひと声かけて、俺もまたいつもの廊下側の椅子《いす》を引く。

「うす」

「こんにちは」

ちょうど紅茶の準備を終え、カップに注いでいた雪ノ下が手元から顔を上げて、微笑《ほほえ》みを浮かべた。しかし、すぐに申し訳なさそうに眉《まゆ》を下げる。

「ごめんなさい。入れ違いになってしまったみたいで……。連絡するべきだったわね」

「ああ。まぁ、だいじょぶだ」

これを買いに行っていたついでだと言わんばかりに缶コーヒーを振って見せた。すると、雪ノ下はほっとしたように息を吐く。だが、隣にいる由比ヶ浜《ゆいがはま》は対照的に息を止めて、ぷくっと頰《ほお》を膨《ふく》らませていた。

「だから、電話するって言ったのに……」

ぷくぷくぷちぷち文句を言う由比ヶ浜につい苦笑してしまう。

「いや、言ってはいなかったような……」

「言う前にヒッキーが行っちゃったの」

「あの、でもマッ缶をね？　あ、なんでもないです、ごめんなさい……」

じとっとした目を向けられて、マッ缶片手にちょいちょい言い訳じみたことを口にしてみたが由比ヶ浜の視線が冷ややかになっていくのを感じて、素直に謝ってしまう。

「……別にいいけど」

ふくれっ面《つら》からぷーっと息を吐くと由比ヶ浜は両手で持っていたマグカップに口をつける。そんなやりとりを見守っていた雪ノ下《ゆきのした》はくすりと笑うと、ポットを手に俺へ視線を向けた。

「一応、紅茶淹れたのだけれど……。飲む？」

「あー、貰うわ。甘いものは別腹って言うしな」

「それってコーヒーにも言うの!?　確かに超甘いけど！」

由比ヶ浜は半《なか》ば恐怖の入り混じった視線でマッ缶を見る。いや、言うだろ。なんなら昨今のローカーボとかローファットなスイーツよりよっぽど甘いからな、これ……。

まぁ、マッ缶は小腹が空《す》いた時に飲むとして、今は淹れたての紅茶で放課後ティータイムだ。

「はい。どうぞ」

「ん、サンキュ」

雪ノ下が注いでくれた湯呑《の》みにちびりと口をつけ、ほっと息を吐く。身体《からだ》のこわばりが解《ほぐ》れていくのを感じた。

だから、それだけずっと気を張っていたのだと自覚した。

同時に、今この瞬間、気が緩《ゆる》んでしまったことも。

そのせいで、ついさっきまであれこれと口走っていた適当な言葉はさっぱり出てこなくなってしまい、ただただ湿り気のある息を吐くことしかできない。

昔は沈黙なんて気にかけることもなかったはずなのに、今は気づまりな空間がひどく恐ろしいものに思える。

ちらと横目で由比ヶ浜の様子を窺《うかが》うと、彼女はさざ波だつマグカップの水面に視線を落としていた。その様子から由比ヶ浜も俺と近しい心境にあるのではと察する。

だが、雪ノ下は違った。

俺も由比ヶ浜も口を開かない中、雪ノ下は落ち着いた笑《え》みを湛《たた》えて、話を切り出した。

「こないだは、その、ありがとう……」

膝の上に手を乗せて、そっと頭を下げた一礼、その所作は淀《よど》みなく美しい。

それを見て、少し安堵《あんど》した。根拠なんてなにもないけれど、ただ、背筋が伸びた綺麗《きれい》な姿勢と可愛《かわい》らしいつむじとほのかな笑《え》みを前にもどこかで見た気がした。その既視感のおかげで、俺は思いのほか、優しい声音《こわね》で話すことができた。

「……引っ越しは無事終わったのか」

今朝方、葉山《はやま》から聞き及んでもう知ってはいるが、あえて口にする。やはりこういうことは本人から聞くべきだと思う。その問いに雪ノ下《ゆきのした》は首肯《しゅこう》して続けた。

「ええ。引っ越しというほどのものでもなかったし……。それに、由比ヶ浜《ゆいがはま》さんにも手伝ってもらえたから」

雪ノ下が由比ヶ浜に温かな眼差《まなざ》しを向けると、由比ヶ浜は胸の前でぶんぶんと手を振る。

「あ、ううん、全然！　あたしはそんな大したことしてないし……」

謙遜《けんそん》なのか、由比ヶ浜はあはは一と照れたような困り笑いを浮かべて、お団子髪をくしくしといじって顔を背けてしまった。だが、雪ノ下はけして視線を逸《そ》らさない。

「本当に助かったわ。ありがとう……」

その微笑《ほほえ》みは夢見るように穏やかで、晴れ晴れとした印象を受けた。

ずっと見つめられていた由比ヶ浜もちらと雪ノ下を窺《うかが》う。そして、目が合うと泣き笑いのような表情で、うんと頷《うなず》き、深く震《ふる》える吐息を漏らした。

その反応が照れ臭かったのか、雪ノ下はちょっとはにかむ。

「なにかお茶請けも出しましょうか」

そして、部室はほのかに暖まり、甘さを含んだ紅茶の香りが広がっていく。傾き始めていた夕陽が差し込んで、その空気も色づいているようだった。

不意に、その空気が揺れる。響くのはとんとんと扉を叩《たた》く音。

「どうぞ」

雪ノ下が落ち着いた声音で返すと、扉はゆっくり開かれた。

×　×　×

窓から降り注いでいた一筋の光が、かすかに開いた扉へ抜けていく。外から入り込む冷気は蟠《わだかま》っていた暖気をかき混ぜて、さながらの一条の風が吹いたように感じられる。

廊下にある窓のどれかが換気のために開けられていたのだろう。ヒーターの効いていた部室に新しい空気が満ちてきた。

「失礼しまーす」

その風を呼び込んだ主、一色《いっしき》いろはにこやかな微笑みを浮かべ、扉のすぐそばに立つ。しかし、室内に入ってくる様子はない。え？　なんで入ってこないの？　ていうか、むしろドア開けっ放しなの寒いんだけど……。と、咎《とが》めるような視線を送っていると、一色は頬《ほお》に人差し指をぷにっと当てて小首を傾《かし》げる。

「あのー、ここってパソコンってありましたよねー?」

「あるけれど……」

出し抜けに言われた質問に、雪ノ下《ゆきのした》が若干戸惑いながら答えた。すると、一色《いっしき》はさらにしれっと重ねて問う。

「それってＤＶＤ見れます?」

その問いに雪ノ下がはてと首を捻り、机の引き出しにしまってあるノートパソコンを引っ張り出そうとした。が、そうするまでもなく、俺が答えを知っている。

「古い型だから逆に見れるな」

「へぇ～」

なぜか感心されてしまった……。

「それがなに?」

「いえ、確認です」

「はぁ……。いや何の確認なんだよ……」

ひらひらと軽く手を振り、別になんてことないですみたいな顔をされてしまった。だが、このやりとりを経てようやく一色は部室内に入る気になったのか、後ろ手で扉を閉めるとぶつくさなんか言いながらこちらへやってきた。

「別にネット配信でもいいんですけど、それだと領収書切れなくて。ああいうのってカードとか必要になるじゃないですか」

「ないですかと言われても……」

困惑する声は雪ノ下から、しかし、その表情は俺たち三人共通のものだ。こいつ何言ってんだ……と、訝《いぶか》しむ視線を向けている間にも、一色はてきぱきノートパソコンを立ち上げる。

「で、DVD借りてきたんですけど、生徒会のパソコン新しいんで、DVD見れないんですよ」

へぇ……新しいんだ、そうなんだ……。お金があるところはいいわねぇ……。まぁ、もう最近のノートパソコンはディスクドライブないほうが多いよね……。などと思っているうちに、一色は鞄《かばん》からがさごそ何やら取り出す。

それは手のひらサイズの白い角ばった箱だった。

「……なにこれ」

由比《ゆい》ケ浜《がはま》がおっかなびっくり、それを指先でつんつん突く。確かに。なにこれ。豆腐？ と思ったが、レンズらしきものやボタンやらが存在している。ということは豆腐じゃねぇな……。

その箱をがしっと摑《つか》んで、ケーブルをぶっ差し、一色はパソコンと接続し始める。それを見て、雪ノ下がへぇと感心したような声を出す。

「それ、ずいぶん小さいけれど、プロジェクターなのね」

「ですです。あ、ちょっとスクリーンおろしますね」

一色《いっしき》が頷《うなず》きを返し、ついでに立ち上がると、部室の隅に吊り下がっているロールスクリーンをしゃーっとおろした。

いったい何が始まるんです？　と見守っていると、一色は箱のボタンをぽちっとな。すると、低い駆動音が聞こえてくる。しばらくたつと、スクリーンにはパソコンの画面が映し出された。

「はえ～。すっごい」

「結構綺麗《きれい》に映るのね」

ぽけーっと口を開けている由比ヶ浜《ゆいがはま》と腕を組み顎《あご》に手をやる雪ノ下《ゆきのした》。その二人に、一色は指をふりふり、えへんと胸を張った。

「なんかスマホの映像とかも出せるらしいですよ」

「へ～。あ。でも、……お高いんでしょう？」

さらに驚いていた由比ヶ浜が思いついたとばかりに、ぬふふっと笑い、冗談めかして聞く。すると、一色は大仰に腕を振って答える。

「それがなんと！　今なら生徒会の経費でわたし的には実質無料なんです！」

「最悪の実演販売なんだよなぁ……」

実質無料ほど怪しい謳《うた》い文句はない。実質無料で遊べるゲームも、中長期的には確実に利益が生じるとか言いだすマルチ商法も軽々に信じてはいけないのである。俺は騙《だま》されないぞ、課金もしないぞ、メンテの詫《わ》び石だけでガチャを回すぞと固く心に誓って、じっと観察する。

「ていうか、このプロジェクター、なに」

プロジェクターはまだ真新しいのか、保護目的の透明なシールが貼られたままだ。聞くと、一色はプロジェクターをじっと見つめて首を捻る。

「新しく買った備品、……ですかねぇ」

いや、そんな「ジャンプ力ぅ、ですかねぇ……」みたいに言われても……。いろはすおにいさん、もっと自信もってこの生徒会の新しいフレンズ、プロジェクターちゃんの魅力を解説してほしい……。

「そうではなくてこれを持ってきた目的を聞いているのよ……」

雪ノ下が頭痛を堪《こら》えるようにこめかみに手をやる。そうそれ。俺もそれが聞きたかった。

「それはですねー……」

言いつつ、一色はDVDを指先でくるくる回し、ディスクドライブにセット。それを見て察したか、由比ヶ浜がぱっと立ち上がった。

「映画？　映画？　映画観るの？」

由比ヶ浜はなんだかわくわくしてきたらしく、うきうきでカーテンを閉めている。ついでにぱちぱちぱちっと部室の照明も消してしまった。いや、さすがに部室で映画は観ねぇだろ……。

と、思っていたら、スクリーンに映し出されたのはなーんか見覚えがある映像だ。

自由の女神だったりライオンががおーってしたり、ライトアップされた文字だったり、あとは波がざぶーんとしてたりする類《たぐ》いのアレである。……え？　マジで映画観んの？

戸惑う俺をよそに、一色《いっしき》はスクリーンが見やすい場所へ椅子《いす》を動かす。さらに由比ヶ浜《ゆいがはま》はお菓子を載せた机も前に置いて、準備万端だった。……え？　マジで映画観んの？

そこまでされてしまうと、雪ノ下《ゆきのした》も付き合うしかないと思ったのか、追加の紅茶を淹れ始めた。……どうやらマジで映画を観るつもりらしいな。

×　×　×

カーテンを閉め切った暗い部屋の中、光源はプロジェクターがスクリーンへ投影するおぼろげな光だけだ。これが映画館やらシアタールームやら、もっとちゃんとした環境であればそれなりに集中して物語にのめり込めたかもしれない。

だが、今俺たちがいるのは奉仕部の部室だ。いわば日常的に過ごす場所であり、そこが非日常の空間に彩られてしまうと、やはり違和感が先に立ち、どうにも落ち着かなかった。

何より、音源がパソコンに内蔵されているスピーカーからしか出力されていないので、自然、ちゃんと聞こえるようにみんながみんなパソコン近くに陣取って、どうにも人口密度が高い。

そのせいで、ついそわそわし、身じろぎしてしまう。その度に、隣にいる誰かしらの身体《からだ》に当たることがあった。制服どうしが立てる衣擦《きぬず》れの音、あるいは不意に触れてしまったときの

驚きの吐息、こしょこしょと耳にこそばゆい内緒話。

そんなことばかりが記憶に残っていて、映画の内容はほとんど覚えていない。

把握できたことといえば、これが映画ではなく海外の連続ドラマ、いわゆる洋ドラであること、ざっくりした作品概要くらいである。なんかアメリカのハイスクールでの青春群像劇みたいな話だった。とにかく体育会系マジやべぇ、あっちのスクールカーストもかなり厳しいじゃんみたいな感想しか出てこず、正直途中心が折れて、ぼーっと流し見し、あとはただひたすら煩悩《ぼんのう》と戦う修行僧みたいになっていた。

そうして俺が悟りを啓《ひら》きかけたころ、ようやく映像が終わる。思いのほか短かったエンドロールまできっちり流して、一色《いっしき》がぽちっとプロジェクターの電源を落とした。

「はー、面白かったー」

そう言って立ち上がった由比ヶ浜《ゆいがはま》がカーテンを開けると、外は暗くなってきている。ぱちりと照明が点《つ》くと、雪ノ下《ゆきのした》が瞑目《めいもく》してうんうんと満足げに頷《うなず》いている姿がよく見えた。

みんな満喫していたご様子……。俺は他のことに気を取られてて、内容もおぼろげなのだが……と、思っていると、ひときわ楽しそうな様子の一色が小声で歌いながら片づけを始めていた。

「だんしんくいーん、んふふっ、ふんふんふーん」

歌っているのは最後のほうで見た覚えのあるシーンでかかっていた曲らしいのだが、歌詞がさっぱりわかっていないのか、後半はハミング丸出しである。

しかし、ご機嫌なところを邪魔するのは大変心苦しいのだが、俺には聞かねばならないことがある。一色の作業の手が止まったところでおもむろに声をかけた。

「……あのさ、なんでここで映画観てたのお前」

「映画じゃなくてドラマですけど」

「そんなのどっちでもいいよ……」

アメリカ人がわいわいしてたら全部ハリウッドでいいだろめんどくせぇな。いきなり踊りだしたらインド映画でいいんだよ。映画ってそういうもんだよ？　まぁ、これは洋ドラだったけど……。つい、深いため息を吐き出すと、一色が意外そうな顔をする。

「先輩、あんまり好きじゃなかったですか？」

「いや、ちゃんと観たら面白いんだと思うけど、流し見だと、正直エグくて辛《つら》いところのほうが印象強くてな……」

ちらっと目にしたシーンもそうだが、なにより、密室至近距離でこの子たちに囲まれているのが本当に辛かったです……。

「ていうか、君たちこういう作品好きなのね……」

「そりゃまぁそうでしょうね。普通に面白いですし」

「うん、だよね」

一色《いっしき》がさも当然といった口調で言うと、由比ヶ浜《ゆいがはま》がそれに追従する。雪ノ下《ゆきのした》も無言ながらこくりと頷《うなず》いていた。

「はぁ、そう……」

俺も『24』とか『プリズンブレイク』とかあの辺はちらっと観て面白れぇと思ったけど、今観せられた洋ドラはなんかたまーにすげードロドロしてて、見てると疲れそうな気がする。

「……まぁ、でもこういうほうが女子ウケはするのかもわからんな」

ぽつりと漏らすと、言い方が癇に障《さわ》ったのか、由比ヶ浜と一色がむっとした。

「女子だけじゃなくて男子でも普通に観ると思うけど……」

「そうですよ。ていうか、女子ウケする作品好きなほうが安心ですよ。逆に、『マッドマックス』とか『アベンジャーズ』とか好きって言いだす女は絶対彼氏の影響ですし」

「え？　そうなの？」

聞き捨てならないことを言われてつい素直に聞き返してしまう。すると、一色はいやぁな笑顔を浮かべる。

「まぁ十中八九そうですすねぇ」

「おいやめろよ、好きな映画がかぶって嬉しくなった男子を地獄に突き落とすようなこと言うんじゃねぇよ……。たまにはいるんだぞ、そういうの好きな女子……」

ソースは平塚《ひらつか》先生。ちなみに平塚先生が好きな映画は『トレマーズ』と『バトルシップ』と

『パシフィック・リム』だよ！　聞いた時はうっかり惚《ほ》れるかと思ったぜ……。けどあれだな、ソース元がすげぇ信用ならねぇな。普通の女子ってどういう映画が好きなんじゃろっとちらと視線をやると、一色はふふんと笑う。

「だから、『アメリ』とかああいうなんかしゃらくさい洒落《しゃれ》こいたオシャンティ映画を好きっていう女子のほうがいいんですよ！」

なんか熱弁しだしたぞこいつ……。あとチョイスが結構古いんですけど……。まぁ、有名な作品だし、今は観る手段がいくらでもあるから一応伝わるんだけどよ……。

「ほーん……。ちなみにお前の好きな映画は？」

聞くと、一色はきゅるるーんと可愛《かわい》らしくしなを作り、頰《ほお》に手を当てあざとく微笑《ほほえ》む。

「『アメリ』です♡」

「しゃらくせぇ……」

「それになんか嘘《うそ》くさいし……」

あと、チョイスがサブカルクソ女くせぇ。困惑した様子の由比ヶ浜の言葉に重ねて言おうとした瞬間、隣で紅茶に口をつけていた雪ノ下が目を瞑《つぶ》ってぽつりと呟《つぶや》く。

「……いい映画だけれどね」

つぶねー！　言わなくてよかったぁー！　映画でもなんでも人それぞれに趣味や好みがあるからそういうのを尊重していきたいよね！　どこに地雷があるかわかんないから！

だが、世の中には尊重しているのに平気で地雷を踏む奴がいるのである。

「あー、雪ノ下《ゆきのした》先輩ああいうの好きそうですもんねー」

「……何か言い方に悪意を感じるわね」

ぴくと眉根《まゆね》を寄せる雪ノ下に冷たい視線を向けられると、一色《いっしき》がひぇっと身を竦《すく》ませ、小動物さながらに俺の後ろに隠れた。その様子を見て、雪ノ下はこめかみに手をやり、ふっと呆《あき》れたようなため息を吐《つ》く。

「それより、どうしてここで急に上映会が始まったのかしら」

「あ、そうそう。それそれ」

俺も先程聞こうとしていたことを思い出し、肩口を振り返る。すると、一色は思い出したとばかりにぽんと手を叩《たた》いた。

「資料として観てたんですよ。生徒会室で観てるとサボってるみたいに思われちゃうじゃないですかー?」

「そんな理由でここを選ぶのもどうなのかしらね……」

「家で観ろ、家で」

「だってせっかく買ったプロジェクター試したいじゃないですか。生徒会室にもうちにもスクリーンないですし。それに、わたし、時間外労働はしない主義なんです」

俺と雪ノ下が苦言を呈しても、一色はにこぱっと微笑《ほほえ》んでまったく悪びれる様子もない。なんなら今度はスピーカーも経費で買って一式揃《そろ》えそうな勢いだ。一色だけに……。

などと思っていると、由比ヶ浜《ゆいがはま》がはいっと手を挙げる。

「ていうか、資料って？　あたしたち、普通に観てただけだったけど……」

「今度卒業式があるじゃないですかー。で、その後に謝恩会っていうんですか？　それを生徒会仕切りでやらないといけなくて、そのために観てたんです」

「ほう、謝恩会とな……」

話の先を読み、絶対に手伝わないぞという強い意志を込め、椅子《いす》ごとじりじり下がり、身構えた。が、一色はこちらをあてにする気はないのか、ふむんと腕組みし、難しげな顔でなにやら考え事をし始める。

「……まぁ、ぶっちゃけ普通の謝恩会というかそれっぽくテーブルとか出して適当にご歓談とかでもいいんですけど、わたしが卒業する時のことを考えると、ここで派手なことをしておくほうがいいかなーとか思いまして。……あ、そのほうが卒業生も喜ぶわけで」

わぁ！　最後にちゃんと卒業生への想いやりを付け足してくれた！　いろはすも成長したんだね！　などと思うわけもない。むしろ、こうも自分本位だといっそ清々《すがすが》しい……。もはや逆に感心してしまう。と、近くから似たような声が漏れ聞こえてきた。ちらと見やれば、雪ノ下が訳知り顔でふむと頷《うなず》いている。

「なるほど、それでプロムなわけね」

「あ、さっすがー！　雪ノ下《ゆきのした》先輩、さっすがー！」

一色《いっしき》がぱちぱち手を叩《たた》いて、雪ノ下を褒《ほ》めそやす。

「大したことでもないでしょう。それくらいは話の流れでわかるわ」

と、言葉面《づら》こそ冷静だが、ふふっと少し得意げに胸を反らしていらっしゃいます。頬《ほお》もほんのり染まって面映《おもは》ゆそう。チョロいなぁ……。

ともあれ、雪ノ下が無事正解を当てたことで俺にも話がわかってきた。ことはプロムについてだ。……で、プロムってなんなんですかね？

「ぷろ？　なに？　プロアクティブ？」

ニキビに効くやつか？　耳慣れない言葉に聞き返すと、聞き返した相手が悪かった。由比ヶ《ゆいが》浜《はま》も同じようにこっちに聞き返してくる。

「ぷろむ……桃？」

「うん、それプラムだねぇ……。お前、桃好きだな……」

「え？　うん。桃好きー」

由比ヶ浜がえへへーと満面の笑《え》みを浮かべる。なんだよその反応すげぇ可愛《かわい》らしいな。いや、そうではなくて、プロムについて知りたいんだよ。

なので、教えてユキペディアさん！　とそちらを見ると、雪ノ下は得たりとばかりに肩にかかった長い髪をふぁさっと払い、勝気に微笑《ほほえ》む。

「プラムは李《すもも》よ。同じバラ科バラ属だけれど厳密には別種。むしろ、さくらんぼのほうが近いといえるわね」

「知りたいのはそっちじゃないんだよなぁ……」

「えっ、えっ、でも、すももももも……すもももももさくらんぼ？」

由比ヶ浜さん、錯乱してますねぇ……、さくらんぼだけにですかねぇ……。もう一回！

とリクエストしてみたくなる早口言葉だったが、それはまたの機会にするとしよう。

「で、プロムって何」

聞くと、雪ノ下がふむと頷《うなず》き、そうね……と言葉を選んで話し始める。

「プロムというのはプロムナード、つまり舞踏会の略称ね。海外の高校で学年最後に開かれるダンスパーティー……と言ったところかしら。まぁ、派手な卒業パーティーだと思えばそんなに間違ってないわ。さっきのドラマの中でもそういうシーンがあったでしょう？」

ほーん……。あのやけにアメリカンでダンシンクイーンなパーティーのシーンがプロムってやつなのね。なるほどなーと思い返して、はたと気づく。

「え？　あれフィクションじゃねぇの？　マジで普通に一般の人たちがやってんの？」

「みたいですねー。結構普通にあるらしいですよ。えーっと……」

一色がスマホを取り出し、ぽちぽちしゃっしゃと検索を始める。そして、お目当てのものを見つけたのか、ずいっとスマホを突き付けてきた。

「じゃーん」

「おお……」

その画面に映っているのは、タキシードにドレスと鮮やかに着飾った少年少女が華やかなパーティーをしている様子だ。体育館だったり、DJブースのあるクラブだったり、ダンスホールだったり、あるいは野外だったりとそのイベントによって会場はまちまちなのだが、皆一様に煌《きら》びやかである。しかし、どの画像もまったく高校生に見えねぇな……。

「ほら！　ほら！　超インスタ映《ば》えしますよこれ！　超やりたい！」

「そのクソみたいな基準でもの考えんのやめろ……」

一色《いっしき》が指差すのは、ド派手なリムジンで会場に乗りつけるドレス姿の女性たちを映した写真だった。男子的にはリムジンよりテムジンのほうが興奮するなぁ……。

などと、バーチャロンのことを考えている場合ではない。

どうやら今しがたスマホで調べたプロムたらいうやつは俺たちの思う卒業パーティーとはスケールが違うようだ。それに、ウェイ勢やパリピの集うナイトプール的なノリともまた一味違うように見受けられる。ジューシーポーリーイエイな感じでもないし……。

海外の文化だからか、それとも俺個人の趣味嗜好《しこう》のためかは判然としないが、いまいちピンとこず、うちの高校でプロムをやるという想像がつかなかった。

「いや、普通の謝恩会でいいんじゃないの……。なんでまたプロム……」

聞くと、一色はピンクのベストの胸元にすーっと手を這《は》わせ、声高にのたまう。

「ふふん、なぜならわたしがプロムクイーンになるからです！」

「ほぅ……」

なに言ってんだこいつ……と思いながらも、プロムクイーンなるものの正体をグーグル先生に聞いてみた。

どうやらプロムクイーンというのは、要するにその学校、あるいは学年で一番イケてる女子をみんなで選ぼうぜ！　みたいなことらしい。その対となる存在、プロムキングもまた男子から選ばれるのだそうな……。

「なるほどなぁ……。俺らの代ならプロムキングは確実に葉山《はやま》だな……」

「まぁ、そうでしょうねぇ。つまり、葉山先輩がキングで、わたしがクイ……あっ」

言っているうちに、一色もタイムパラドクスに気づいたらしい。こほんと咳払《せきばら》いすると、にこっと俺に微笑《ほほえ》みかけてくる。

「ところで先輩、全然関係ないんですけど、留年とかしないんですか？」

「しねぇよ……」

「またまたぁ！　どうせ浪人するんですから同じじゃないですか。むしろ学割使えて超お得みたいな」

「決めつけるのやめて？　しかもそれ差し引きマイナス出てるし。ちゃんと滑り止めも受けるから浪人もしない」

きっぱり言うと、一色《いっしき》はむーっと頬《ほお》を膨《ふく》らませ、唇を尖《とが》らせる。

「そうですか……。あ、じゃあ代わりにプロムを手伝ってもらうっていうのは？」

「代わりって何の代わりだよ……」

ふくれっ面《つら》から一転、さも先輩のために折衷案《せっちゅうあん》を取りました！　みたいな顔でしれっとなんか言い出した。しかもその内容がまた聞き捨てならないから困る。

「ちょっと待て。お前、本気でプロムやる気なの？」

「はい」

俺がじとっとした視線と声音《こわね》に否定的なニュアンスを込めに込めて問うたものの、一色はけろりとした顔で答える。これにはさすがにため息が出てしまう。

「今からとか絶対無理だろ。何より、俺ああいうの苦手だから普通に嫌なんだけど」

「う、うん……。あたしは楽しそうだなーと思うけど……。ちょっと難しそうかも」

「そうね……」

由比ヶ浜《ゆいがはま》は困り笑いを浮かべ、雪ノ下《ゆきのした》はこめかみに手をやり瞑目《めいもく》する。こちらのスタンスとしては三人ほぼ一致しているようだった。さすがに二人からも難色を示されると一色もややひよってくるらしい。

「はぁ、まぁ、それはわかってるんですけど。でも、やりたいなーと。……ダメですかね？」

声音に先程までの勢いはなく、ブレザーの裾《すそ》をきゅっと握り、上目遣いで縋《すが》るように見つめてきた。その仕草はあざとくはあるが、破壊力もばっちりあって、そのお願いを聞き遂げてやりたくなってしまう。

だが、ここでプロムの野望を断っておかねば後でひどいことになるのは目に見えている。

心苦しさに喉《のど》を締められながらも、俺はなんとかお断りの言葉を吐き出した。

「ダメっていうか正直無理って感じだな……。理由はいくつかあるが……まぁ、わかるだろ」

わざわざ説明する必要はないと思った。時間、資金、人材、経験、情報その他諸々、足りないものが多すぎる。一色は俺に言われずとも、この程度のことは理解しているはずだ。

それでも無茶なことを言ってきたのには何かしら理由があるんだろうけど……。まぁ、その事情を聞かせてもらって妥協点を探る、というのが現実的なラインだろうか。

おおよその落としどころに見当をつけていると、一色は一色でむーっと何事か考えていた。

「そうですか……。わかりました。じゃあ、わたしたち生徒会だけでやってみます」

「ああ、そうだな……へ？」

聞き間違いかと思って、二度見してしまった。だが、空耳でも空言でもないらしい。

一色はぱっと顔を上げると、きりっとした表情でこっちを見つめていた。その瞳には確かな決意が宿っている。

「……話、聞いてた？」

「はい。なので、わたしたちだけでやります」

そして、にっこり不敵に笑う。

改めてはっきり宣言されてしまうと、俺もそれ以上何かを続けることができない。やめとけとも頑張れとも言えず、ほとんど吐息みたいな声が出た。

「お、おう……。そうか……」

ぽかーんとしているのは俺だけではなく、由比ヶ浜《ゆいがはま》も同様だ。思わず顔を見合わせていた。視線の動きだけで「……どういうこと？」と問えば、向こうは「わかんない……」とばかりに小さく首をふるふる動かす。その間、ずっと瞑目《めいもく》していた雪ノ下《ゆきのした》はそのアイコンタクトに参加していない。

おかげで正解を教えてくれるのは一色《いっしき》だけなので、じーっと見つめる。

「いや、そんな意外そうな顔されても困るんですけど……。もともと難しいとは思ってますよ。断られるのも織り込み済みです。わたしもそこまでアホじゃないです」

だいぶむっとした様子で言われてしまったが、由比ヶ浜も俺もほーんと得心が行く。

「あー、つまり、ダメもとってこと？」

「なるほど。だから特になんも準備しないで丸腰で交渉に来たのか」

すると、一色はちょっと言いづらそうに口元もにゅらせ、目を逸《そ》らした。

「い、一応、あのドラマを一緒に観ることでプロム気分を盛り上げようみたいなことは思ってました……」

それは丸腰なんだよなぁ……。でも正直でよろしい。ほわわんと生暖かい目で見ていると、一色はけぷこんけぷこん咳払《せきばら》いをする。

「まぁ、もし気が変わったり興味が出たら生徒会室遊びに来てくださいね。大歓迎しますよ！お家に帰さないくらい！」

「使いつぶす気満々じゃねぇか……。というか、プロム自体は普通にやる気なんだな……」

「はい」

一色の返事は変わらない。既に結論は出てしまっているらしい。ただ、本来その結論を導き出すのに必要な証明部分は一つとして成立していないのだ。これはなかなか厄介《やっかい》だぞ……。

どうしたものかと思っていると、不意に雪ノ下が口を開いた。

「聞いてもいいかしら。なぜ、そうまでしてプロムをやりたいの？」

雪ノ下の急な問いかけに驚いたのか、一色がびくっと肩を跳ねさせた。その口ぶりも一色に向いているようで、その実、ずっと何か他ごとを考えているようにも見える。

だから、一色も反応が遅れたのだろう。

「え、や、だから、その、プロムクイーンを……」

「それは二年後の話よね？」

一色の言葉が詰まったその間隙《かんげき》を縫《ぬ》うように、雪ノ下は問いを重ねた。それに頬《ほお》を掻《か》いたりくるっと襟足《えりあし》をいじったりしながら一色《いっしき》は答える。

「あー、えっとそのための根回しを今からですね」

「仮に二年後プロムが行われたら、根回しなんかなくてもあなたはクイーンに選ばれるわ」

「は、はぁ……はい？」

何を言われたかさっぱりわからんぞと一色がまじまじと雪ノ下《ゆきのした》を見た。俺と由比ヶ浜《ゆいがはま》も視線を交わし、ほぼ同じ感想を抱く。怪訝《けげん》そうな視線を受けて、雪ノ下が短いため息を吐《つ》いた。

「今回必ずやらなければならない理由がない、という話よ」

「いや、絶対そんな話してなかったですけど……」

戸惑い混じりに一色は言うが、雪ノ下はそれに取り合わない。ただ問いに対する答えだけを待つようにじっと怜悧《れいり》な視線を注いでいた。それに気圧《けお》されて、一色はうっとたじろいだが、返すべき言葉を思いついてぽんと手を打った。

「あ、ほら来年、わたしが生徒会長をやってる保証はないですし！　そうすると、今企画するしかなくて……」

「その気があれば確実に当選するでしょう。立候補者はそもそも少ないし、決選投票になっても、能力も実績もあるあなたが勝つわ。来年でも問題はないと思うけれど」

雪ノ下が口にする一語一語、その言葉は意味としては優しいはずなのに、声音《こわね》が鋭いせいで、まるで責め立てているようだった。詰問じみたやりとりに一色が言葉を詰まらせる。

「それは……、えっと……。はい、そうかもですけど……」

「であれば、来年以降でも」

「それはだめです」

雪ノ下の言葉を途中で遮《さえぎ》った。さっきまで圧《お》されていたのに、一色のその一言は揺るがない。意図を問うように、雪ノ下は一色をひたと見据える。

「……来年プロムやるって言い出しても、たぶん無理なんです。先輩たちがさっき言ったみたいに、やっぱり無理だって否定されて、間に合わないって、たぶん諦めることになって……。だから、どんなに難しくても、失敗するとしても、次の一手のための布石を打たないと……」

ぽつりぽつりと紡《つむ》いでいた言葉はそこで途切れてしまった。押し殺したように震《ふる》える吐息だけがうっすらと耳に届く。

大丈夫かと声をかけようとしたその瞬間、亜麻色《あまいろ》の髪が大きく揺れた。

「今やるしかないんです。今始めれば間に合うかもしれないから」

勢いよく顔を上げて、一色はまっすぐ強い眼差《まなざ》しを向ける。だが、それを真正面から受けとめてなお、雪ノ下の表情は変わらない。

「……それは、何のために、誰のためにやるの？」

冷静な問いかけに、一色は虚を突かれたように目を瞬《しばたた》かせる。しばし考えているのか、小さく口を開けたままの顔はどこかあどけない。だが、すぐにっと勝気に笑った。

「もちろん、わたしのためです！」

胸に手をやり、背を反らし、声も高らか尊大に、一色《いっしき》いろはは宣言する。

さすがだよ、一色。今言ったことが本当でも、何かを隠すための嘘《うそ》っぱちだとしても、そうやって貫かれたら称賛するほかない。今更理由や事情を聞こうなんて野暮の極みだ。

雪ノ下《ゆきのした》も驚いたように何度か目をぱちぱちさせていたが、ようやく微笑《ほほえ》む。

「そう。答えてくれてありがとう」

心底から聞きたいことだったと言わんばかりの、本当に嬉しそうな笑《え》みだった。あるいは純粋な興味で聞いたのかもしれない。そう思えるくらい、雪ノ下が続けて言った言葉はするりと、準備していたかのように出てきた。

「では、やりましょう」

「は？　え？　マジですかいいんですか、やだもう！　雪ノ下先輩超好き！　ていうかさっきのなんだったんですか超怖かったんですけどああいうのほんとやめてほしいんですけど」

言いながら、一色は雪ノ下のもとへてててっと駆け寄ると、キャーっと抱き着いた。雪ノ下はすっごく嫌そうな顔で「ちょっと……」と小声ながら冷たく言い、一色を引き剝《は》がす。

そんな心温まる光景を見て、俺と由比ヶ浜《ゆいがはま》はふっとほとんど同時に息を吐いた。

「まぁ、上の判断でそう決まったならしょうがねぇな。仕事するか……」

「……うん、だね」

俺の愚痴《ぐち》めいた独り言に、由比ヶ浜が苦笑交じりで頷《うなず》きを返してくれた。

ともあれ、奉仕部としての方針はこれで決まった。タスクが発生したならそれを片づけるだけのこと。軽く伸びをしてぐるっと肩を回していると、雪ノ下が控えめな声で俺たちを呼ぶ。

「……あの、ちょっといいかしら」

「ん？」

俺と由比ヶ浜がじっと視線を注ぐと、雪ノ下は少し緊張したように居ずまいを正した。

「さっきのは、私個人の意思だからあなたたちに強制する気はないわ」

「……お、おう。どういうことだ？」

なんのこっちゃと雪ノ下の目をじっと見ると、雪ノ下は小さく深呼吸して背筋を伸ばす。

「つまり、その……、部長としての決断ではないから、そこに権限はないと思うの。だから、部としての活動とは考えなくてもいい。もちろん力を貸してもらえるのはありがたいけれど。ただ、私は一人でもこのプロムについて責任もってやり遂げるつもりでいる、というか……」

雪ノ下の声は後ろへ行くにしたがって段々と小さくなってゆき、言葉も徐々に曖昧《あいまい》になっている。自分でも伝え方に困っているのか、膝の上に置いた手はきゅっとスカートを握り込み、俯《うつむ》いた顔は言いづらそうに唇を浅く噛《か》んでいた。

今一つ要領を得ない言葉に、一瞬首を傾《かし》げかけた。だが、これに近しい屁理屈をいつだか口にした覚えがある。それはおそらく一色いろはも感じているだろう。

ただ、あの時口にした屁理屈よりはいささか間口が広い。

「つまり、俺たちは自由参加でもいいってことか」

言うと、雪ノ下《ゆきのした》は俺をちらと見て、躊躇《ためら》い混じりに口を開きかける。だが、それより先にとても優しい声がした。

「違うよ、ヒッキー」

俺の間違いを指摘しているはずなのに、その声音《こわね》は咎《とが》めるでなく、戒《いまし》めるでなく、窘《たしな》めるでもない。ひとひら羽根が落ちるような儚《はかな》さで響くその声に引かれるようにして由比ヶ浜《ゆいがはま》を見ると、彼女は小さく頭を振った。そして、視線を机に落とし、薄い息を吐く。

ほんのわずかな間を取ってから、柔らかな微笑を雪ノ下へ向けた。

「ゆきのんは……自分の力でやってみたいんだよね」

由比ヶ浜の言葉に、雪ノ下は躊躇うことなく頷《うなず》いた。

ああ、そうか。と、胸をすくような納得があった。確かに違う、まちがえている。

いつだって、いくつも言葉を重ねて、幾重にも言葉でくるんで、その結果、いつも大事な言葉を口にしない。それをたった一言、優しい声で彼女は言い当ててくれる。

雪ノ下の唇が戦慄《わなな》いて、かすかに息を吸った。

「今やるしかないって、今から始めれば間に合うかもしれないって……。私も、たぶんそうだから」

一色《いっしき》が驚きに目を瞠《みは》る。雪ノ下の横顔を呆然《ぼうぜん》と見ていた。落ち着いているのはたぶん由比ヶ浜だけなのだと思う。いつだって、彼女だけが、たぶん正しく雪ノ下の声を聴いている。

「だから、ちゃんと始めたい。……それを見届けてもらえたら、嬉しいわ」

「うん。じゃあ、あたしはなんも言わない。けど、約束して」

由比ヶ浜が小指を立てて、すっと差し出した。雪ノ下はそれに戸惑ったのか、中途半端な位置までしか手が伸びていかない。だが、じっと待っているうちに、おそるおそる近づいて、二本の指が絡みあった。

「絶対無理しないこと。あと、人手が必要になったら絶対呼ぶこと。奉仕部としてじゃなくても、友達だから。そういう時はちゃんと手伝いたいな……」

「ええ、約束する。……ありがとう」

指切りをすると、由比ヶ浜はふっと口元を綻《ほころ》ばせ、どこかあどけなさを残しているいつもの明るい笑顔を見せた。

「ん、よし。あたしはだいじょぶ。ヒッキーは？」

鈴が転がるような調子で問われたが、俺は即座に反応することができなかった。

「ああ……」

ただの吐息と変わらない返事をしてしまう。何に対する答えなのかさえ判然としない。すると、雪ノ下が不安げな眼差《まなざ》しで見上げてくる。

「……私、まちがえているかしら」

「……いや。いいんじゃねぇのそれで。知らんけど」

「適当なことばっかり」

雪ノ下《ゆきのした》は笑う。俺の声も微笑《ほほえ》み交じりだった。ようやく理解したのだ。あの綺麗《きれい》な一礼に何を見出《みい》だしていたのか。あの迂遠《うえん》な言葉が何を言おうとしていたのか。既視感があって当たり前だ。腑に落ちたのも至極《しごく》当然。その安堵《あんど》も寂寥《せきりょう》も俺は既に味わっている。

「……なるほど、だいたいわかりました」

一色《いっしき》がぽつりと呟《つぶや》く。その顔は若干疲れているようにも見えた。吐いた息もどこか重苦しい。それを察してか、雪ノ下も神妙な様子で声をかけた。

「あの、ごめんなさい。……そういうことでも、構わないかしら。私だけだと不安かもしれないけれど……」

「あ、いえ、そっちの不安は特にないのでだいじょぶです」

頭を下げる雪ノ下に、一色はにこりと微笑みを返した。そして、そのますっと立ち上がると、雪ノ下のほうへ一歩踏み出し、目線を合わせるように身体《からだ》を横へ曲げた。

「それじゃ、明日から生徒会室に来ていただいてもいいですか?」

「ええ。よろしくね」

「はい、こちらこそよろしくです、雪乃《ゆきの》先輩」

一色は冗談めかして敬礼すると、ひょいと荷物を抱《かか》えてくるりと回る。

言葉尻に違和感を覚えたのか首を捻る雪ノ下をよそに、すたすた歩き、扉を閉める直前、「ではでは」と手を振って部室を後にした。

それを見送ると、部室には俺たち三人だけが残る。既に本来の下校時刻を過ぎてしまっていた。さすがにそろそろ帰らないとまずい頃合いだ。

「……私たちもそろそろ帰りましょうか」

時計を確認したのだろう、雪ノ下が呟く。それに俺も由比ヶ浜《ゆいがはま》も頷《うなず》いて、手早く帰り支度をした。由比ヶ浜は膝に掛けていたブランケットを畳むと、小脇に抱えて部室を出た。

俺も廊下へと向かい、その後に雪ノ下が続く。

校舎に蟠《わだかま》る夜闇《やあん》に廊下はしんしんと冷え込み、扉一枚隔てただけでまるで別の場所に思えた。けれど、肌で感じるこの冷たさこそは、この部室が心地よい空間であったことの証明。

仕事として請け負わない以上、明日からは俺がここへ来ることもなくなる。そう思うと、いささか名残惜《なごりお》しい。

けれど、きっと、自立とはこういう類《たぐ》いのものなのだ。小町《こまち》の穏やかな兄離れのように、ちょっと寂しくて、誇らしい。だから、これは祝福すべきことだ。

大事なものをそこへしまうように、かちゃりと鍵《かぎ》がかけられた。

その鍵は彼女だけが持っていて、俺は触れたことがない。

5

やはり、一色いろはは最強の後輩である。

あの部室でのやりとりから一夜明けたその日は珍しく暖かかった。

朝から風が強く、放課後になっても、窓ががたがた揺れている。硝子《ガラス》を通して差し込む陽光は教室の中を暖めるのに充分で、ヒーターもお役御免とばかりに、早々に切られてしまった。冬場は寒さに顔を顰《しか》め、暖気恋しさになかなか教室を出ないクラスメイトたちも、今日は早々に外へと出て行く。

人もまばらになった教室に残ったままの俺もその流れに乗ろうと、特に何が入っているわけでもない鞄《かばん》を手に取った。

と、その肩をとんとんと叩《たた》かれる。振り返れば、既にコート姿の由比ヶ浜《ゆいがはま》だ。

大方の用件を察して、俺はすっと席を立つ。すると、由比ヶ浜はマフラーをくるくると巻きながら首を傾《かし》げた。

「ヒッキー、今日どうする?」

「……あー」

問われて、少しだけ言葉に詰まってしまった。思っていたことと若干ずれた質問だったせいかもしれない。

何かあれば友人として手伝うと言った由比ヶ浜と違い、俺は特に意思表明をしていない。そのことについて問われたり確認されたりもしていなかった。となれば、現状で俺の仕事は発生していないということになる。

やらなきゃいけないことがあるからやるだけ、と今までずっと言い続けてきた。そこに嘘《うそ》は一つとしてなく、これからも変わらないスタンスだろう。依頼も相談も受けておらず、果たすべき責任や履行すべき契約、あるいは償《つぐな》うべき贖罪《しょくざい》も負ってはいない。

だから、部室に行く必要はないのだ。

その結論が導き出されるのに、妙に時間がかかってしまったせいで、知らず俺の表情は苦笑いになっている。

「いや、帰るわ」

言いながら、なにが、いや、なのか全然わからんことに気づいたが、それを飲み込んで、別のことを口にした。

「お前は？」

問うと、由比ヶ浜もちょっと考えるような間を取って口元のマフラーをもふもふといじる。

「んー……。あたしも帰る……」

「そうか」

「うん」

毛糸の中に顔を埋《うず》めるように由比ヶ浜《ゆいがはま》が頷《うなず》くと、会話はそこで途切れてしまった。

ほんのわずかな間ではあったが、確かな沈黙がそこにある。それを気にしたのはたぶん俺だけではない。その証拠というわけではないが、俺と由比ヶ浜はちらちらと数度視線のやりとりを交わしてしまった。

……なんだ!? なんだ今の間!?

困惑してしまったので、何か言い添えるべきかとも思ったが、特に何を思いつくでもなし。その間を誤魔化《ごまか》すように、別に重いわけでもない鞄《かばん》をひょいっと背負いなおした。

「……じゃあな」

「あ、うん。またね」

言うと、由比ヶ浜がひらひら小さく手を振る。それに頷きを返して歩き出すと、背後ではぱたぱたと足音が響いた。

ちらと振り返ると、由比ヶ浜が三浦《みうら》に飛びついているところだった。

「あたしも今日部活ないみたいだから一緒に行くよ～」

「んー。……え？ え!? 結衣《ゆい》行けんの？ やったじゃん。やばい、何も考えてなかった。やばい、どこ行く？」

三浦はといえば、それまでスマホをポチポチしつつ髪をみょんみょん指先で巻いていたが、由比ヶ浜の返答が予想外だったのか、ばっと二度見するとすぐさま海老名《えびな》さんへと視線を向けた。それを受けて海老名さんはうふふと微笑《ほほえ》む。

「優美子《ゆみこ》決めていいよ。どうせ千葉でしょ？　知らんけど」

「は？　あーし決めると串家物語一択なんだけど」

「おー、あげあげだね〜」

先程のあたふたした態度が嘘《うそ》のように、なぜか尊大にふるまう三浦に海老名さんはぺちぺち拍手してクッソ適当な相槌《あいづち》を打っている。そんなやりとりも由比ヶ浜は嬉しいらしく、「串揚げ？　串揚げ？　マジ？」と無邪気に喜んでいた。なんだよ串家物語って……。みんなで串揚げを物語るの？　串揚げ語り？　上から見るか、下から見るかで揉《も》めそうだな……。

ともあれ、由比ヶ浜は放課後の予定が決まったようだ。

片や、俺のほうはまったくの未定だ。何しようかしらと考えながら、教室を後にして、廊下を黙々と歩く。

先だって連休があったおかげで、溜めていた録画も消費してしまったし、手持ちの本は部室でだいたい読みつくしてしまっている。となれば、あとは積んでたゲームをやるくらいか……。小町《こまち》が受験だったから据え置き機でプレイするのは自重してたしなぁなどと考えつつ、階段を下りた。

久しぶりに心置きなくカウチポテトでゲームができるというのは、結構わくわくするもので、ことにビッグタイトルの正規ナンバリング期待の新作となれば、これは三徹まであるな……。まーた勇者エイトマンが世界を救ってしまうのか。

考えたらだんだんとウキウキしてきて、気持ちスキップ気味になっていた。

思えば、奉仕部に入れられる前まではこうした自由な時間をいつも過ごしていたのだ。

階段を下りて、昇降口へ向かう。

と、コートを小脇に抱《かか》えて歩く雪ノ下《ゆきのした》を見かけた。位置関係から察するにちょうど生徒会室へ向かうところらしい。その足取りはやや急いでいるようにも見えて、声をかけるのは躊躇《ためら》われた。結局その姿を遠巻きに見送るだけにとどめる。

今日から雪ノ下と一色《いっしき》はプロムの準備を始めるのだろう。

それについて、詳しいことは知らない。俺と雪ノ下は奉仕部という以外に接点がないので、部活がなければ聞きようがない。普通科の俺と国際教養科の雪ノ下では、体育や実技授業でも一緒になることはないのだ。

だから、ふとした偶然くらいしか顔を合わせる機会はないのだが、プロムについて強《し》いて聞くようなことはしなかった。

声をかけるタイミングがなかったのももちろんだが、それよりなにより、手伝いもしないのに「調子はどうだ」とか「頑張ってるか」と言いだす自分が何様なんだというかどの立場からモノ言ってんだ気持ち悪いなこいつという気がして、話しかけるのが憚《はばか》られた。こんなこと考えてる時点でもう相当気持ち悪いんだけどね？　げに恐ろしきは自意識なり……。

などと、勝手にヘコんでいるうちに雪ノ下は廊下を曲がる。

その足取りには迷いがないように思えた。

背筋は綺麗《きれい》に伸び、凛《りん》とした眼差《まなざ》しでまっすぐ前を向いて、一歩一歩を規則正しく踏み込んで、その度に長く艶《つや》やかな黒髪が揺れていた。

その姿が完全に見えなくなってから、俺はようやく自分が帰る途中だったのだと思いだした。

×　×　×

久々にやる据え置き機でのコンシューマタイトルだったので、夜を徹してゲームをしていた。眠い目をこすって学校へ行き、帰ってきてはまたひたすらプレイする。

物語がさくさく進むうちは、一生面白ぇ面白ぇ言いながらやっていたのだが、ＲＰＧにおいては、どうしても止まってしまう瞬間が訪れる。

その要因たるものが、レベル上げとコンプ要素だ。レベルに関しては難易度的にそこまでシビアなものは求められないのだが、コンプ要素が曲者《くせもの》である。ことにポケモンで育った身としては図鑑は埋めなければならないものだという強迫観念に駆られており、まるで休日の予定が書かれていない手帳を前にした大学デビューしたての大学生くらいの勢いでひたすら埋めに埋めていた。

トロフィー、称号、図鑑、さらに二週目以降における縛りプレイの存在etc.……。

だが、無理して大学デビューした大学生が頑張ってはしゃいだ夏休みを挟んだ結果、休み明けに「……あいつ、ちょっと無理しすぎじゃね？」「正直、たまにキツいよね」「見てて時々すげー可哀想《かわいそう》になる」「やっぱ根本でノリ違う感じあるよね～」などと陰で言われ、後期からぷっつり姿を消すがごとく、俺のやる気も途中で消失してしまった。……大学生怖すぎィ！

つまるところ、趣味や遊びもルーティンやノルマに変わってしまえば、仕事と大差がない。

そのことに気づくのに、結果三日間の徹夜を費やしてしまい、今日も今日とてめちゃくちゃ眠い状態で学校へ向かった。

授業という授業ほぼすべてを睡眠にあて、結果、放課後になって超腰が痛い。

帰りのＨＲが終わると、びきびき唸《うな》り、ぎしぎし軋《きし》み、ずきずき痛む腰をなんとか持ち上げ、ぐりんぐりん回してみた。それはもう、ある日パパと二人で語り合ったくらいぐりんぐりん。

あまりの腰の痛みと眠気で、この世に生きる喜び、そして悲しみについて物思いながらぐりんぐりん腰を回しつつ、えっちらおっちら教室を出る。

と、それを遠巻きに見ていたらしい戸塚《とつか》が急ぎ足で、てとてとこっちへ歩み寄ってきた。

「八幡《はちまん》、今日ずっと寝てたね。今日っていうかここ最近ずっとだけど。大丈夫？」

隣に並ぶや、心配そうに俺の顔を覗《のぞ》き込んでくる。その人慣れしたウサギめいた仕草につい笑みがこぼれた。と、同時に無用の心配をかけてしまったことが申し訳なくなってくる。

「へーきへーき。三徹でゲームしてただけだから」

「そ、そうなんだ……」

　ことさら明るく言ったつもりだが、なぜだろう戸塚が若干引いたように見える。なぜだろうじゃねぇよ。寝てない自慢とか引かれて当たり前なんだよなぁ……。寝てないわ～、三徹でゲームしてて寝てないわ～。えー？　俺が寝てないってそれどこ情報～？　どこ情報よそれ～。などと、傍目《はため》にもかなり鬱陶《うっとう》しいであろう俺を前に、戸塚は気を取り直すがごとく、腰に手をやり、むーっと頬《ほお》を膨《ふく》らませた。

「でも、不健康なのはだめだよ。ゲームは一日一時間！」

　めっと人差し指を立てて、ルールを守って楽しくデュエル！　くらいの感じでびしっと俺をたしなめる。いい奴だなぁ、こいつ……。

　戸塚はちらっと、後方、今しがた出てきた俺たちの教室のほうを見やると、小声でぽしょりと付け足した。

「それに、そういうことばっかりしてると、雪ノ下《ゆきのした》さんと由比ヶ浜《ゆいがはま》さんに怒られるよ？」

　これには俺も苦笑いするほかない。確かにあいつらもこういう時にちゃんとお小言をくれるいい人たちなのだ。

「……まぁ、部活がないからできることだな」

思わずぽつりと漏らすと、戸塚《とつか》が納得したように二三度首を縦に振った。

「あ、お休みなんだね」

「ここしばらくな。だから他にすることもないし……」

と、答えながらもくわーっと欠伸《あくび》が漏れてきてしまった。ぼく、なんだかとっても眠いんだぁ……。目の前に天使が見えてるまである。いや、いかんいかん！ ついさっき戸塚にご褒《ほう》美《び》……じゃなくてチューをされ、違う違う注意されたばかりだ。ここでまた眠そうな姿を見せてしまうともう一回ご褒美が貰えてしまう。そんなことを強要したらさすがの戸塚も俺のことをゴミを見るような眼で見るに違いない。そういうのもありだなぁ……。

などと、しみじみ思っていては、心配してくれた戸塚に申し訳ない。なによりさっきから俺、すげぇ気持ち悪いしね！ 睡眠の重要性！ とりあえず、今日くらいはゲームに耽溺《たんでき》せず、健康的に過ごすべきだ。

「まぁ、確かにゲームばっかりってのもな……。戸塚、そのうち暇な日あるか？」

おそらく俺史においてこれほどスマートかつかっこいい誘い方をしたことはないだろう。なんなら今自分で自分に惚《ほ》れたままである、きゃー八幡《はちまん》抱いてー！ と、自分を鼓舞しないと、恥ずかしさと照れくささで死にそう……。これが女子相手だったら黒歴史どころか、映像の世紀ばりに俺の記憶に残るだろう、俺史における負のレガシーとしてアーカイブされちゃう！

だが、戸塚は俺にとっておそらくほとんど唯一、親しく会話ができる男子だ。これをして、友達と呼んでいいのかどうかは相手の承認が必要なことだとは思うが、俺の中では限りなくそれに近いカテゴリーに入れている。

それでも一対一で何かに誘うというのはかなり高いハードルだ。俺だけではなくたぶん戸塚にとっても。

みんなで一緒にいて話の流れで遊びに行くことになったとかならまだ気は楽だろう。一対多数であれば、その個人の責任は常に多方向へ分散されている。だが、サシとなると全責任が自分と相手に覆《おお》いかぶさってくるのだ。つまるところ、それを断る相手が感じる申し訳なさも加速する。グループだったら『行けたら行くわ』って言っとけばセーフみたいな風潮あるもんな。そのあと、『あいつ、いつもそう言うけど絶対来ないよね。もう誘うのやめとこっか』まで漕ぎ着ければ実に円満にお別れができるのでぜひお勧め。

と、俺が高速で自分に対する言い訳を並べ立てている一方そのころ、戸塚はぽかーんと口を開けて、大きな瞳をぱちくりしてらっしゃいました。え、なに、どういうリアクションなの。

じーっと反応を窺《うかが》っていると、戸塚は「あ」と「お」の中間くらいで口をパクパクさせて、手をわちゃわちゃさせる、が、うーっと唸《うな》ると、ぱしっと両手を合わせて、頭を下げた。

「ごめん！　平日は部活で……さすがに休むわけにいかないから……、あ、でも夜……はスクールがあったりするし、遊ぶにはちょっと遅いよね……えっと、次の休みは練習試合……うー」

先々の予定を考え考えしながらも、部長としての責任もありと板挟みになる姿を見ると、とても心が痛む。と、同時にこんなに悩んでくれるの超嬉しい……。二重の意味で危うくうっかり瞳が潤《うる》むところだった。最近とみに涙もろくなってきて困ったものだ。毎週プリキュアが立ち上がるだけで泣けてしまうし……。

しかし、困っているのは俺ではなく、むしろ戸塚《とつか》のほうだろう。普段、人を誘ったりしないから、こういう時誘われた側は対応に困っちゃうよね！　今度から気をつけよう。具体的には三か月くらい前から予定を押さえにかからなければ……。と誓いを新たにしつつ、そのための布石を打ちにかかる。

「いや、全然今度でいいぞマジで」

先々の展望に期待をつなごうと、今度という部分にちょっと力を込めていうと、戸塚がぐいぐいっと前のめりで身体《からだ》を寄せてきた。

「本当に？　絶対だよ！　僕、連絡するからね！」

「お、おう……」

ぐっと拳《こぶし》を握り、キラキラ瞳を向けてこられ、ちょっとたじろいでいると、戸塚はむふーっと荒い息を吐いた。

「八幡《はちまん》から誘ってくるってめったにないからね！　約束！　今度！　絶対！」

ぴしっと指を突き付けられて、俺は微笑交じりに頷《うなず》く。すると、戸塚も微笑《ほほえ》みを返して、テニスバッグをよいしょっと背負い直す。

「じゃあ、僕部活行ってくるね」

「おう、いってらっしゃい。頑張ってな」

駆けだして、少し離れたところから大きく手を振ってくれる戸塚に、俺も軽く手を挙げて応えた。廊下の端へと遠ざかっていく背中を見送って、俺もまた自分の足を進める。

たぶん誰もが当たり前にやっていることを俺はようやくできるようになったのだと思う。いまだに意識して、考えに考えて、作戦を立てて、筋道つけて、論理を振りかざして、自分に言い聞かせないとできないけれど。

変わりたいと願ったわけでもないし、変わろうと思ったわけでもなくて、ほとんど成り行きで、そして大部分を戸塚の厚意に甘えているにすぎないが、それでもちゃんと歩み寄っていけている自覚はある。

ただ、それもやはり戸塚彩加《さいか》だからこそ成立しているのだろう。

現に、今の俺は他のことは何一つ、うまくできてはいないのだから。

帰ってゲームをする気も起きず、結局まったく予定のない放課後になった。仕事がないと、本当にすることがない。今日は眠気があるだけまだマシだと言える。

腰も痛いし、さっさと横になるかーと、廊下の角を曲がり、階段に足を掛けた。その瞬間、階段中にわんわんと反響する高笑いが響き渡る。

「ふはははははははーちまーん！　見ていたぞ！　聞いていたぞ！　貴様はどうせ暇だと

わかっていたぞ！」

その声の主は振り返らずとも、わかる。

なので、振り返らずに、そのまま階段を下りて普通に帰ることにしたよ！

×　×　×

と、まぁ、そうやってさくっと無視するだけで帰れればよかったのだが、そうもいかないのが材木座義輝《ざいもくざよしてる》という人間の恐ろしいところだ。

俺をなだめすかし、時に挑発し、最終的に泣き落として、あれよあれよという間に駅前のサイゼへと連れ込まれていた。気づけばミラノ風ドリアをもぐもぐし、ドリンクバーをちゅるちゅるしている。

腹もくちて人心地ついたタイミングで、俺はため息とともに口を開く。

「……あのさぁ、俺、帰りたいんだけど」

「まぁ待て。打ち合わせだ」

「は？」

「やはりラノベ作家の打ち合わせといえばサイゼだからな……」

「ほーん……」

そうなんか、普通に出版社のオフィスとか喫茶店でやるもんだと思ってたが……。またぞろインターネットでなんか情報仕入れたのかしらね。まぁ、こいつも何もしていないわけではないんだよな、熱意が空回りして方向性が明後日《あさって》の方向を向いているうえに実作業としては何もやっていないだけであって。やだ！　褒《ほ》められるところがどこにもないじゃない！

呆《あき》れ半分嘲《あざけ》り半分で結果軽蔑百パーセントの視線を向けながら、それでも欠伸《あくび》交じりだったせいで、俺の相槌《あいづち》は声音《こわね》だけがどこか感心しているような響きになってしまった。それに材木座はふふんと気分よさげにしていたが、俺が一生あふあふ言っているのにはさすがに気づいたらしい。くいっと眼鏡《めがね》を押し上げると、涙が滲《にじ》んだ俺の目をひたと見据える。

「なんだ、貴様、やけに眠そうだな」

「ああ、ここ最近暇だったからずっとゲームしてた。で、気づいたら徹夜してた」

言うと、材木座がぴくと反応する。

「暇だからゲームとな？　なっとらん、まったくなっておらぬなぁ」

肩を竦《すく》め、ついでに両手を挙げて、なんか欧米人っぽいリアクションをされてしまった。あー。これ絶対話長くなるやつだ……。どうしてぼくたちみたいな男子って自分の得意分野の話題になると普段は口数少ないのに急に多弁になってしまうんでしょうか……。そのあと、家に帰ってから「うっわ、あれ絶対気持ち悪いと思われたわ、めっちゃ早口になってたし……」って後悔するのが分かっているのに……。

が、多少気心が知れた相手であればそうした心配はないものらしい。高々と手を挙げ、朗々と弁じ始めた。

「ゲームはひりつくくらいに忙しく、まったく余裕がない時にやってこそ最高に楽しいのだ。やばいやばいやばい……ゲームとかしてる場合じゃないのに……、いや、ほんと、マジで超忙しくてゲームとかやってないっす。本当っす。今度は嘘《うそ》じゃないっす！　などと誰に言い訳するでもなくプレイすると、背徳感も相まって面白さが激増する。ソースは我《われ》。試験前タイミングに徹夜で遊んで学校へ行くときの高揚感は異常！」

「賛同はしかねるが否定もできねぇなぁ……」

実際、徹夜明けで学校に行った今日は「っべー、俺寝てねーわー。っべー」みたいな感じで勝手にハイになって一人でにやにやしていた。っべー。俺気持ち悪いわー。っべー。

俺の玉虫色の返事を肯定と取ったか、材木座《ざいもくざ》も得意満面にやにやしていた。っべー。

「で、何のゲームをやっていたのだ？」

「ああ、これ」

かつかつっとスマホをいじって、そのタイトルの公式サイトを見せると、材木座は眼鏡《めがね》を押し上げて、ものっそい普通のテンションで、あ～……と、なんなら懐かしそうに声を出す。

「おー、これなー。ヒロインが途中で離脱するのが辛《つら》いんだよなぁ～」

特にキャラを作るでもなく、至って素の様子で口にされた材木座の言葉。それを聞いた瞬間、俺は眉間《みけん》にめっちゃ皺《しわ》を寄せた。

「……は？　いやいやお前なにネタバレしちゃってんの？　もう種使っちゃったんですけど？　はー、もう完全にやる気失くしたわ……。ていうかゲームなんてしてねぇで原稿書けよ……」

「え、まだクリアしてないの？　ごめん……。あ、いや、しかし……しかし、だ！　リリース時期にプレイせぬからそんなネタバレを食らう羽目になるのだ！　情弱情弱ゥ！」

呵々大笑《かかたいしょう》で材木座は勝ち誇る。まぁ、最初に謝ってくれたから別にいいけど……。

それに、実際問題ちょっと時期を外してプレイしている側もその手の覚悟はしておくべきことではあるのだ。ゲームに限らずだが、映画でもドラマでも同様のことが言える。日本史の教科書を読んで「マジかよ、この武将死ぬのかよ！　大河ドラマのネタバレ食らったわ！」などと嘆いてはいけない。今まで死んでない戦国武将は一人もいない。

とはいえ、プレイ環境、視聴環境にはもちろん個々人で差があるわけで、そのあたりのことは常に心に留めつつ、みなが楽しめるようにできる範囲で配慮して、コンテンツを楽しんでいきたいものですね！

「発売してすぐ買ったんだけど、ずっと積んでたんだよ……。小町《こまち》が受験だったから家でやるのも気が引けてな」

俺が言うと、材木座はフォッカチオをもっちもっち食べながら、ふむんと頷《うなず》いた。

「ほう。なるほどな。そういうえば妹君は中三であったか。して、どこを受けたのだ？」

「は？　うちだようち。あれ、言ってないっけ」

「んんんんっ、聞いておりませぬぞwwwwww」

「まぁ、そうか。俺たち個人的なこと話さねぇもんな。進路とか将来とか家のこととか」

「言ってるゥー！　我《われ》結構言ってるゥー！　将来の夢とか進路の話してるゥー！　なんなら今日もそのために呼んだのだぞ」

ぷんぷんぷんすか怒る材木座《ざいもくざ》に、結局何の用なんだったのと視線で問う。すると、材木座はけぷこんけぷこんわざとらしく咳き込んでから、おもむろに片手で顔を覆《おお》い隠した。指の隙間から覗《のぞ》くその表情は苦悩に満ちている。やがて、もう片方の手で胸ポケットから、四つ折りにされた一枚の紙片を取り出した。人差し指と中指を立て、その間に挟まれたそれは電灯の明かりでうっすらと文字が透けて見える。

「以前、図書室で貴様と企画を立てただろう、そのプロットがあがってな……」

「ほーん」

あれか、二月頭くらいにいきなり部室来て編集者になるとかぶっこいてた時の話か。しかし、こいついつもプロット作ってんな……。完成原稿読んだことは一度もないけど……。思いつつも、出してきた紙をひょいとつまみあげてさっそく読もうとした。

すると、指ぬきグローブが俺の視界の前に躍り出て、そのプリントをばさーっとつかみ取る。

「ちょまー！　は、恥ずかしいから家で見て……」

「なにそれラブレターなのこれ？　ていうか、頬染《ほお》めんな頬。なんかすげー気持ち悪ぃから」

言いながら、再度材木座のプロットを奪い返す。ここで読むなと言われた以上、持って帰るしかない。俺はそれを粛々《しゅくしゅく》と折りたたみ、しずしずと鞄《かばん》の奥底へと沈めた。おそらくこのますっかり忘れて目を通すことはないだろう。なので、せめて丁重に葬《ほうむ》ってやらねばな……。

こちらの目論見《もくろみ》を知らない材木座は、俺が丁寧《ていねい》にしまう様子を満足げに眺めると、視線を遠くやり、嘆息交じりに呟《つぶや》いた。

「来年はもう受験だからな……最後の挑戦だよ」

最後のっていうか、こいつそもそも最初の挑戦はしたのか……？　という疑問もないではないが、苦み走ったやけにいい顔で言われてしまうと、そんな疑問は飲み込んでしまうほかない。

それはそれで、材木座にとってひとつのけじめなのだろう。

受験という言葉ほど、俺たちが何かを諦めるのに最適な言い訳はない。おそらく就職という言葉も同様の意味を持つ。夢とか趣味とか部活とか、そこから先へ広がっていたはずの可能性を一度きちんと鋳潰《いつぶ》して、世に求められる大人という鋳型に入れ直すのだ。

だからこそ、その前に。世界に、流されて、均《なら》されて、何かを無くされてしまう前に、挑み、抗《あらが》い、あがいて何者かになるための片鱗《へんりん》を摑《つか》もうとする。……おそらくは、彼女も。

なんてことを思ったせいか、いつしか俺は黙りこくっていた。その沈黙をどう捉えたのか、材木座が俺の肩をぱしっと叩《たた》き、ついでにサムズアップしてくる。

「なぁに、心配するな。高校最後というだけだ」

うわぁ、なんかすげぇキメ顔されちゃったよ……。

「いや、別にお前の心配はしてないんだけど……」

「で、出た〜！　ツンデレ奴〜！」

ぷふーっと口に手をやり、ぷふくすぷふくす笑う材木座《ざいもくざ》が心底鬱陶《うっとう》しい……。だが、ここで何か言い返しても、向こうはさらに頓珍漢《とんちんかん》なことを言ってくるに決まっている。なので、うんざり顔で、はいはいそうねそうねと超小刻みに頷《うなず》いて、材木座に話の続きを促《うなが》す。さっきのキメ顔から察するに、たぶんまだ何か語りたいことがあるのだろう。

するると、案の定、材木座はふっと低く笑って、すごくいい声で語り始めた。

「別に諦めるわけではない。高校生の今だから書けるものもあれば、大学に入ったおかげで書けるものもあるだろう。最短距離が常に正しいわけではないからな。回り道とて我《われ》の覇道よ」

高校生の今もちゃんと書いてるんだったらかっこいいセリフなんだけどなぁ……。と思ったが、まぁ、これは言わないでおいてやった。言ってること自体はそんなにまちがってないと思うし。だから、代わりに別のことを言おう。とびきりの笑顔で。

「まぁ、そうだな、浪人したおかげで書けるものもあるかもしれないもんな」

「はっはっはっ！　……ちょっとリアルだからその話はやめよう。割りとマジにリアルガチで浪人しそうだから考えたくない。はい、やめやめ」

材木座は天を仰いで高らかに大爆笑していたかと思えば、すぐに真顔になった。それを見てつい苦笑が漏れてくる。ほんとこいつダメダメだからなんか落ち着くなぁ……。

思えば、材木座は奉仕部に入る以前の俺を知っている数少ない人間の一人だ。体育で余り者同士ペアを組まされていただけだが、それでもやはり同じ境遇ではあった。奉仕部に入ることがなければ、今みたいに、こういう放課後を過ごしていたのかもしれない。

……まぁ、それも存外悪くなかったかもな。

けど、たまにで充分だな、これは！　材木座の相手すんの正直普通にきついからね！

×　×　×

関東でも梅の花が咲いたと朝のニュースが伝えていた。それを見たおかげで、先日の強い風が春一番だったことを知る。ここ数日はたまに寒の戻りこそあれ、さながら三寒四温といった具合に、暖かい風が吹くことも多く、長い冬が終わろうとしているのを感じさせた。

東風吹かば匂ひおこせよ梅の花、と受験の神様も詠んでるわけだが、そんなタイミングで小《こ》町《まち》の合格発表の日になっていた。

梅は咲いたか桜はまだか。そんな心持ちで朝からそわそわしているのは俺だけで、当の小町は落ち着いた面差《おもざ》しでずずっとお茶を飲んでいる。

「あの……、俺そろそろ学校行くけど……」

「うん、小町《こまち》ももう行くよ。……それと、発表見たら連絡するから大丈夫」

なんと声をかけるべきかと悩んだ末に、そんなことしか言えなかった俺に、小町は平気へっちゃらとばかりに、ぱちりとウインクを飛ばしてくる。

明らかに自分の合格発表の時よりも動揺している俺を和《なご》ませるつもりだったのだろうか。そんな余裕さえも感じさせる態度を目の当たりにして、ようやく俺も落ち着いてくる。

先日以来、小町はとみに大人びてみえるようになった。世間的にはまだ中学生であり、未成年であることに変わりはないのだが、もう子供ではないという自覚らしきものが窺《うかが》える。

もともと変に大人びたというか世間ずれした部分のある子ではあったが、そこに落ち着きや穏やかさが足されているようだった。それは小町の成長と呼んで差し支えなく、あるいは自立し始めている証《あかし》でもある。……本当に兄離れって感じだな。

ふと抱く一抹の寂しさは微笑《ほほえ》みの奥にぐいっと隠して、俺はばたばたと家を出る。玄関先から小町に一声かけた。

「じゃ、行ってくるわ」

「はーい、いってらっしゃい」

姿こそ見えないが、リビングからはのんきそうな声が返ってきた。

そしていつもの如く、毎度おなじみの通学路を、ぎっこぎっこ軋《きし》んだ音を立てる自転車を走らせる。……もし、小町が合格したら、一緒に学校行くことになるのだろうか。いや、おそらくそうはならない気がする。たまに偶然同じタイミングで家を出ることくらいはあるかもしれないが、わざわざ一緒に行こうとはしないだろう。そうやってまた俺と小町は正しくて心地よい適切な距離感をちゃんと築いていくのだ。

なんて、ずっと小町のことを考えていたものだから、学校へついてもHRが始まっても、授業中も、ずーっと上の空で過ごしていた。

二限目がぼちぼち終わりに差し掛かろうかという頃、ちらと時計に目をやる。今日は朝からずっと時計ばかり見ていたが、その針がようやく俺がずっと気にしていた数字へとやってきた。

もういくばくもなく、合格発表の掲示が始まる……。

ふーっとひそかに息を吐いていると、やがて二限終わりのチャイムが鳴った。担当教師がさくさく出て行くのを見送って、肩の凝《こ》りをほぐすようにぐるっと腕を回していると、俺の携帯電話がぶるりと震《ふる》えた。

慌てて手に取り、画面を見ればプッシュ通知には『新着メッセージがあります』という文字列とともに、小町の名前が表示されている。

このメッセージに、小町の合否が認《したた》められているかと思うと、一瞬恐怖がよぎり、開くのを躊躇《ためら》ってしまう。

それでも意を決して、ともすれば震えそうな指先で画面をタップしようとする。

だが、それより先に、俺の目の前をしなやかな獣《けもの》が駆けていた。サラブレッドの尾が靡《なび》くように、鮮やかな青い軌跡を残して、一陣の風が吹く。

はっと目で追えば、川崎沙希《かわさきさき》が既に走り出している。おそらくは弟の大志《たいし》から同じようなタイミングで連絡がきたのだろう。それにつられてつい俺も立ち上がり、教室を飛び出した。

普段クラスの端っこにいる二人がいきなり走り出したせいか、教室内は「なんだなんだ？」とにわかに騒がしくなっている。

「なに!?　なになに!?　なんかあんの!?　行く!?　俺らも行く!?　行くべ！」

教室を飛び出す俺の背後から、戸部《とべ》がはしゃいでいる声が聞こえてくる。だが、今は後ろを振り返っている場合ではない。休み時間は一〇分しかないのだ。既に、川崎は綺麗《きれい》なストライドで廊下の遥《はる》か前方へと消えている。

彼女が向かう先は、合格発表の掲示がされている正門前だろう。無論、俺も同じ目的地だ。

果たして一分とかからずに、がやがやと人が集まる一角へと躍り出た。

受験生たちが大勢わらわらしている中で、それでも小町《こまち》の姿はすぐに見つけることができた。向こうも俺に気づいたらしい。

額に浮いた汗を拭《ぬぐ》い、ぜえぜえ肩で息をしている俺とは対照的に、小町は至極《しごく》落ち着いた様子で手を上げながらゆっくりこっちへ歩いてくる。

「お、お兄ちゃん。受かったよ」

と、ただそれだけをけろりとした顔で言う。

だから俺も拍子抜けしてしまった。走ってきたせいで上がっていた息も、深く吐いたため息のおかげで収まって、あとには疲労感にも似た安堵《あんど》がじんわりと広がってくる。

「そうか……」

ようやく言葉の体《てい》をなして口から出たのはそんな言葉だった。小町を手放しで褒《ほ》めて小躍りしたいくらいに嬉しいのだが、当の本人がさも当然といった顔をしていると、こちらもそれに合わせるべきな気がしてくる。

本当は頭の一つも撫《な》でくりまわしたいが、もうそういうことをするような年齢でもない。お兄ちゃん、ではなくて、兄として、成長した妹に見合うように、冷静に振るまおう。

そう思って、少しはしゃんとした、大人の男が口にするべき寿《ことほ》ぎの言葉を考える。

「よかったな。……よかった、ほんとによかった」

けれど、口から出てくるのは、そんな稚拙極まりないものばかりだ。まったく困った兄だ。妹に比べてこいつは何一つ成長できていないんじゃないかとほとほと嫌になる。いつもは適当な言葉をこねくり回しているのに、こういうときに適切な言葉を紡《つむ》ぐことができない。

さぞかし呆《あき》れているだろうと、小町を見る。

言葉でうまく伝えることができないから、せめて表情で、精一杯の笑顔で祝おう。問題は俺の笑顔はあんまり綺麗なものじゃないという点だが、そこは目を瞑《つぶ》ってほしい。

けれど、小町《こまち》は目を瞑《つぶ》ったりはしない。ただ、じっと微笑《ほほえ》み交じりの眼差《まなざ》しで俺の瞳を見つめている。

「うん、よかったよ。ほんとに……」

そう頷《うなず》いた小町の、大きな瞳が陽の光に煌《きら》めいた。すんと鼻を鳴らして言葉が途切れ、大きく吐いた息は震《ふる》えている。小町はそれを抑えようと大きく息を吸う。そして、吐き出した息には嗚咽《おえつ》が混じっていた。

「ほんとに、ほんと……、よかった……。ほんとによかったよー！」

小町はほとんど体当たりみたいに俺に飛びついて、ブレザーの胸元にがしがし頭をぶつけてくる。肌に感じる湿った吐息は、不規則にしゃくりあげては声の塊になって叩《たた》きつけられた。

こんな風に、わんわん泣く小町を見たのはいつぶりだろう。泣いてる姿は小さい頃と全然変わってない。今朝はあんなに大人びて見えたのに、と苦笑してからハッと気づく。

ああ、違う。こいつは落ち着いていたわけではなくて、努めて冷静にふるまおうとしていただけなのだ。不安と緊張を押し殺しながら、それでも俺や両親に心配をかけまいと、あるいは心配されて何か問われるストレスを避けようとしていた。無慈悲なほど明確にくだされる答えを前にして、それをちゃんと受け止めようと、震える脚で、必死に立とうとしていたのだ。

この子が報われて本当によかったと、心の底から思う。

俺の手は自然と小町の頭に伸びていた。ぺしぺしと軽く叩いて、そのまま髪をくしゃりと撫《な》である。すると、腕の中の小町はまたあうあう泣いた。

「ああああん、おにいぢゃあああああん、よがづだよおおおおおおお」

泣きすぎて、なんかもう藤原竜也みたいになってる小町の背をぽんぽんと叩いてあやす。

どうやら本格的に兄離れ、妹離れをするにはまだもう少し時間がかかるようだ。そのうち嫌でも、小町はちゃんとした大人に、素敵な女性になるだろう。たぶん、そう遠くないうちに。

けど、それまでは、まだもうしばらくはお兄ちゃんさせてもらえるかな……。

そして、しばしの間、小町の相手をしていると、背後で川崎沙希《かわさきさき》の鋭い声がした。

「大志《たいし》！」

「姉ちゃん、やったぞ！」

ちらと首だけ回して振り返ると、大志は合格者が貰う書類一式を受け取りに行っていたのか、それを高々と掲げてこちらへ歩いていくるところだった。

大志の誇らしげな声音《こわね》は、かの名作『ロッキー』を彷彿《ほうふつ》とさせるくらいにエイドリアンでまあ、結構な声量である。

それが耳に届いて他の人の存在を思い出したのか、小町がはっと我《われ》に返り、ぐいぐいっと俺を引き剝《は》がす。それから制服の袖《そで》で目元をぐしぐしっと拭《ぬぐ》った。

まぁ、大泣きしている姿なんて知ってる人には見られたくあるまい。俺は苦笑して小町を背にかばう。

すると、俺を発見したらしい大志《たいし》がこちらへやってきた。川崎《かわさき》はといえば、隅っこのほうで一人、天を仰ぎ、時折、目元に手をやっている。うんうん、お姉ちゃん良かったねぇ……。

と、川崎の心中を慮《おもんぱか》りしみじみしてると、大志は俺の前でぐっとガッツポーズしている。

「お兄さん、俺、やりました！」

「お兄さんって呼ぶな殺すぞ。先輩って呼べ。やったな、おめでとう。ていうか誰だよ」

「ありがとうございます！　川崎大志っす！　えっと……比企谷《ひきがや》先輩！」

にかっとした笑顔は以前よりもいくらか精悍《せいかん》になっていて、いっぱしの男の顔つきになっている。それを見ると、こちらも男らしい対応で祝ってやりたくもなる。

「……良かったな。よし、俺が胴上げしてやる」

「お兄さんひとりでっすか!?　それ胴上げじゃないっすよ！　投げっぱなしジャーマンじゃないすか!?　下コンクリっす！　死ぬっす！」

大志は両手を前に突き出して、俺と距離を取る。完全拒否の構えだ。それに俺は苦笑して冗談だと言おうとした。

「お、胴上げ？　マジマジ？　やるでしょ〜！」

だが、それより先ににゅっと戸部《とべ》が顔を出す。お祝いにかこつけ、ここぞとばかりにはしゃぐのだろう。その後ろには大和《やまと》や大岡《おおおか》らの姿もあった。よくよく見れば他にもちらほらうちのクラスや他クラスの連中もいる。そういえば葉山《はやま》は……と窺《うかが》うと、教師陣とにこやかに談笑している。察するに、休み時間中とはいえ出てきてしまった俺たちのことを取り成してくれているようだ。けど、その気遣いも戸部たちにかかっては虚《むな》しいものです……。

戸部は「ウェーイ！」と掛け声をかけると、大和や大岡らを率いて、抵抗する大志をぐるっと囲み、わーっしょいわーっしょいと胴上げを始めた。

その隙に、俺は背中に隠したままの小町《こまち》へ振り返る。

「小町。学校に報告しとけ。あと、うちにもな」

「うん……」

未《いま》だ目は赤く、鼻はすんすん言っているが、小町はぽちぽちスマホをいじって、ひとまず学校へ電話をかけ始めた。それを傍聞《かたえ ぎ》きしつつ、時計を確認する。そろそろ教室に戻らないとまずいかな……と、教師連中を言いくるめている葉山のほうを見やると、その横からとててっと駆けだしてくる由比ヶ浜《ゆいがはま》の姿を見つけた。

「小町ちゃん！」

声をかけられ、小町が顔を上げる。そして手早く電話を終えると、そっちに駆けだした。

「ゆいざんっ！」

ようやく収まったと思ったのに、由比ヶ浜の姿を見た途端、小町はまたぶわっと涙をあふれさせる。がばっとなんのためらいもなく由比ヶ浜に抱き着くと、「む、麦わらぁ……」って言いだしそうなくらいボロボロ泣き始めた。……なんか俺の時より、泣いてない？　気のせい？

小町《こまち》が嗚咽《おえつ》交じりに合格の報告をすると、由比《ゆい》ヶ浜《がはま》は一語一語にちゃんと頷《うなず》きを返して、ぎゅーっと抱きしめる。そして、胸元に顔を埋《うず》めている小町とおでこを合わせると、にっこり微笑《ほほえ》んだ。

「おめでとう……。よかったね……、ほんとに頑張ったね……。あたしもすっごい嬉しい！」

囁《ささや》くように紡《つむ》いだ言葉の最後は飛び切り明るい笑顔。すると、小町も涙に濡れたままながら、弾けるような笑みを返す。

「ゆきのんにも教えてあげなきゃ！」

由比ヶ浜に言われ、小町も元気良く頷いてスマホを手にする。が、動きが止まった。

「はいっ！　ううっ、でも涙で画面全然見えない……」

「あー……あたし、電話するよ」

由比ヶ浜は苦笑しながら電話をかけ始める。スマホを自撮りでもするかのように構え、自分と小町の姿をインカメラで捉えた。どうやらビデオ通話的なことらしい。たぶん小町の姿を見せてやりたいという思いやりなのだろうが。……雪ノ下《ゆきのした》、そういう機能ちゃんと使えるかなぁ。

などと、心配していると、悪戦苦闘しながらもそのうち三人は画面越しに会話を始めた。スマホの画面にぴったり顔をくっつけて「ゆぎのさーん！」と小町がまた泣いていた。あの様子じゃ、親に連絡するのすっかり忘れてるな……。

両親、特に親父はさぞ気を揉《も》んでいるに違いない。連絡がないってことはもしかして……、さらにそれを悲観して……などと想像を逞《たくま》しくされても困る。一報を入れておこう。けど、親父は「小町から直接聞きたかった……」と言うだろうからなぁ。んもう！　似たもの父子！

というわけで、前略おふくろ様。

サクラサク。以上。

×　　×　　×

小町が去るのを見送って、再び教室に戻っても、やはり気持ちはどこか浮ついていて、ぼーっとしたまま時は過ぎていった。なんなら小町の合格という事実を手にしたが故《ゆえ》に、胸の内はすっかり安堵《あんど》に染まってしまい、授業内容はほとんど耳から耳へ抜けていく。

良かったなぁ……としみじみ幸せを噛《か》み締め噛み締めしているうちに、ひとコマ、ふたコマと授業は終わっていく。昔からご飯はよく噛んで食べなさいと躾《しつ》けられてきたおかげか一つのハッピーニュースでも二度三度と味わえる。なんなら牛ばりに反芻《はんすう》してたまである。

おかげで、昼休みの到来を告げるチャイムがキンコンカンコンやかましく鳴り響いても、さほどの空腹は感じていなかった。普段なら是が非でもそれなりの量を確保するためにダッシュで向かう購買にも、今日はゆるゆると行く余裕がある。

何食べようかなーと考えつつ、席を立とうかと腰を浮かしかけたその時、ほぼ同じタイミングで教室前方の扉が数度叩《たた》かれ、ゆっくりと開けられる。職員室や部室の類《たぐ》いならいざ知らず、一般教室へ入るのにわざわざノックとは……と訝《いぶか》しんでいると、そこから顔を出したのは雪ノ下雪乃《ゆきのしたゆきの》だった。

珍しい客に教室が一瞬ざわっとする。だが、そんな注目を受けても雪ノ下は顔色一つ変えることなく要件を口にした。

「川崎《かわさき》さん、いるかしら」

「……へ？　あ、あたし？」

やや裏がかった声で言いながら自分の顔を指差して、川崎がぱちぱちと目を瞬《しばたた》かせる。それに雪ノ下は首肯《しゅこう》を返した。二人とも人目を惹《ひ》く容姿であることも相まって、注目度はなお一層あがる。好奇の視線を向けられ、川崎は恥ずかしさに耐えかねるように眉根《まゆね》を寄せ口元を歪《ゆが》め、顔を真っ赤にして、たたたっと足早に雪ノ下のもとへ向かった。

二人はそのまま入り口わきで何やら話し合っている。うーん……川崎さん、恥ずかしさのせいなのか全っ然声聞こえないですね……。雪ノ下もそれに合わせているのか、ほとんど内緒話のような声量で、内容はまったくといっていいほど聞こえてこない。

周囲の人間も何事かと耳をそばだてているようだが、リアクションから察するに誰の耳にも届いていない様子だ。

まぁ、おそらくはプロムに関することなのだろう。取り立てて関わる予定があるわけでもない話に聞き耳を立てるというのも不調法《ぶちょうほう》だ。

俺は今度こそさくっと席を立つと、教室後方の出入り口へと向かう。途中、窓際の席が普段よりも静かなことに気づいて、ついそちらを見てしまった。

そこには、雪ノ下たちへ視線を注ぐ由比ヶ浜《ゆいがはま》の姿がある。おそらく由比ヶ浜も雪ノ下の用件の内容を察しているのだろう。だから、何も言わずにただ見守っている。

しかし、それが三浦《みうら》には少々不思議な光景に映ったらしい。

「結衣《ゆい》ー、あんた、いいの？」

聞き方こそぶっきらぼうで言葉面《づら》も刺々《とげとげ》しい。それでも不思議と気遣っているのが察せられた。おそらくはたくさんの単語を省略し、それでいながら一語に複数の意味が含まれたハイコンテクストな言葉なのだろうが、由比ヶ浜には充分通じているらしい。

「んー、うん。今、話に混ざんなくても必要なことならたぶん後で教えてくれるし。それに、この後あたしも部室行くからだいじょぶ」

「ふーん？」

しばし考えるような間を取りながらも微笑《ほほえ》みを浮かべて答える由比ヶ浜に、三浦は納得してるんだかしてないんだか曖昧《あいまい》な声を返して、巻いた髪をくるくるといじる。そして海老名《えびな》さんと互いにちらっと視線を交わすと、二人ともかすかに首を傾《かし》げていた。

まぁ、二人の反応もわからんでもない。今までとはいささか立ち位置が違うのだから戸惑いもあるだろう。

けれど、その立ち位置が変わった理由はきっと、少しだけど前進したからだ。

由比ヶ浜《ゆいがはま》たちを横目に見つつ、俺は教室を後にした。

× × ×

購買で残り物を適当に見繕《みつくろ》って、マッ缶片手にいつもの場所に腰かける。昼練中のテニス部の声とメジロの鳴き声を耳にしつつ、いつもよりは少々遅いランチタイムとしゃれこんだ。

外で食事をするにはまだ風は冷たいが、それでも小町《こまち》の合格発表の余韻もあってか、寒さが堪《こた》えると言うほどでもない。

夕飯は合格祝いでおそらく豪勢だろうし、昼は軽めでもいいだろうと、総菜パンをふたつほどたいらげて、あとはあったか〜いマッ缶をずずーっとすする。

ぼーっとしていると、背後から鼻歌交じりに軽快な足音が聞こえてくる。この鼻歌は……と振り向けばやはり一色《いっしき》だ。一色は俺を見ると口を半開きにして、若干引き気味に驚いていた。

「あ、ほんとにこんなとこいる」

「ん、おお、どした」

何やら失礼な言い方をされた気もするが、それも今更なことなので聞き流して、用件を問うた。一色は「いえ、ちょっとお話がありまして……」と言いながら、俺の横まで来たかと思えば、はっと何事か思い出したらしく、そこで言葉を区切る。

「……ていうか、なんで先輩教室いないんですか！　わたしわざわざ行っちゃったじゃないですか！　先輩がいるかどうか聞くの超恥ずかしかったんですよ!?」

その恥ずかしかった思い出とやらがリフレインしているのか、顔を真っ赤にし、ぐいぐいと俺の肩口をめったやたらに引っ張って抗議してきた。その勢いは止まらず、さらに言い募《つの》る。

「しかも！　しかもですよ！　戸部《とべ》先輩が周りの人にでかい声で聞くんですよ！　わたしが先輩を捜してるんだけど知らないウェーイとかなんかとか！　ありえなくないですか!?」

うわー、超想像つく……。いや、そこでウェーイっていうかはわからんが。しかし確かに、戸部ならやりそうだ。それが善意からくる行動なら憎むに憎めないのだが、あいつの場合、何割かは海老名《えびな》さんへの『俺こう見えて意外にいい奴っしょ？　っしょ？』アピールが入ってる分、普通に憎めてしまうから性質《たち》が悪い。

「うん、まぁ、なんかごめんね？　俺全然悪くないけど戸部が悪いけど。で、あれね？　葉山《はやま》が助け舟を出してくれたのね？」

先読みして言うと、一色は俺の肩口からぱっと手を放し、その手をふりふりっと左右に振る。

「いえ、それより先に三浦《みうら》先輩がうるさいってキレたので静かになりました」

そっちのパターンかー。それも想像つくんだよなぁ……。と、その情景をありありと思い描いていると、一色《いっしき》がさらに付け加える。

「で、葉山《はやま》先輩が、結衣《ゆい》先輩に聞いたらーって教えてくれて、結果ここに」

「ほーん、なるほど。……なんか用だったか？」

「はい、お願いしたいことがありまして」

改めて聞くと、一色はそっと居ずまいを正し、ちょこんと膝を抱《かか》える。そして、こてっと首を傾けたかと思うと、見上げるような視線を送ってきた。細い指がくいっと俺の袖《そで》をか弱い力で引き、そよそよと吹く風に亜麻色《あまいろ》の髪が揺れ、ブラウンの瞳が潤《うる》んでいる。

「先輩。……手伝って、くれませんか？」

「無理だって……。プロム、普通に嫌だし」

あざといろはすの攻撃はもう通用せんぞ……と思いつつも、ついつい顔を逸《そ》らしてしまった。まじまじ見てしまったらうっかり頷《うなず》いちゃいそうだからしょうがないね！

それに一度断った手前、そうそう意見を翻《ひるがえ》すというのも具合が悪い。あと、ここで折れたらなんか一色の可愛《かわい》さに負けたみたいになっちゃうし……。

それは不純で不実に過ぎる。自分の意思を貫き通した彼女に対して、自己の存在証明をかける彼女に対して、自身の判断できちんと選択した彼女に対して、あまりに不誠実だ。俺もせめて自分の答えに矜持《きょうじ》を持つべきだと思う。そも俺自身プロムに賛成しているわけではない。部としてではなく個人の判断で、ということであればやはり答えは変わらないのだ。

だが、言葉とは時に、受け取り手によって意味がまったく変わるものらしい。一色は俺の返事を聞いてもなぜか満足げに微笑《ほほえ》んでいる。夢見るように瞼《まぶた》を下ろし、そっと胸に手を当て、頤《おとがい》を上げると、小鳥が御伽噺《おとぎばなし》を歌うように呟《つぶや》いた。

「と言いつつも、わたしに頼られてすごく嬉しそうな先輩なのでした」

「……この顔がそう見える？」

できるだけ嫌そうな顔をして見せる。言葉で通じないのなら、目だ。目で語るしかない。

すると、目には目をとばかりに、一色も急に真面目な顔になる。普段は大きく見開かれキラキラ輝いている瞳が、すっと細められ、今は刃《やいば》を思わせる怜悧《れいり》な煌《きら》めきを放っていた。

「……それ、正直に答えたほうがいいですか？」

「え、なに、なんか怖い、真顔やめろ真顔」

あまりに真剣な様子で言われたので、ちょっとビビってしまった。すぐさま話題をころころしないと！

「ていうか、雪ノ下《ゆきのした》がちゃんとやってるんだろ。なんか問題あんの？　あ、実はあまり仲良くないとかそういう問題については言わないでね？　聞いてて辛《つら》くなっちゃうから」

「あの、一応言っときますけど、わたしは雪乃《ゆきの》先輩のこと結構好きですからね。……まぁ、わたしが好かれてるかどうかは別問題ですし、仲良いって言っていいかはちょっとあれですが」

最初こそむっとした様子で言っていたが一色だったが、後半に至ると若干沈んだ顔を見せる。

いや、いろはすはゆきのんに好かれてると思うよ……。それも相当だよ……。とは言わぬが百合《ゆり》、違うな、言わぬが華というやつだろうか。そのうち自分でも実感するだろうし。

などと、しみじみ考えている間にも、一色《いっしき》はがばっと顔を上げ、指をふりふり今の状況を教えてくれる。

「それに進行自体はぶっちゃけ超順調です。超できる人っていうのはわかってましたけど、実際一緒に仕事してると雪乃《ゆきの》先輩が生徒会長じゃない意味がわかんないレベルですよ。副会長クビにして、うちにずっといてもらいたいくらいです」

「クビになるのはお前じゃなくて副会長なのか……。彼も頑張ってると思うよ、知らんけど」

書記ちゃんといちゃこいてさえいなければ真面目な人、……だった気がする。だからいちゃこいてないで働けなめんな働け。

一色のどこか羨《うらや》むような妬《ねた》むような憧れるような口ぶりから察するに、雪ノ下《ゆきのした》は自身の能力をいかんなく発揮し、辣腕《らつわん》を振るっているのだろう。彼女の能力や経験値を鑑《かんが》みればその想像は容易《たやす》く、また、それ故《ゆえ》に、その先に待つであろう光景も簡単に思い描けてしまった。

「仲良くやれてて順調なら別にいいんだけど……。ただ、順調にもいろいろあるからな」

「はい？」

ぽつりと漏らした言葉に一色がなにいってんだこいつとばかりに口元を歪《ゆが》め、半眼になって首を捻る。ムカつく聞き返し方だな……。だが、まぁ仕方ないか。文化祭の時はまだこいつ生徒会長でもなんでもなかったもんな。

だから、誰かが犠牲を強《し》いられることによってうまく回ってしまう順調さを知らないのだ。

というより、このプロムを計画している連中でそれを知ってる人はいないのだ。今回に関しては由比ヶ浜《ゆいがはま》もその場には同席していない。雪ノ下も無理をしないと約束をさせられてはいるが、事態が逼迫《ひっぱく》してしまえば、これくらいならここまでならと、騙《だま》し騙し無理を重ねてしまう可能性はある。だから、それを察して止められる存在が必要だ。でないと、破綻してしまう。

であればこそ、一色には伝えておくべきだろう。

「助言ってわけじゃないが、雪ノ下に頼りすぎないようにな。大抵のことはできるから任せがちだが、あいつが倒れたら全部止まることになるぞ。アホほど体力ないのに、死ぬほど頑固で負けず嫌いだから、たまに平気で無茶するし。……まぁ、気にはかけといたほうがいい」

仕事を手伝わない以上、余計な口も挟むべきではないのだろうが、せめてこれくらいはいいと、差し出がましくない程度のトーンで言った。一色の地頭ならこれで充分に把握できるだろう。

「……なるほど」

一色は俺の言葉を黙って聞いていたが、やがてふむと納得したように呟《つぶや》いた。それからちらっと俺に訝《いぶか》しむような視線を向けてくる。

「前から思ってましたけど、先輩って……」

え、なに、なんなの……、なんか怖いんだけど……。じっと胡乱《うろん》げな眼差《まなざ》しを向けられてたじろいでいると、一色《いっしき》は尖《とが》らせていた唇をふっと綻《ほころ》ばせた。

「過保護」

口元はほのかに笑んでいるのに、それはどこかに嘲《あざけ》りを含んでいそうで、声音《こわね》には突き放すような冷たさがあった。けれど、細めていた目を二、三度瞬《まばた》きして、くりっとした瞳を見せて、それで冗談ですよと伝えてくる。

そのおかげで俺はこそっと横を向き、ようやく止まっていた息を吐き出すことができた。

「いや、そんなことないと思うけど……」

絶え絶えの息で言うと、一色は顎《あご》に人差し指を当て、首を捻る。

「じゃあ、なんていうんですか？　お兄ちゃん気質？」

「ああ、それはあるかもしれない」

「つまり、やっぱり年下好き？」

「ちげぇよ……」

一色がぐいっと前のめりで問いかけてくれば、同じ分だけ後ろに引いて俺が答える。すると、今度は一色がちょっと身体《からだ》を後ろに倒して、引き気味の体《てい》で、からかうように言った。

「どうですかねぇ～」

「どうもこうも妹がいるとそうなるんだよ。習慣というか、勝手に妹への対応に近くなんの」

身体を引きも倒しもせず、まっすぐ背筋を伸ばし、癖《くせ》になってんだ、お兄ちゃんやんの……。

とばかりに、カッコつけてポケットに手を突っ込んで言う。すると、一色ははっと呆《あき》れた様な半笑いを含んだ短いため息を吐《つ》いた。恐ろしく速い切り替え。俺でなきゃ見逃しちゃうね。

「それ、やめたほうがいいと思いますけどね」

「お、おう……」

冷たい声音で一言、ばっさり切り捨ててきたかと思うと、一色は三角座りの膝頭に両手で頬《ほお》杖《づえ》ついて、つまらなさげに校庭を見やる。

「妹扱いされて喜ぶ女の子なんていないですから」

寂しい響きを伴って、冷たい風に紛れて消える言葉には実感がこもっているように思えた。あるいはそういう経験があるのかもしれない。一色は年上の男子から好感をもたれるだろうし、そうした扱いを受けることがあってもおかしくない。もっともこのスーパーあざとい小悪魔後輩を妹と同列に据えるのは俺には理解しかねるが。なんせこちらの妹は、世界の妹・比企谷《ひきがや》小町《こまち》だ。小町の前に小町なく、小町の後に小町なし。小町を超える妹を俺は知らないし、俺の妹は小町しかいない。なんなら『妹さえいればいい』ってそれ前前前世から一生言ってるから。

いや、待てよ？　世界の妹たる小町もやっぱり他の男子に「お前ってなんか妹みたいだよな」みたいなこと言われたりするのか……？

それはなんかちょっとな……。と内心でもやもやを抱《かか》えていたら、普通に声に出していた。

「まぁ、そうだな。勝手に兄を自称してくる奴はさすがに気持ち悪いし、超痛いな。なんなら犯罪まである」

「は？　……はぁ。まぁ、確かに気持ち悪いですけど……」

一色《いっしき》はぱっとこっちを見ると、なにいってんだこいつ気持ち悪いなみたいな顔で若干引いていた。しかし、気を取り直したようにこほんと咳払《せきばら》いを一つする。

「そういうことじゃなくて、なんか女の子として扱われてない感じがするじゃないですか。先輩だってお兄ちゃんみたいって言われたらちょっとヤじゃないですか？」

「いや、実際お兄ちゃんだから、あんま嫌な気もしないが……」

「あー……男子はそうかもしれないですね。あ、じゃあ」

何か思いついたのか、一色はんっと喉《のど》の調子を確かめたかと思うと、目を閉じて小さく深呼吸。まるで、女優さんがお芝居の前に気持ちを作ってるときみたいだ。いろはす待ちをしていると、一色はゆっくり目を開けて俺にフラットな表情を向ける。では……用意、アクション！

一色は愛想笑いを浮かべたかと思うと、口元の笑みだけは崩さずに視線をちょっとだけ外す。

「あ、あはは……。……先輩って、なんかお父さんみたいですね。え、や、なんか、こう……いつもありがたいなー、みたいな、ねー？」

この報告は八幡《はちまん》にとってはショックだった。

と、心中でナレーション調に読み上げ、横山三国志の孔明《こうめい》ふうに自身をカリカチュアライズしなければ受け止めきれないほどに、結構割りとマジに傷ついた。なにより、言葉や態度の端々に相手に失礼がないように、またこちらを傷つけまいとする意図が感じ取られたことが悲しかった。ていうか、高校生にそれ言うって絶対悪口じゃない？　なんなら、俺が三十路《みそじ》になって、何歳か年下ぐらいの人に言われても普通に傷つくと思うんですけど！

ほぼ完璧な出来の芝居を終えた一色が視線だけで、どうですかと聞いてくるので、それにかくっと頷《うなず》く。

「……めっちゃダメージ食らうな。露骨に別カテゴリー感が出てるし、何より加齢臭出てるのかな臭いってことかなとか考えて死にたくなるし、……たぶん死ぬ」

「臭いはともかく、感覚としてはそれです。別カテゴリーってやつですね」

一色は腕を組んでうんうんと頷く。そして、さらにもうワンポイントアドバイスとばかりにぴしっと人差し指を立てて、続けた。

「だいたい『妹みたいだな』って言ってくる男はのちのち高確率で『もう妹とは思えない……』を口説き文句に使うんですよ。ここまででワンセットですからね」

「うわぁ、きっつ……。なにそれ……。妹をなんだと思ってんだよ……。妹は神聖不可侵にしてサンクチュアリだぞ……。妹という概念を今一度よく考えて悔い改めてほしい……」

「なんか思ってた反応とは違いますけど、まぁいいです……。とにかくですねっ」

しらっとした目で不承不承《ふしょうぶしょう》ながら言うと、一色は腰に手をやり、お説教を始めますというポーズをとってから、懇々《こんこん》と諭《さと》し始めた。

「今後は女子に対して妹みたいとかその手のことを軽々しく言わないよう……」

ぴたっと動きを止めると、一色《いっしき》はしゅばっとちょっと後ろに引いてはわぁと口に手をやる。

「はっ！　もしかして先々『もう妹とは思えない……』って言ってわたしのこと口説く気でしたかさすがに今の今だとちょっとときめきようがないのでまたの機会に出直してきてくださいごめんなさい」

「はいはいわかったわかった言わない言わない」

長々と一気にまくし立てたせいで息が続かなかったのか、ふーっと深呼吸する一色の吐息に俺のため息が重なった。

「なんですかその態度それもう絶対聞いてないじゃないですか」

一色がぷーっと不満げに頰《ほお》を膨《ふく》らませる。いや、だってめっちゃ早口だし、いつも結論が絶対ごめんなさいなんだもん……。真面目に聞くわけねぇだろ……。

げんなりしていると、一色は大変不機嫌そうにふんと鼻を鳴らしてそっぽを向いた。

「もういいです。とにかくお手伝いお願いしますね」

「は、え？　や、だからさ……」

人に物を頼むにしては少々険のある言い方だ、されと、声音《こわね》にはちょっと拗《す》ねたような響きがあるせいで、お断りの言葉を選びかね、俺の声が途切れた。

そんなほんの一瞬の沈黙に。

「わたし、先輩の妹じゃないですからね」

さっきと打って変わって、甘くとろけるような響きの、けれど、言葉の奥に芯の強さをうかがわせる言い方で、一色いろはは唇寄せて囁《ささや》いた。

はっとこっちが反応するより早く、一色はささっとスカートの裾《すそ》を払って立ち上がり、にっこりと笑った。

そして、ワルツでも踏むように、たんたんとリズムよくステップ。その布地が描く軌道も、細い指のしなやかな動きも、零《こぼ》れた砂の煌《きら》めきも遠くなる。

「放課後、生徒会室で待ってますねー！」

数歩離れたところで、ひらり手を振りそう言うと、一色はまた鼻歌交じりに歩き出す。

言い返すには離れすぎ、追いかけるには遠すぎる。一枚も二枚も上手《うわて》な彼女をどうして妹などと思えようか。

我々《われわれ》は認識を改めるべきだ。あれこそは、世界の後輩・一色いろはなるぞ……。

×　×　×

放課後、生徒会室へ向かう廊下をのったらのったら歩いていた。

一色からのお願いに、その場で否《いな》と言えなかった以上、行くしかない。行くしかないのだが、今更どの面《つら》さげて行ったものやらと思うと、自然足取りは重くなる。

それでも、さして離れた距離にあるわけでもないので、生徒会室にはすぐについてしまった。

ノックをすると、すぐにドアが開いて、一色《いっしき》がぴょこっと隙間から顔を出す。

「あ、先輩。おっそーい」

「うん、はい、ごめんね」

ちんたらしていたのは事実なのでそこは素直に謝り、生徒会室に入れてもらった。

一色に出迎えられて、中へ入るとそこには雪ノ下《ゆきのした》と由比ヶ浜《ゆいがはま》がいる。他の生徒会の面々の姿が見えないが、別の場所で働いているのかもしれない。

雪ノ下が最初に声かけるのは由比ヶ浜だろうから、由比ヶ浜がいても特に不思議はない。由比ヶ浜は俺が来ることを一色から聞いていたのだろう、おーと言いつつ、軽く手を振ってくる。

雪ノ下はと言えば、俺の姿を認めると、少し驚いたように目を見開いて、疑問と戸惑いの混じった声音《こわね》でぽつりと呟《つぶや》いた。

「比企谷《ひきがや》くん……」

「おお。……なんか一色に呼ばれてな。まぁ、手伝いに来たわ」

雪ノ下の反応から察するに、俺が手伝いにくる旨《むね》を一色から連絡されていないようだ。ちょっと～！　いろはす～！　ホウレンソウ大事～！　呼ばれてないのに来ちゃったパターンとか誰もが最高に辛《つら》いだろうが……。

しかし、雪ノ下は戸惑いこそあれ、迷惑に思っているようではなさそうだった。むしろ申し訳なさそうに困り笑いを浮かべた。

「そう。ごめんなさいね。ちょっと今日は人手が必要だから正直助かるわ。ありがとう」

「いや、別に暇だし構わんけど」

まぁ、その暇もこのビジーでヘビーな案件によって消えるのだろうが……と思っていたのだが、雪ノ下はふむと顎《あご》に手をやると、忙《せわ》しくも重くもない調子で口を開く。

「たぶん、今日はお家で小町《こまち》さんのお祝いとかするのよね？　なるべく早く解散できるようにはするつもりだけれど、もし後ろがあるようだったら言ってもらえれば調整はできるから」

その言葉にちょっとぽけーっとしてしまった。なんか偉い余裕があるな……。もっとひりついた現場だと思ってたぞ……。返す言葉にも戸惑いが混じってしまった。

「あ、ああ……。いや、どうせ親父も帰り遅いからそんなに気にしなくていいぞ。……まぁ、早く終わるのに越したことはないが」

「そうね。では、さっそく始めましょうか」

雪ノ下は軽く笑むと、由比ヶ浜の隣に座るよう椅子《いす》を勧めてきた。それに従って着席すると、すっと書類の束が押し出される。

「お手伝いいただく前に、一度、イベント概要を説明するわね」

と、そのプリント類を広げ、摘要を読み上げ始めた。だが、そこにちょいちょいハミングが混じってくる。ちらっとそっちを見ると一色《いっしき》が鼻歌交じりでお茶を淹れ、チョコ菓子のパッケージを見て、へーとか言いながらもぐもぐしてらっしゃいました。……まぁ、こいつは全部わかってるから説明聞く必要ないもんな。やる時はちゃんとやる子だし……。

「企画書類とあわせて、進行計画表もあるから一度目を通しておいてもらえるかしら」

言われるがまま、書類をしゃっしゃと流し読みしていく。それを見るに、プロムの形式は俺たちが海外ドラマで見たものを若干スケールダウンさせたものを想定しているようだった。

体育館をフラワースタンドやらバルーンアートやらでディスプレイし、ステージを含んだ前方をダンスフロアとして確保しつつ、後方には椅子《いす》とテーブルを若干数配置し、フードやドリンクを置いた歓談スペースとする。

イベント構成としては、ド頭で派手な乾杯からの、生徒会長や部長たち諸々のご挨拶《あいさつ》があり、ひとしきり盛り上げてもらったところでクラブミュージックが流れ、ダンスタイムが幕を開け、時に、生のロックバンドが乱入し、さらには公開告白イベントが不定期に挟まれ、やがてプロムキング・プロムクイーンが選ばれてからのチークタイム。最後はみんなでどったんばったん大騒ぎ！　ただし、ご歓談の時間を設けたりはしないので、各人ダンスフロア外の歓談スペースを適宜利用することとする……。

なるほどなー、全然わからん。プロムに詳しくないのもそうだが、クラブとかダンスとかそういう文化にも縁がないので、半分もわからん。なに、公開告白って。新しい処刑法？

なので、知らないことは後で聞くなり調べるなりして、わかるところだけ浚《さら》おう。

「結構な金かかりそうだな、これ」

俺の最初の感想はそれだった。すると、雪ノ下《ゆきのした》がすっと一枚の紙を差し出してくる。

「試算表は作ってあるわ。見積もりはファイリングされてるから、気になるならそっちを」

「いや、いい。細かい数字はお前が見たほうが確かだしな。むしろ、これどっから予算引っ張ったかのほうが気になるんだけど。こないだフリーペーパーで使い切らなかった？」

「プロム自体は三月だから、請求を翌月以降にしてもらって、来年度の予算として処理するわ。どうしても先に払わないといけないものについては、建て替えて後清算ね」

雪ノ下は軽く肩を竦《すく》めてこともなげに言うが、こっちとしては、それっていいのかしらと思わなくもない。生徒会の決算が二末締めだから三月の案件に関する費用を来期に回すのはまぁわかる。それより、来期の予算ってもう決まっているはずなのでは……と訝《いぶか》しんでいると、毎度お馴染《なじ》み、だんしんくいーん一色いろはちゃんが鼻歌交じりでご機嫌に、なぜかお茶出しをし始めた。こいつ、さては他に仕事がないのでは……。

「というわけで、来年度はちょーっといろんなものがしょぼくなるかもしれませんけど、まぁ、しょうがないですかね」

「いいのかな、それ……」

紙コップに注がれたお茶を受け取った由比ヶ浜《ゆいがはま》が苦笑いしていると、一色はお盆を胸に抱き締め、はてなっと首を傾《かし》げた。

「はぁ、でも誰も気づかないんじゃないですかねー？　みんな、生徒会がなにやってるかなんて知らないと思いますし」

「う、うーん……。あー、うん、あたしも絶対気づかない気がする。よく知らないし……」

由比ヶ浜《ゆいがはま》は事の是非を頑張って考えていたようだが、やがて紙コップをことりとテーブルに

置き、かくっと力なく項垂《うなだ》れた。あー、論破されてしまったか……。こうなると、一色《いっしき》は俄

然勢いづいて、ぐっと握った拳《こぶし》を高々突き上げた。

「だからこそ！　逆にここぞという時に派手にやれば仕事してる感が超出ていろいろ許される

わけですよ！」

言ってることは何も間違っていないだけに本当に性質《たち》が悪い……。こういう時に苦言を呈

してくれる存在は……と、雪ノ下《ゆきのした》を見やる。だが、折悪しくお仕事中だった。会計資料と銘

打たれた分厚いファイルを片腕に抱《かか》えて、指先でめくりつつ、パソコンの画面と見比べている。

「今はフルフルで試算に計上しているけれど、ここから落としていく要素も多いから来年度予

算に大きな影響は出ないと思うわ。むしろ、予算は毎年余っていたようだし、その余剰分に吸

収できるんじゃないかしら」

ぱたんとファイルを閉じると、ちょっと得意げに微笑《ほほえ》んだ。

よくない。よくない傾向ですよ、これは……。小賢しいクズと有能なポンコツの組み合わ

せは得体のしれないケミストリーを生み出しそうで、順調なのに不安になってくる……。

少しでも不安要素を減らそうと、俺は試算表の査読を進めることにした。諸々の会計科目を確認していると、ふと疑問がよぎる。

「これ、衣装の分とか見込まなくていいのか、なんか着飾るんだろ、みんな」

「ええ。衣装に関しては参加者の自前ね。こちらですることはレンタル業者の斡旋《あっせん》くらい」

雪ノ下がレンタル衣装のカタログをすっと差し出す。もちろん俺にではなく、由比ヶ浜に向けて。さすがよくわかってらっしゃる。俺はこういうの興味ないからな……。片やガハマさん、わーとお目々キラキラ状態で、カタログをぺらぺらめくり始めた。

確かに女の子はこうしたドレスに憧れもあるだろうし、せっかくのパーティ、綺麗《きれい》に着飾りたいと思うだろう。だが、男子はどうだろうか。とあるインターネットの言説によると、漫画家たちが集まる出版社のパーティーでは、女性漫画家はドレッシーな装《よそお》いの人が大半で、男性漫画家はだいたい普段着であることが多いと聞く。なんならジャージまである。

「……こういうの、みんな着るのか？」

俺はちょっと遠慮したいが……と、暗に込めて言うと、一色がさもありなんと頷《うなず》く。

「まぁ、そういう格好を嫌がる人もいるでしょうね。こちらとしては着飾ることを推奨しますが、ドレスコードとしての強制はしません」

「けれど、みんな結局は盛装することになるでしょうね。雰囲気《ふんいき》に呑まれるか、あるいは同調圧力に負けるかして。……暗黙の了解をわざわざ明文化して叩《たた》かれる要素を作る必要もないわ」

雪ノ下《ゆきのした》が言い添えて、ふっと虚《むな》しげに微笑《ほほえ》むと、一色《いっしき》がにっこり笑う。その笑顔、造作としては綺麗《きれい》だし可愛《かわい》いと思うんですけど、なんで真っ先に感じるのが恐怖なんでしょうね……。

二人の笑顔からそっと顔を背け、手元の試算表へ視線を落とした。正直なところ、金額や数値の妥当性については正確な情報がないので判断はつかないが、現状出揃《そろ》っている要素はおおむねカバーされているように見受けられる。進めていくうえでこれから発覚するであろう追加の支出に関しても、予備費や雑費という項目である程度確保されている。

「……まぁ、問題ないんじゃないか。人件費の項目が漏れてることを除けば」

「そう、確認ありがとう。では、合格のサイン代わりに、その項目に大きく○をつけてもらっていいかしら」

そうも楽しげににっこり微笑まれてしまうと、こっちはもう笑うしかない。

雪ノ下もくすくす笑っていたがやがてその笑みを収め、俺の持つ試算表へ手を伸ばし、いくつかの数字を指で指し示す。

「とはいっても、まだフィックスではないけれどね。ケータリング類は過去の謝恩会で使っていた業者からもっと安いところに変更するからその相見積《あいみつ》待ち、装飾に使う花についても各部活動が卒業生に贈る花束と合わせてグロスで発注するからコストダウン交渉中よ」

「お、おう……、そうか……」

これは副会長に続いて会計もクビ候補になってくるのでは……。雪ノ下《ゆきのした》の実務能力が以前よりも上がっている気がする。これはもう雪ノ下雪乃《ゆきの》RXといっていいくらいだ。もう全部あいつ一人でいいんじゃないかな感がひしひしと伝わってくる。一色《いっしき》も、……ここはRXに任せよう、みたいな感じでうんうん頷《うなず》いている。いやー、会長もクビ候補だと思うんですけどねー。

ともあれ、用意されていた資料を見るに、当初俺が思っていたよりも、プロム実現に向けてぐっと現実味が出てきているのは確かだ。理屈の上では実行できそうだな……。あとは理屈ではどうにもならないものへの対処だ。おそらくこれが一番難しい。

例えば、締め切りや納期やスケジュールといった類《たぐ》いのものには理屈が通じない。奴らには人の心がない。『いやー正直かなり厳しいっすね』『ぶっちゃけ間に合わないというか』『頑張りましょう!』『すいません不可能です』『頑張りましょう!』『……はい』みたいな事態が稀《まれ》によくあり、こうなると、光速で移動することで時の流れをゆっくりにするくらいしか対処法がない。もはやSFなんだよなぁ……。

さて、懸念点であるスケジュールは……と、続いての資料、進行予定表を手に取った。おそらくは雪ノ下お手製なのだろう、チェックリストも兼ねているようで、既に完了した項目のセルが網掛けされている。

おかげで進行状況は可視化され、一目瞭然。序盤のほうはべったり色がついているが、後ろへ行くにしたがって、白が占める面積が増えていく。まだまだ先は長そうだな……。

だが、逆に言えば、この数日だけで計画立案やら試算やらをこなしたわけで、それだけで称賛に値する。なんならぶっちゃけ引くまである……。

だいたいこの進行表も埋まり具合やばいだろ、どんだけ頑張ってんだよ……。既に網掛けされている部分も、結構な難題揃《ぞろ》いのはずなのだ。

例えば、最序盤にある項目、『学校側・保護者会へのプロム企画提案・承認』。これが完了している時点でもう大部分の問題が解消されたも同然だ。米印をつけて、「ただし内諾のみ、後日中間報告を経て承認」と注釈こそついてはいるが、内々で話を握っているなら、これもう勝ったでしょ……。勝ったな！　ガハハ！

さらに、その後にも予算算出だの進行台本制作だの告知解禁だの選曲作業だの公式サイト開設だの部長会招集だのその他諸々が続き、ことごとく完了、あるいは完了見込みのチェックがつけられていて、企画段階としてはこれ以上ない滑り出しと言える。

残っている項目は装飾物等の実制作作業や当日のオペレーション周り、会場設営など時間がかかるものや実労働を伴うもの、時期が近くならないと進められないものがほとんどだ。

まぁ、そのあたりはやってみないとわからないことが多いだろうから、不安要素としてはここか……。そして、俺が駆り出されるのもたぶんこれらの項目だろう。

今後の自分の仕事についておおよそのあたりをつけながら、また頭から読み返していると、ふとした文言に目が留まった。

「ほーん、告知解禁ね。もうプロムやることは言ってんのか。知らんかったな」

新鮮な驚きを覚え、つい感心交じりの声が漏れた。そして、言った瞬間、生徒会室の空気がにわかに凍った。みんなして新種の動物を遠巻きに見るような視線を送ってくる。それが一番露骨だったのは一色《いっしき》だ。わっけわからんという顔で俺をまじまじ見る。

「は？　なんでですか？」

「え？　だってどこにも言ってなくない？　……なぁ？」

プロムに関しては俺とほぼ同程度の情報量であろう由比ヶ浜《ゆいがはま》に水を向けると、由比ヶ浜はもじもじっと身を捩《よじ》り、言いづらそうに口をもにゅらせ、ぽしょっと呟《つぶや》いた。

「……あたしは知ってるけど」

「え？　なんで？　いじめ？」

「いじめてないし！　ていうか、あたしのほうがなんでって感じ……あ、そか」

はたと何かに気づいて、由比ヶ浜はごそごそスマホを取り出す。それを見て一色も「あー」と得心行ったのか同じように自分のスマホをひょいと手に取る。

そして、はいっと二人がほぼ同時に同じ画面を見せてきた。ライーン！　と、謎の効果音とともに表示されるのはもはや常識となった感のあるメッセージアプリ、ラインである。

「プロム実行委員会の公式アカウントを作って、そこから情報発信しているの。私たちの世代が触れるメディアの中ではたぶん一番接触頻度が高いから、これがメイン媒体ね」

雪ノ下《ゆきのした》の説明でようやく納得した。確かに今時の高校生たちはみんなラインで繋がってるから、一番手っ取り早い告知方法だな……。俺が知らないはずだよ！　繋がってないんだもん！

「ほーん、なるほどなー……え？　お前もラインやってるの？」

「始めたの。結構便利よ？　好きなお店の情報やクーポンが簡単に手に入るし、返信すると写真が送られてきたりするの」

ほくほく笑顔でラインの利便性を説く雪ノ下に、ほーんとかなんとか適当な相槌《あいづち》を打ちながら、俺は横目で由比ヶ浜をちらっと見る。意味ありげな視線を受け取って、由比ヶ浜はうんうん、そう、と困り笑顔で頷《うなず》きを返してきてくれた。ほらー、やっぱり猫カフェの公式アカウントのことじゃんかよー。

もっと語るべきことがあるだろ……。と、思っていると、それを語ってくれそうな奴がひょいっと視界に入ってくる。

「ていうか、なんで先輩はやってないんですか？　使えないんですか？　昭和生まれですか？」

「バリバリ平成生まれだ。お前昭和生まれ舐めすぎだろ。おっさんたちでも普通にラインやってるぞ。俺は必要ないから自分の意思で使ってないだけなの」

一色の失礼極まりない言い草に、いーっとなりながら言うと、雪ノ下が頰《ほお》に手をやり、ふむと頷く。

「まぁ確かにそうね。今時は企業でも普通に使っているらしいし……。若者だけのツールというわけでもないんでしょうね」

「というか、人によるんだろ。おっさんでもおじいちゃんでも必要に駆られれば、使いこなせるように練習とかすんだろ」

孫とラインでやりとりするおじいちゃんおばあちゃんとか今時は普通にいるだろうし……と、ややほんわかするような情景を思い描いていると、聞いていた由比ヶ浜《ゆいがはま》はなぜかとても気まずそうな微妙な表情をした。

「でも、なんかおじさんのラインって無理に若々しくするから、なんていうか、……超きつい。絵文字と顔文字とスタンプ全部来るし……。それに、タメ口っぽい感じがなんか、古い……」

「わかるー。すごいですよね、文字にも加齢臭ってあるんだって思いましたもん」

ぺちぺち手を叩《たた》きながら一色《いっしき》が賛同する。……なぜだろう、今すごく俺が傷ついた。

「ていうか、なんで君たちおじさんの生態にそんなに詳しいの？」

「パパがラインやってるし」

「うちもです」

へぇ、どんなパパなんでしょうね一体……。お父様のことを指してるんだよね？　と確認するのがなぜか怖かったので、別のことを聞きますね！

「でも、告知関係ってラインだけでいいのか？　俺みたいにやってない奴とかいるじゃん」

「連携アプリ認証で他のＳＮＳもフォローアップしているし、一応、掲示版での告知や公式サイトは設営しているから問題ないと思うわ」

つらつらと流れるように答えてくれた雪ノ下《ゆきのした》だったが、不意に言葉を切ってくすりと笑う。

「それに、その手の連絡手段をあえて持たないようにしている人、繋がりを作らないようにしてる人はそもそもプロムに参加する気はないでしょう。現にあなたがそうだし」

「……すげぇ説得力だ」

まさか自分の普段の行いが自分の問いかけへの答えになっていたとは。まーた論破してしまったのか。敗北が知りたい。

うむうむと納得していると、雪ノ下が少しお姉さんぶった微笑《ほほえ》みを浮かべた。

「他に何か質問やわからないことがあればどうぞ」

そう問われ、しばし考えてみたものの、見せてもらった資料については今のところ特に疑問はない。ただ、気になっていることはあった。

「……質問はないが、わからないことはある。今更言うのもあれだが、結局プロムがどんなもんかよくわからん。ピンと来ないというか想像がつかない。正直これが一番引っかかってる」

最初にプロムについて相談された時も、先程のイベント構成を見た時にも思ったことだ。

聞いた由比ヶ浜が目をぱちくりさせている。

「へ？　プロムって、あのドラマで観たパーティーのことじゃないの？」

「うん、まぁ、そうなんだが……。仮にあのドラマのプロムを再現しても、たぶん絶対違うって感じにしかならない気がしてな」

その違和感を言語化するのに最適な言葉がなかなか見つからず、むぅんと唸《うな》っていると、由《ゆ》比《い》ヶ浜《がはま》も一緒にうーんうーんと頭を捻る。そこへ、ふふんと訳知り顔の一色《いっしき》が入ってきた。

「わかりますわかります。わたしたちならではの、わたしたちだけにしかできない、わたしのためだけのプロムがしたい！　みたいなことですよねー？」

「全然違うんだよなぁ……」

なんだよ、わたしのためだけのプロムって。なに最後だけしれっと変えちゃってるの……。

「そうですか違いますかじゃあなんなんですか……」

一色がじとっとした目で睨《にら》んできたが、それが分かってたらさっきから唸ったりしてねぇっつーの。

すると、一色の視線から逃れようとふいっと顔を背けた。

すると、雪ノ下《ゆきのした》と目が合う。

「……では、その答えを作りにいきましょうか」

ふっと穏やかな笑《え》みを浮かべ、少し不思議な言い回しをすると、彼女は席を立った。

×　×　×

生徒会室を出て、俺たちが向かった先は体育館だった。

普段ならこの時間は屋内競技の部活が練習しているのだが、今はまったく別の光景が広がっている。ステージがある前方にばっちりパーティー会場が設営されていたのだ。運び込まれたフラワースタンドにバルーンアート、天井から吊るされたミラーボールがそれらを照らしていた。

「おー……、なんかすごいね……」

体育館を見渡した由比ヶ浜が素直な感想を漏らす。俺はといえば、いきなり異空間に放りだされた感があり、そんなシンプルな感想すらも出てこずに呆けてしまっていた。

「細かい説明は後でするけれど、とりあえず着替えの準備をお願いできるかしら。ステージ袖《そで》で川崎《かわさき》さんが衣装を準備してくれているから、由比ヶ浜さんはそちらのサポートもよろしくね」

「オッケー！」

雪ノ下がこともなげに言った言葉に由比ヶ浜は元気よく了解と返し、とてとてっとステージ袖へと駆けていく。だが、こっちはそうもいかない。川崎って川なんとかさんのことか。あいつもいるのか。どういう状況なのかしらと考えていると、雪ノ下が怪訝《けげん》そうな顔で俺を見た。

「一色さんから聞いてないの？」

「聞いてないんだよなぁ……」

ちょっと〜？　いろはす〜？　と背後へ視線をやれば、一色は「っべー」みたいな顔をしていた。まぁ、マジ説教をするのは今度にするとして、今は事態の把握に努めよう。

「で、これなに。何するの?」

「プロムの紹介動画を作るの。それと、公式サイトに特設ページを作るからそのための写真撮影も。ついでに、一度設営してオペレーションの確認も兼ねてね」

雪ノ下《ゆきのした》が指し示す先では、生徒会役員の手によってカメラが数台用意されていた。話の続きを雪ノ下がちょっと言いづらそうに口にする。

「それで、動画に出てくれる人が欲しくて、人選を一色《いっしき》さんにお願いしていたのだけれど……」

「……動画に出るとな?」

俺と雪ノ下の視線がすーっと一色へ向けられた。二人分の圧をかけられるとさすがの一色もまずいと思ったのか、床を見つめてだらだらっと冷や汗を搔《か》いている。その様子に雪ノ下がふっと疲《つか》れたようなため息を吐いた。

「動画は個人が分からないように編集時に加工をするから安心して。仮編集の段階で確認もしてもらうつもりよ。……といっても、何も聞かされていない状態で頼まれても困るわよね」

加工や確認云々《うんぬん》は一色へのフォローなのだろう。雪ノ下は微苦笑を浮かべていた。

ここで怒らないのは珍しいな……。以前なら冷たく「一色さん?」って言ってたろうに……。と、思っていると、うーっと頭を抱《かか》えた一色がすいっと前に出て、ぺこぺこ頭を下げる。

「すいませんごめんなさい今回は割りとマジで反省してます違うんですちょっと別の話をしていたらそっちに意識が……。あと戸部《とべ》先輩たちに頼んでたのとごっちゃになりました……」

「戸部？」

まくし立てた反省の弁の中に意外なワードを耳にして、問い返す。すると、一色は顔を上げたついでに、ほつれた髪をそっと耳に掛けながらこくと頷《うなず》く。

「はい。その賑《にぎ》やかしというかエキストラというか、つまりはモブとして戸部先輩とサッカー部の一年生を招集してましてて」

「それと、女性陣もうちのクラスの人と一色さんの友人にお願いしたわ」

雪ノ下が言い添えるのを聞いてふむと考える。紹介動画というなら雰囲気《ふんいき》を伝えるためにもそれなりの人数がいたほうがいいのだろう。枯れ木も山の賑わいという言葉もある。

「他にもちゃんといるんだな。……まぁ、数がそれなりにいて紛れるならいい。やるよ」

「……すいません」

「いや、俺が仕事内容を確認しなかったのは事実だしな」

一色が神妙な顔で謝るのが何やらおかしくて、苦笑した。すると、雪ノ下も笑顔を見せる。

「ありがとう。正直助かるわ。あまり付き合いのない人にあれこれ細かいリテイクを出すのはちょっと気が引けていたから……」

「リテイク前提やめてほしいんだよなぁ……。まぁ、とりあえず着替えてくるわ」

「あ、こっちに用意してますんで」

と、一色が先んじて歩き出す。それじゃあと、雪ノ下に目だけで言うと、雪ノ下もよろしくと頷《うなず》き返してくる。そうして一色《いっしき》に導かれるまま、由比ヶ浜《ゆいがはま》が向かったのとは逆のステージ袖《そで》へと向かう。その途中、やけに肩を落とした一色がぽつりと呟《つぶや》いた。

「あの、……先輩が言ってたこと今ちょっと実感しました」

「なにが？」

追いついて横に並んだが、一色は視線を床に落としたままだ。

「いろんなことが順調だからっていうか、気づかないうちにいろんな事やってもらってるから、わたしちょっと油断してました。たぶんこれだけじゃなくて他にもやらかしてる気がします。このままの調子でやってると、ほんとに雪乃《ゆきの》先輩に頼りきりになってそうです……」

ひどく沈んだ声音《こわね》に悔恨《かいこん》が滲《にじ》んでいる。昼休みに話したことを覚えていたらしい。まぁ、一度のミスで他の自分の失敗を顧《かえり》みることができるならだいぶ優秀だといえる。俺なんて未《いま》だに自分の失敗を認めることさえできないよ……。そんな自戒も込めつつ、口を開く。

「今気づいたならいいんじゃねぇの。この程度のミスでこの先注意深くやれるなら安い投資だ」

「はい……、気を付けます」

軽い調子で言ってみても、一色の表情は晴れない。答えたきりきゅっと唇を引き結んでしまう。まぁ、調子乗ってる時のやらかしってほんとへこむからなぁ……。バイトとかでもね、慣れてきてやべー俺超有能じゃんと思った頃に、思わぬミスをやらかして、それを上長に優しくフォローされると情けないやら申し訳ないやら恥ずかしいやらで死にたくなるもんね！

自分も経験したことがあるだけに、慰《なぐさ》めの言葉の一つもかけてやりたくなる。

「次からは何かあったら早めに言ってくれ。……まぁ、前もって言われてても、なんだかんだごねつつ、最終的にやってたと思うけど。だから、その、なに、あんま落ち込まなくても……」

「ですよね！」

俺が言い終わる前に一色がぱっと顔を上げ、にこぱっと微笑《ほほえ》む。それに思わず絶句してしまった。すると、一色はまたしゅんと先ほどと同様に肩を落とした。

「冗談です。……ちょっとマジで気を引き締めます」

ふざけて見せたのも自分を鼓舞するためなのか、声音には静かな決意が見て取れた。

やがてステージ袖に行きつくと、一色は脇にある扉を開ける。それに続いて入ると、演台やらマイクスタンドやらが置かれた雑多な空間が広がっている。イベント時には控室代わりにも使えるよう椅子《いす》や姿見もちゃんと置かれていた。その椅子の上に衣装がまとめて置かれている。

「衣装、ここに置いてありますから。サイズ合わなかったら川崎《かわさき》先輩？　でしたっけ、あの先輩がちょっと調整してくれるそうなので」

「はいよ」

ぺこと一礼して戻っていく一色を見送って、さっそく着替えに取りかかった。

制服を脱いで、用意されていた衣装を手に取る。タキシードというのだろうか。スーツとの違いがよくわからんが、なんか結婚式っぽい感じの服だな……。立ち襟《えり》で前身頃《まえみごろ》はひだひだのシャツに蝶ネクタイ、とそこまではなんとなく着方がわかる。が、一緒に用意されていたピンというかブローチみたいなアクセサリーの正体がわからん。……あとで教えてもらおう。

着替え終えて、姿見で確認してみたが、そこに映っているのはくたびれた死にかけのピアニストみたいな奴だった。うーん……これでいいのか？ 着たことねぇからわかんねぇな。タキシードってシルクハットとマントに、あとなんか白い仮面つけなくていいのかな……。

幸い、着てみた感じのサイズ感はさほど合わないというわけでもなさそうだった。仕上げとばかりに蝶ネクタイを手にし、ひとしきりコナン君の真似をしてからぱちりとホックを留める。

着慣れないもんだから案外時間がかかってしまった。気持ち急ぎ足でステージ袖《そで》から出る。

とりあえず、雪ノ下《ゆきのした》のもとへ戻ろうと足を進めると、そこには見覚えのない、ぱりっと着飾った美少年がいた。その美少年が着ている上着の裾《すそ》は長く伸びた特徴的な形をしているので、その礼服の名前は俺でも知っている。テイルコート、燕尾服《えんびふく》と呼ばれるものだ。

「よかった。サイズは大丈夫そうね」

不意にそう声をかけられ、にこやかに微笑《ほほえ》む姿を見て、ようやくそれが誰か気づいた。

「おお……、雪ノ下か……。お前、なにそれどうしたの」

問うと、燕尾服に身を包んだ雪ノ下は不安げな表情で腕を伸ばしたり、襟元《えりもと》を直したり、裾を持ち上げたりする。

「やっぱり変かしら」

「いや、まったく変じゃないが……」

むしろ、似合いすぎている。モノトーンで構成された燕尾服は、雪ノ下の抜けるように白い肌の美しさを一層引き立て、長く伸びた裾とスラックスが彼女の長く形の良い脚を強調している。動いた拍子に一つにまとめた髪がさらりと流れると、儚《はかな》げな印象が増して、ほっそりとした体つきも相まって薄幸の美少年という言葉がよぎる。顔立ちが綺麗《きれい》に整っているだけに、倒《とう》錯的《さくてき》な美しさが漂っていて、もはや危うさを感じた。

「かっこいい、というか映画みたいだな……」

「あら、ありがとう。あなたにしては気の利いたお世辞《せじ》ね」

その存在の現実味のなさも含めて形容した言葉に、雪ノ下は口元を隠して笑った。その手には純白の手袋が嵌《は》められており、それもまた現実感の喪失に拍車をかけている。

「いや、割りとマジで思ってる。漫画原作の実写化映画なら褒《ほ》められる部類だ」

「そう言われると微妙な褒め言葉に思えてくるわ……」

ため息をついてこめかみに手をやる仕草も芝居がかって見えたが、雪ノ下が続けて口にした言葉のおかげで現実に引き戻された。

「あなたも映画の登場人物みたいでよく似合ってるわよ。まるで主人公……、をいじめる貴族……、の取り巻きみたいな」

「三下のチンピラどころの騒ぎじゃねぇな、無理に褒めなくていい」

「そんなことないわ、はまり役よ。それに、もう少し手を入れれば多少マシになるわ。カフスとチーフを貸して」

雪ノ下《ゆきのした》が手袋を外し、すっと手を差し出してくる。素手のほうがよほど白いのではと思いつつ、チーフを渡す。カフスってなんじゃろと思ったが、用途のわからんアイテムがあったことを思い出した。ポケットに突っ込んであったアクセサリーっぽいものを雪ノ下の掌《てのひら》に落とす。

「カフスってこれのことか……」

と、出していた腕を不意に摑《つか》まれた。驚いて腕を引こうとしたが、それより早くジャケットの袖《そで》をまくられ、シャツの袖口を引っ張られる。そこへカフスがぱちりとつけられた。さらに、雪ノ下はチーフを手早く折ると、すっと俺の胸ポケットに差した。

「スタンダードにスリーピークス、……こんなところかしらね」

仕上げとばかりにぽんと俺の胸ポケットを一度叩《たた》いて満足げに微笑《ほほえ》む。

「お、おお……。なんかこれ、見たことあるやつだ、あれだ結婚式で見るやつだな」

「本来、プロムはこうしたマナーを学ぶための機会でもあったのでしょうね。もっとも私たちにはそこまで縁のあるものでもないけれど」

「俺たちの場合、ほとんどコスプレだもんな、これ」

「言い方が気に入らないけれど、まぁ、そうなるわね……」

苦々《にがにが》しげな顔で言って、雪ノ下はまた手袋を嵌《は》め直す。

「で、なんでまたテイルコート？」

「プロムキングとプロムクイーンがダンスをするところも撮りたかったの。ただ、踊れそうな人に心当たりがなくて。自分でやるしかなさそうだったのよ」

「ほーん、ダンスもできるのか」

「手遊《てすさ》び程度にはね。でも、タキシードだとさすがに私が着ても見栄えがしないから。燕尾服《えんびふく》ならはったりもきいて案外なんとかなりそうでしょ？」

言って、雪ノ下はくるっと綺麗《きれい》にターンした。それだけの動きなのに、空恐ろしいほどの華やかさがある。なるほど、はためく裾《すそ》は燕尾服ならではのはったりだ。けれど、なにより、そもそも本人の存在が見栄えしてる。ダンスも絶対手遊びレベルじゃないんだろうなぁ……。

「一緒に踊る奴が可哀想《かわいそう》になってくるな……」

「大丈夫よ。ちょっと練習してみたけれど、一色《いっしき》さん、筋はよさそうだったもの」

けろりとした顔で雪ノ下は言うが、そういうことじゃない……、ダンスの技巧以前の問題なんだよ……。と、思ったがそれより相手役の情報のほうにびっくりした。

「一色がやるのか」

「ええ。未来のプロムクイーンだもの。ちょうどいいでしょ」

まーたなんてことない顔で言うし……。普通の人はまず踊れないんですよ？　いろはす、だいじょぶかしら……。心配になって一色の姿を捜していると、雪ノ下もそれを察したらしい。

「それじゃ、そろそろお姫様たちを迎えに行きましょうか」

そう言うと、ステージ袖《そで》へ向けて涼やかに歩き出す。その後ろ姿はさながら王子様だ。

……それにしてもこの王子、さっきから存外ノリノリである。

×　×　×

体育館に来た当初は異空間めいて違和感しかなかったが、しばし時間が経ち、演者たちが揃《そろ》ってくると、だんだんとパーティーっぽい空気が漂い始めてきた。暗幕を張って、照明を落とし、スポットを焚《た》くとドラマの中で見た雰囲気《ふんいき》に近づいて見える。

エキストラで集まっていただいている皆さんも雰囲気にあてられてか、はたまた遅れてやってきたお祭り男・戸部《とべ》が頑張って騒いでいるおかげか、楽しげに雑談をしていた。男子はタキシード姿が基本で、女子はそれぞれドレスを着ている。そうした装《よそお》いのせいもあってか、初対面の人も多かろうに話はずいぶんと弾んでいるようだ。プロムというよりは婚活パーティーっぽいが、華やかであることに変わりはない。

とりわけ、俺が今いる一角はもっとも華やいでいた。その主たる原因は男装の麗人と化した雪ノ下雪乃《ゆきのしたゆきの》、それと艶やかなる小悪魔・一色《いっしき》いろはである。

一色のドレスはオレンジを基調としていて、見た目にも鮮やかで人目を惹《ひ》く。その弾けるような色味は明るさを、そして短いながらもふわりと広がったスカートの裾《すそ》が潑溂《はつらつ》とした少女らしさを思わせるのに、胸元をはじめとしたきわどい箇所にあしらわれたレースは光が当たるとうっすら透けて、艶やかな女性らしい魅力を強調していた。

その小悪魔が今は悪魔みたいな笑顔を浮かべ、大層ご満悦である。

「言い方最悪ですけど美少年侍《はべ》らせてる感やばいですね……。今めっちゃ気分いいです……」

感動に打ち震《ふる》えている一色に雪ノ下がドン引きしていた。

「本当に最悪の言い方ね……。もう少し離れてもらってもいいかしら……」

「紳士の義務ですよ。さっきはちゃんとエスコートしてくれたじゃないですかー！　いやー、あれは不覚にもちょっとときめきましたね……」

うふっとちょっとやらしい思い出し笑いを浮かべる一色が何を指してそう言っているのかすぐにわかった。先ほど一色を迎えに行ったとき、ノリノリ王子はあまりにノリノリだったので、なんの躊躇《ためら》いもなく一色に腕を貸し、そのまま会場までエスコートしてきたのだ。

結果、会場はどよめきに満ち、ついでに一色は自尊心に満たされ、今に至る。

「……あれは私も反省しているわ」

雪ノ下の口ぶりは反省というより後悔のほうがずっと色濃い。おかげで今は悪ノリも鳴りを潜《ひそ》めている。なんならちょっとぐったりし始めていて、始まる前から疲れているのが窺《うかが》える。

本人にもその自覚があるようで、雪ノ下はふーっとため息を吐《つ》くと、よしと気合を入れた。

「そろそろ撮影を始めましょうか。私たちは打ち合わせに入るから、比企谷《ひきがや》くんは由比ヶ浜《ゆいがはま》さんを呼んできて。そろそろ着替えも終わっているはずだから」

「了解」

言われて、俺はステージ袖《そで》へと足を向ける。由比ヶ浜は先ほどから川崎《かわさき》と一緒に女性陣の着替えを手伝っていたらしく、それが済んでようやく自分の支度を始められたようだ。

ステージ袖の前室、その扉を数度叩《たた》く。すると、すぐさま「はーい」と少々いらだった様子の声音《こわね》が返ってきた。この怖い感じ、絶対川崎だ……。思いつつ、ゆっくり扉を開ける。

扉の先では、ちょうど由比ヶ浜がドレスを着終えて、最後の確認をしているところだった。

白に近い淡いピンク、透明感のある布地は色合いの割りにずっと大人びた印象を与える。あるいはそのシルエットのせいでそう感じるのかもしれない。首回りは大きく開けられ、腰のあたりで一度絞られ、なのに、また曲線を強調して弧を描く。裾《すそ》それ自体は長いが、やや長めに入れられたスリットのおかげで重たさはなく、どころか身じろぎするたびにひらりとはためく様に、軽やかささえあった。いつもはお団子にまとめられている髪は花冠のように編まれ、どこぞの王子が言った呼び方がふと頭をよぎる。

だが、そんな感想を抱いていたのも、彼女が鏡の前でふへへと笑う姿を見る前までだ。

由比ヶ浜は姿見の前に立つと、裾や胸元を気にしてあちこちそちこち自分で触っている。

「うひゃぁ……、なんかこのドレス……すごっ……なんかやばい」

「動かない」

由比ヶ浜の後ろに立つ川崎は着丈の調節でもしているのかなんぞごそごそやっている。ちょっと冷たい声音に由比ヶ浜がしゃんと背筋を伸ばす。が、すぐに腰のあたりに手を添えた。

「は、はい。……あ、あの……、お腹《なか》もうちょっと絞りたい……」

「は？　……なんかこの後踊ったりするんでしょ？　きついんじゃないの？」

おそるおそる言った由比ヶ浜に、川崎はほとんど舌打ちせんばかりの声音で返した。けれど、よくよく聞けば気遣っている様子であることはわかる。だからだろうか、由比ヶ浜も特に委縮することはなく、むしろどこか甘える駄々っ子のような声を出した。

「あ、う、ううっ……が、我慢するし！」

「はぁ……。ちょっと調整する」

うんざりしたため息ながら、てきぱき要望に応えると、川崎は由比ヶ浜の腰をぽんと押した。

「はい、これで大丈夫。メイクは自分でやって」

「あ、うん！　沙希《さき》、ありがとー！　ヒッキーも待たせてごめんね！　すぐ準備するから！」

言って、由比ヶ浜はぱたぱたと鏡台の前へと向かう。化粧をドレスにつけないためだろうか、すっとスカーフを巻いて、手早くメイク道具を広げ始めた。

「ゆっくりでもいいぞ。あっち、まだ打ち合わせしてるから」

ひと声かけると、由比ヶ浜はなんぞ塗っているのか、「んー」と返してきた。その後ろをすっと川崎《かわさき》が通り、俺がいる出入り口のほうまですたすたやってきた。その表情には疲れが見える。

「じゃ、あたし帰るからあとは自分たちでどうにかして」

「おう、お疲れさん。悪いな、なんか急なお願いだったみたいで」

「ほんとそう」

労《ねぎら》いの言葉をかけたら川崎さんにじろりと睨《にら》まれてしまいました……。ふぇえごめんなさいと縮こまって俯《うつむ》いていると、ふっとため息とも微笑《ほほえ》みとも取れない息が聞こえた。

「裾《すそ》長いし、ヒールも高いから、慣れるまで気を付けるようにして」

一言、えらくぶっきらぼうなのに、この上なく優しく言って、川崎はすっと俺の脇を抜けていく。そのひどくかったるそうな後ろ姿に、「お、おう」とだけ返した。やだもう川崎さんたらツンデレ！　川なんとかさんマジかわわ。などと思いつつ、川崎を見送る。

そうすると、ステージ袖《そで》の前室には俺と由比ヶ浜《ゆいがはま》だけになる。手持ち無沙汰《ぶさた》なことも手伝って、視線は自然とそちらへ向いた。鏡台の前に座る由比ヶ浜は手慣れた様子でブラシを頰《ほお》に当てていたが、その手が不意にぴたりと止まる。

「あ、あの……あんまり見られてるとやりづらいんだけど……」

鏡越しに目が合って、ちょっと恥ずかしそうに言われた。今しがたブラシで撫《な》でていた頰はほんのり桃色づいていて、それを見ると、こっちもつい気まずくなって目を逸《そ》らす。

「あー、悪い。気にせず続けてくれ。……ていうかそれほぼ終わってない？　充分じゃない？」

「えー!?　……まだダメ」

由比ヶ浜は一瞬悩んでじーっと鏡を見ていたが、またすぐに手を動かす。

「そ、そうか……」

ほんとに充分だと思うんですけどね、まぁ、その、なに、充分綺麗《きれい》だと思うけどね、とその後に続けそうになった言葉はぐいと飲み込んで、それだけ言った。由比ヶ浜はブラシを筆に持ち替えて、口紅にちょんと当てる。

「だって動画撮るんだよ？　映り悪かったらやじゃん」

「個人の顔がわかんないように加工するって言ってたぞ」

「それは外に出すやつの話でしょ？　元のデータは残ってるじゃん。それ消したりしないよ。あたしなら消さないもん。……だから、綺麗に残したいの」

静かな声音《こわね》でそう言い終えて、薄くルージュを引く。頤《おとがい》を上げ、顎《あご》先を動かしては顔の角度を変え、ラインを整えゆっくりゆっくり筆が動く。そうして桜色の唇が艶《つや》めくと、鏡の中にいる彼女はまるで別の人に見えた。じっと鏡を見つめる表情に普段のあどけなさは見当たらず、それが堪らなく遠い存在に思える。だから、つい声をかけてしまった。

「そういうもんかね……」

「そういうもんなの！　よしっ、終わり！」

すると、由比ヶ浜は鏡ではなく、こちらをくるっと振り向いて、にこりと笑う。それだけで安堵《あんど》にも似た吐息が漏れて、同時に息を止めていた自分に気づいてしまう。それを誤魔化《ごまか》そうとほとんど無意識でがしがし頭を掻《か》いていた。

「ヒッキーも髪直す？」

「直さないねぇ……」

「えー？　でも、ぼっさぼさだよ。紹介動画なんだしちゃんとしないと。さすがにそれは……」

由比ヶ浜《ゆいがはま》の視線は俺の頭頂部にじーっと注がれている。さらには表情がだんだんとうわぁと可哀想《かわいそう》なものを見る感じになっていた。そ、そんなにダメかな……。ダメか、ダメだね。それにプラスの印象与えるべき紹介動画でみすぼらしい奴がいたらよろしくないというのも正論だ。

「まぁ、じゃあちょっと直す……。ついでにワックス貸りるぞ。ジェルでもいいけど」

鏡台の前まで行くと、由比ヶ浜がすっと場所を代わってくれた。俺とて小町《こまち》の指導の甲斐もあり、髪形を整えるくらいのことはできる。まぁ、タキシードだし、オールバックとかシンプルな感じでも充分様になるだろう。問題は俺がやると三下チンピラ感が増す点だが……。

思いつつ、広げられたメイク道具の中からワックスに手を伸ばそうとした。瞬間、それを後ろからひょいと取られてしまう。振り返ると、由比ヶ浜がけろりとした顔でなんか言いだした。

「あたし、やったげるよ。ヒッキー、自分でやるとたぶん変になるから」

「ええ……、センス全否定……。いや、否定できないんだけどよ……。ていうか、これくらい」

「まぁまぁ、任せて任せて。あたし、こういうのはマジ得意だから！」

言うが早いか由比ヶ浜は俺の頭をがしっと掴《つか》み、ぐいっと鏡へと向ける。痛い痛い痛いあとすっごい恥ずかしくて頭皮の汗腺めっちゃ開いてじんわりしてきてる！　だというのに、この女、鼻歌交じりでノリノリである。

「お客様、かゆいところはございませんかー？」

「いや、そういうのはほんとにいいのでなるべく早めに……」

恥ずかしいのと頭皮の汗が気になるのとで、身動き取れずにいると、なぜか由比ヶ浜の手もぴたっと止まった。え、なに、頭皮の汗が気持ち悪かったかな？　ごめんね？　と思って鏡越しに見やると、由比ヶ浜はめっちゃ深刻な顔をしている。

「ヒッキー頭皮かたっ、……ハゲるよ」

「ちょっと？　他は何言ってもいいが、それだけはだめだろ……、それ言ったら戦争だろ……」

「うそうそ！　柔らかい柔らかい！　こしょこしょこしょ！」

「くすぐったいくすぐったいやめろやめろ…やめなさい……やめてお願いやめて……」

思わず、はぁんと顔を手で覆《おお》ってしまう。今かなり情けない顔をしている自覚があるので鏡で見たくないし、見せたくもない。身を縮こまらせていると、細い指先がくるりと俺の髪を捻じり、徐々に毛束が作られる。いつしか鼻歌は音律を変え、優しいハミングになっていた。

髪を梳《す》くような、頭を撫《な》でるような、時に指先で甘噛《が》むような感覚が徐々に身体《からだ》の強張《こわば》りをほぐしていく。もはやまな板の上の鯉《こい》状態で俺は目を瞑《つぶ》ってじっとしていた。

「……よし、できた」

その声に目を開けると、鏡越しの由比ヶ浜《ゆいがはま》はいかがとばかりに首を傾け、視線で問うてくる。それに俺も上出来と二三度顎《あご》を引いて答えた。本当に、俺にはもったいないくらいの出来だろう。そんな満足感が顔に出ていたらしい。由比ヶ浜が微笑《ほほえ》んで俺の肩に手を置いた。

「ヒッキーもカッコ良く写ってね」

「任せろ。最近は映像加工の技術も上がってるからな。科学の力は万能だ」

「あはっ、なにそれ」

最後に笑い交じりにばしっと肩を叩《たた》かれて、それでお互い準備は完了。すっくと立ち上がって会場へ向かおうと一歩踏み出す。そこにかつりと硬質な足音が続く。普段のぱたぱたと騒がしい足音ではなく、ゆっくりと嫋《たお》やかな足音。おかげで思い出した。

「川崎《かわさき》が裾《すそ》とヒール気を付けろって言ってたわ」

「あ、そうなんだ。確かにこれ結構やばいんだよね。慣れるまで大変そう……」

「ああ。……それと、ここ、暗いからな」

言って、少し左肘《ひじ》を上げた。背筋を伸ばして胸を張り、顎を引く。あと、うろたえない、だったか。確かそんなふうに教えられた気がする。

それを由比ヶ浜は不思議そうな顔で見ていたが、やがてああと思い出したように、ふっと微笑む。そして、無言のままにそっと俺の左肘に手を添えた。いつだかと同じく。

たくさんの言い訳を張り付けて、俺たちはひどく短い距離を同じ歩幅でゆっくり歩いた。

×　×　×

撮影自体は順調そのものだった。懸念点だと思われたキングとクイーンのダンスシーンがあっさり終わったのが最大の要因だろう。雪ノ下《ゆきのした》と一色《いっしき》は見事なダンスを披露して見せた。手遊《てすさ》びなどと謙遜《けんそん》していた雪ノ下だが、始まってみれば圧巻の出来だった。革靴の音も高らかにステップを踏み、綺麗《きれい》なターンはテイルコートをはためかせ、純白の手袋がパートナーの手を優しくとる。その度にエキストラの女性陣が色めき立っていた。

一方、パートナーの一色はと言えば、やはり熟練度の差か、終始雪ノ下に振り回されているようにも見え、ステップを間違えて雪ノ下の足を踏んだりと、動きそれ自体は今ひとつだった。しかし、何かミスをするごとに一度しゅんと項垂《うなだ》れる様があざとく、またそのミスをカバーしようと雪ノ下が微笑みかけた時に返す笑顔がにこぱっと非常に可愛《かわい》らしかった。全身全霊の可愛い女の子ぶりに、見ている男子としてはきゅんとするものがある。

そんな感じで見守っていた者たちは皆拍手喝采で非常に盛り上がっていた。

しかし、一度休憩がてら映像チェックをしていた一色は、はてと首を捻る。

「かっこよくて綺麗ですし、周りも歓声あげてますけど、別物感がやばいですね……。なんかガチの競技ダンスみたいです……」

「そうね、さすがに私も我《われ》ながらイメージと違うと思ったわ……」

一色《いっしき》の後ろから覗《のぞ》き込むようにしてモニターを見ていた雪ノ下《ゆきのした》もこめかみに手をやり、ため息を吐《つ》いた。それを傍聞《かたえぎ》きしていた俺も先ほどの光景を思い描いてふむと考える。

うん、まぁ、そうかもしれんな……。なんかみんなで楽しいパーティーっていうより、ちょっとしたショーを見ていた感じだったし……。

と思っていると、一色も同じ結論だったらしい。うんと頷《うなず》くと雪ノ下に振り返る。

「まぁ、チークタイムの映像としてはこれはこれでいいんじゃないですかね。もっとウェイウェイした感じのノリの映像も欲しいです」

「くだけた感じで賑《にぎ》やかなものよね……。全体でダンスしている画《え》を撮りましょうか。カメラで追うメインを戸部《とべ》くんと一色さんでやってみてもらえる?」

「まぁ、そうなりますよねー……はぁー」

めっちゃ嫌そうだな、一色……。まぁ、雪ノ下はそういうノリが苦手だから仕方ないな……。

と、他人事《ひとごと》で苦笑いしていたのだが、なぜか雪ノ下の視線がすいっとこっちへ向けられた。

「……それと、押さえでもう一パターン。由比ヶ浜《ゆいがはま》さん、お願いしていいかしら。比企谷《ひきがや》くんも」

「へ?」

由比ヶ浜がきょとんとする。こっちはぽかんとするしかない。こいつ何言ってんだ……。

「あの、俺、ダンスとかやったことないんだけど……」

小さく挙手して言うと、由比ヶ浜もうんうんと大きく頷く。あのね、ここボールルームじゃないのよ？　と思っていると、一色がこちらにとてとてやってきた。

「こっちの映像は適当で大丈夫ですよ。イメージ的にはクラブでやってそうな感じのアレで」

一色は腰に手をやりぴしっと指を立て、それをふりふりして言う。なんか説明した感出してるけど、まったく説明になってないんだよなぁ……。と、げんなりしていると、それをフォローするように雪ノ下もてくてくこっちへやってきて、苦笑交じりに口を開く。

「見様見真似で構わないわ。あくまで押さえ、編集する時に素材が多いに越したことはないから。なんだったら一色さんたちを引き立てるくらいのつもりでやってもらって構わないわ」

「お、おう……、それならめっちゃ得意だが……」

伊達に引き立て役んと呼ばれていない。それに雪ノ下の言い分はそれなりに筋が通っている。予備の素材があるに越したことはないし、これだけ大掛かりな撮影をする機会はおそらくもうないだろう。後になって、あれが使えないこれが足りないと困るくらいなら、今撮れるだけ撮ってしまうという判断は間違っていない。

そう考えれば理には適っているはずなのに、どこかでひどく嚙《か》み合っていないような違和感があった。その理屈を通すには必要なピースが欠落している印象だ。

「えっと……、あたしたちでいいのかな」

由比ヶ浜《ゆいがはま》が探り探りといった感じでそう問うた時、かちりとピースが嵌《は》まったような気がした。だが、それも間をおかずに口にされた雪ノ下《ゆきのした》の言葉ですぐに掻《か》き消える。

「そうね。多少目立つ役どころだから他の人たちに頼むのは少し気が引けるの、お願いできると助かるわ。もし、難しければ何かしら他の方法を検討するけれど……」

「あ、ううん。そうじゃなくて……。いいなら、いいの」

考えるでもなくさらりと言う雪ノ下に、由比ヶ浜は困り笑いを浮かべて、胸の前で小さく手を振って承諾する。まぁ、ああいう言われ方をすると断りようもないからな。実際、この場に集まってくれている人は大半が善意や厚意で来てくれているわけで、無茶を言いづらい。

「それじゃ、とりあえず一回やってみますか」

一色《いっしき》がぱしぱし手を叩《たた》いて声をかける。皆がぞろぞろ動くのに合わせて俺と由比ヶ浜もその中に交じった。指示されるままに所定の位置につくと、正面には由比ヶ浜がいる。

「……お前ダンスとかできるのか」

小声で聞くと、由比ヶ浜はちょっと困った感じで口元をもにょらせた。

「わかんないけど……。あ、でも、いえーい！　みたいな感じなら、なんかその場のノリで！」

「うぇーいみたいな感じか……」

「そうそう、そんな感じ！　いえーい！」

由比ヶ浜が無理やりテンションを上げて、アイドルチックな身振り手振りを交えて教えてくれたものの、今ひとつ腑に落ちない。深いため息を吐《つ》いていると、うぇーいという言葉に反応されてしまったのか、隣にいたタキシード姿の戸部《とべ》にがしっと肩を組まれた。

「ちょーちょー。ヒキタニくん、もっとアゲてくべ？　ウェイっしょ、ウェイ。ほら、ウェイ！」

意味はさっぱり分からんが、しかし、今だけはその空っぽなノリが頼もしく見える。

「お、おう……。こういうの慣れてそうだな……」

半《なか》ば独り言くらいの気持ちで言うと、戸部はにかっと笑い、ドヤドヤとイキり始める。

「っしょ？　いや、心配しなくても余裕だから。あれだから。マジ裏拍でノればいいから。なんつーの？　基本は音を浴びる感じ？　音楽が鳴ったら、踊る！　みたいな？」

「戸部先輩、そういうのはいいですうるさいです」

一色にぴしゃりと言われ、戸部は「っべー」と言いながらすごすごとスタンバイに入る。

何一つ参考にならないアドバイスだが、むしろそのスタンスこそが今求められているものなのだろう。であれば、やはり戸部のノリをなんとなく真似てみるしかない。ライブに行って初めて聞く曲でも、「はいっ！　せーのっ！」って掛け声があればコールできたりするものだ。

心の準備を終えて、音楽が鳴りだすのを静かに待つ。そして、照明が暗転した。

やがて流れ出すのはダンスパーティーのスタンダードナンバー。スポットライトが跳ねまわり、ミラーボールの光が降り注ぐ。

最初は誰もがぎこちなく、リズムに乗って肩を揺らす程度だった。けれど、戸部をはじめとした何人かが拳《こぶし》を高く突き上げればそれに続く者たちがいる。音高くクラップすればタタンっと響き、徐々にみんなの距離は近づいていく。一歩踏み込みツイストして、また一歩踏み込みハイタッチ、合間に冗談めかしたロボットダンス。中には大胆に腕を絡める者たちもいて。音楽と空気に酔いしれ始めたころには、次の曲へと繋がれている。バラードまでには届かなくとも、先ほどよりも幾分かメロウな楽曲。

俺はそれまで周りをちらちら見ながら肩を揺らし、指を鳴らす程度のことはできたけれど、それ以上にはなかなかどうしてうまく混ざれない。ただ足元と首の振りだけがメトロノームみたいにリズムをとっていた。と、その空いた手をぐいっと引っ張られた。

見れば、由比ヶ浜《ゆいがはま》が照れたように笑っている。動き回っていたせいで上がった心拍数とは別に、どくっとひときわ鼓動が跳ねて、ついついちらと周囲を横目で見る。

そこでは皆、ことさらに冗談めかして出鱈目《でたらめ》なワルツを踊っていたり、あるいは顔を背けながらもつかず離れずの距離で互いの足元だけを注視していたりした。

だから、まぁ、誰もこっちなんて見ちゃいない。俺を見てるのは由比ヶ浜だけだ。自由になっている手をそっと彼女の肩に当てる。それに応えて俺の肩にも彼女の手が回される。ステップなんてわからない。ただ身体《からだ》を揺らして、彼女が前へ踏み出せば俺は後ろへ、横へ動けばついていく。触れている箇所は熱をもっていて、自分の手汗ばかりが気にかかり、近い場所に互いの顔があるから、息をすることさえ憚《はばか》られた。

想像以上にきつい、主に精神的に……。思わず、言い訳代わりにぽしょりと口を開いていた。

「悪い、めっちゃ汗かいてる」

「あ、うん、結構ハードだもんね」

「いや、あの、なんか俺、汗かいてて気持ち悪いねって話、死んだほうがいいよねって話」

「え!? 大げさ!? そして超卑屈!」

由比ヶ浜が笑うと、また曲が変わった。聞き覚えがある。あのドラマでも最後にかかっていた曲だ。由比ヶ浜の視線がすいっと横へ動いた。

つられてみれば、一色《いっしき》と戸部《とべ》が派手に踊っている。リズムも振りもでたらめだけれど、とにかく楽しそうだ。戸部が一色の腰に手を回そうとしたのをぱしっと跳ねのけられ、回し蹴りでもするかのように一色はくるっとターンする。……さっすがうちのダンシンクイーン。

曲が終わると拍手と歓声が巻き起こった。そのまま皆がめいめいにわーっとおしゃべりに興じ、みな盛んに自分や友達やダンスのパートナーと写真を撮ったりし始める。

とりあえず懸案だったダンスシーンは、これで問題なく撮れただろうか。

そう思った瞬間どっと疲れが出てきた気がして、俺はふらふらっとその輪から外れ、ケータリング類が用意されているテーブルまで向かう。

飲み物に口をつけて、ダンスフロアやステージの装飾を改めて眺めてみた。

なるほど、これがプロム……。まぁ、ノリだけは、なんとなくわかった。やっぱ合わねーわ。

6

ふと、**由比ヶ浜結衣**は未来に思いを馳せる。

あの撮影から日を置いて、俺と由比ヶ浜《ゆいがはま》はまたぞろ生徒会室へと呼び出されていた。

向かいの席に座る一色《いっしき》が紙束をとんとんと整えてからしずしずと由比ヶ浜へ差し出す。

「公式サイトに使う写真データ、一覧で出したので、NGあったら弾いちゃってください。というわけでチェックよろしくです」

「はーい。えっと……ヒッキー一緒に見る？」

紙束を受け取った由比ヶ浜が扇のように広げてそんなことを問う。それに首を振った。

「いや、いいわ。下手《へた》に見たら全部NGつけたくなりそうだし……。由比ヶ浜に任せる」

「なるほど……。了解、じゃ、あたし見とくね」

苦笑いで納得すると由比ヶ浜はペンを取り出し、一枚一枚つぶさに見始めた。その度にきゃーとかうわーとかそんな悲鳴が聞こえる。女の子って写真写りすごい気にするよね……。

しかし、こうなると少々手持ち無沙汰《ぶさた》だ。頬杖《ほおづえ》ついて、横目で由比ヶ浜が手にする写真データの一覧を眺めていると、パソコンの向こうから雪ノ下《ゆきのした》が声をかけてきた。

「どう？　少しは違和感がなくなった？」

「ああ。まぁ、実際にやってみたら少しはな。答えを作るっていうのもまぁ納得だ」

あの時、雪ノ下が口にした不思議な言い回しを思い返して、俺は続ける。

「海外ドラマしか比較対象がなかったからいまいちイメージできなかったが、まぁ、こんなもんかとは思えた。言い方は悪いが、プロムに対するハードルは下がったよ。たぶん動画見た人もそう思うんじゃねぇの」

「そう。なら動画を出す意味は充分ありそうね。プロムを紹介するだけならネット上の画像を引っ張ってきてもよかったのだけれど、やっぱり身近なものでないと想像がつかないと思って」

ちょっと得意げに胸を反らして言う姿になにやらおかしみを感じて、ふっと笑ってしまう。

実際、その効用は少なからずあったと思う。プロムに否定的な印象を持っていた俺でさえ、そう思ったのだから、参加する意志がある者ならなおのこと。

おそらく雪ノ下がこの動画でやりたかったことはある種のローカライズなのだ。俺たちが持っているプロムの情報、そして映像や画像の類《たぐ》いはそのほとんどが海外のもので、やはりそこには文化や人種の違いからくるイメージの壁がある。それをそのまま自分たちに置き換えて考えようにも、体格や派手さ、スケール感の違いが如実《にょじつ》に表れてしまう。結果、そのままプロムを行えばイメージと違うとかなんかしょぼいとか、そんなことを思われかねない。だから、日本流の、というよりは総武《そうぶ》高校流プロムのモデルケースを提示することで、こういうものだというイメージを押し付ける必要があったのだろう。

「先輩だけじゃなくて、あの撮影来てくれた人にも結構印象良かったみたいですね。タイムライン上でも結構バズってましたよ。ほら」

一色《いっしき》が見せてくれたスマホの画面には、昨日の撮影風景が表示されている。参加した人がSNSへアップしたらしく、盛髪ドレス姿の女の子たちの写真に「ちょ～楽しかった～」みたいなコメントがつけてある。それにしても、ネコ耳と付けヒゲで顔隠しすぎじゃないですかね……、目もやたらに大きくて黒目がちで画面も白く飛ばされてるから元の顔が全然わからん。

「あー、あたしも見た。結構あげてる人いたね」

由比ヶ浜《ゆいがはま》が紙束から顔を上げて言うと、一色がですですと頷《うなず》いて、さらにしゃしゃっとスマホを弄《いじ》り、いろんなアカウントがあげている画像を見せてくれる。大抵がスノウなりビューティプラスなりで補正修正されていて、誰が誰やらさっぱりわからんのだが皆一様に煌《きら》びやか、かつ楽しそうだった。

ただ、中には男女入り乱れて肩を寄せ合い、あるいは顔を近づけているようなちょっと大胆な写真もある。ことに、ドレスの胸元が大きく開いたきわどいものも混ざっていたりするだけに、見る人が見れば眉《まゆ》を顰《ひそ》めてしまうかもしれない。現に俺とか超眉顰めてる。「は？　お前なに撮影中にいちゃついてんの？」と言いたくなるが、俺も人のこと言えねぇよなぁ！　うおー！　なんか思い出すだけで恥ずかしくなってきたぁ！　死にてぇぞ！　というわけでその辺は不問にしておこう……。

ともあれ、どの投稿もおおむね好意的なコメントでそれに対するタイムライン上の反応も「いいね！」とか「わたしもやりたいな～」的なものばかりだ。無論、中には否定的なメンションもついていたりはするのだが、ごくごく少数だし、無視していいレベルだろう。

「副次的なプロモーションにも繋がったのなら、それなりにコストを掛けた価値はあったわね」

瞑目《めいもく》してうんうんと頷くと、雪ノ下《ゆきのした》はかたかたっとまたなんぞパソコンを弄る作業へと戻る。

そうこうしているうちに、由比ヶ浜は写真を選び終えたのか、最後にしゃっとペンを走らせて、その紙束を一色へと差し戻した。

「うーん、こんな感じ？」

「ありがとうございます。じゃ、さっそく特設ページ作っちゃいますね」

ふんふん言いながら紙束の仔細を確認すると一色はノートパソコンを引き寄せて、くるるーっとトラックボールを操り始める。

「ありがとう。わざわざ来てもらってごめんなさいね、もう大丈夫だから」

雪ノ下が一旦作業の手を止め、俺たちに軽く頭を下げて礼を言う。言われて、ワタクシお目々をパチクリ。その言葉が意味するところを理解するのにちょっと時間がかかってしまった。

「……え？　終わり？」

問うと、雪ノ下は一瞬きょとんとし、それから顎《あご》に手をやって考える。

「ええ。そのつもりでいたけれど……。制作物は生徒会でやっているし、今のところ他に人手を必要とするような仕事もないから。ねぇ？」

「へ？　……え、あー。は、はぁ、雪乃《ゆきの》先輩が言うなら、まぁそうですね」

同意を求められた一色《いっしき》は頭の中で工程の算段をつけているのか、あらぬ方向を見つつ考え考えしながら少々歯切れの悪い返答をする。それでも雪ノ下《ゆきのした》の中ではタスクの計算がちゃんと立っているらしく、そうよとばかりに頷《うなず》く。

「どうしても人手が足りない時にまたお願いするかもしれないけれど、その時は声をかけるわ」

そうにっこり微笑《ほほえ》まれてしまうと、こちらとしてはそうですかと首肯《しゅこう》するほかない。仕事がないのも早く帰れるのも歓迎すべきことなはずなのだが、あっさり解放されるとなにやら釈然としない。と、まごついていると、隣に座っていた由比ヶ浜《ゆいがはま》がすっと立ち上がった。

「うん、わかった。じゃ、お疲れ様！　頑張ってね！　手伝えることあったらまた声かけて」

手早く荷物をまとめると、肘《ひじ》で俺の肩をつつく。

「ほら、ヒッキーもいこ」

「お、おお」

促《うなが》されて、ようやく俺も立ち上がる。

「じゃあ、またな」

「ええ。お疲れ様」

「お疲れ様でーす」

声をかけると、雪ノ下も一色もパソコン越しにひょいと顔を出し、またすぐに作業へと戻る。邪魔するのもなんなので、俺と由比ヶ浜はさくっと生徒会室を後にした。

　そして、廊下をてくてく歩き、昇降口を目指す。窓から差し込む光はいつもの放課後よりも眩《まぶ》しく、まだ太陽が高い位置にあることを知らせてくれた。

「暇になっちゃったね」

　隣を歩く由比ヶ浜がぽつりと漏らす。

「……まぁ、俺はいつも暇なんだが。三浦《みうら》とかと遊び行かないのか」

「今日はお手伝いあるって聞いてたから。それに二人とも予定あったみたいだし」

「ほーん……」

　ちょっと困ったように笑ってそう言う由比ヶ浜に、気が抜けたような声で返事をした。

　それきり会話が途切れ、廊下には足音だけが響く。前も、こんな妙な沈黙を味わったことを思い出した。あれは、部活に行くことがなくなった日のことだったか。と、そんなことを思いつつ、横にいる由比ヶ浜をちらと見ると、ちょうど目が合ってしまった。そのまま視線を外してしまうのも、なんだか気が引けて、代わりに口を開く。

「……どっか寄ってくか？」

「え？」

　驚いているというよりも、もはや呆けているに等しい顔をされてしまった。意外どころか意味わかんないって感じのリアクション。っべー、これやらかしたでしょー。かーっと自分の顔が熱くなるのを感じ、それを隠すようにぐいとマフラーを引き上げた。

「あ、いや……。小町《こまち》の合格祝いか、誕生日祝いか、……なんか用意しようと思っててな」

頭をフル回転させてそれらしき理由を何とか捻り出し、マフラー越しにもふもふ言った。すると、由比ヶ浜《ゆいがはま》は得心行ったらしく、手を叩《たた》くと、そのまま前のめりに俺の肩を叩いた。

「いいじゃんそれ！　いくいく！　あたしもなんか買うよ〜！　え、どこ行くどこ行く？」

ウキウキで乗ってくれるのはありがたいのだが、ちょっと考える時間をください……。

「え、いや、わからんけど……。あっ！　俺ららぽ行きたかったんだよ思い出したわ」

ふと舞い降りた天啓に、知らずぐっと拳《こぶし》を握っていた。そうそうマジあそこは本当に行きたいとこなんだよ。心中で盛り上がっていると、由比ヶ浜が不思議そうに、はえ？　と首を捻る。

「ららぽ？　いいけどなんで？」

「マッ缶だけが売ってる自販機が置いてあるらしくて、そこでマッ缶買いたかったんだよ」

と、そう口にしてから小町に散々に言われたことを思い出した。まーたやってしまいましたなぁ……と、思ったのだが、由比ヶ浜はうんとすぐに頷《うなず》いた。

「いいよー。じゃ、ららぽにしよ。……ていうかどんだけマッ缶好きだし」

最後にやや引き気味失笑交じりに何か付け加えられはしたものの、即座に了承を得られたことに驚いてつい聞き返してしまった。

「え？　いいの？」

「え？　ダメなの？」

返ってくるのは怪訝《けげん》そうな眼差《まなざ》し。自分で言っといて何言ってんだこいつ……とその瞳がめっちゃ物語っている。その視線をしっかり受け止めてから、自分を落ち着かせるためにひとつ息を吐《つ》いた。

「いや、ダメじゃない。……じゃあららぽな。とりあえず、駅行くか」

「うんっ！　じゃ、早くいこ」

弾けるような笑顔と一緒に弾んだ声が返ってきて、廊下に響く足音はぱたぱた跳ねて、俺より数歩先へ行く。それを追いかけて、俺も足を急がせた。

×　×　×

うちの高校から東京ＢＡＹららぽーとまではさして離れてもいない。

高校の最寄駅から四駅。電車での所要時間は一〇分ちょっと。諸々の待ち時間や徒歩を含めても三〇分とかからない。

おかげで、移動中は沈黙らしい沈黙が生まれることもなかった。時折、会話が途切れることはあっても、乗客の乗り降りやあるいは目に飛び込んでくる風景のおかげで、「結構空いてるね」とか「こないだあそこでイベントやってたよ」とかなんてことない会話の接ぎ穂がすぐに見つかった。というか、由比ヶ浜《ゆいがはま》がなにくれとなく話しかけてくれた。

そんなこんなで、ららぽについてからも、ぽつぽつととりとめのない話が続いている。

「そういえば、ヒッキー、何買うつもりなの?」

「逆に何買えばいいと思う?」

「最初から丸投げ!?」

「いや、だって全然店とかわかんないから……」

由比ヶ浜にドン引きされながらも、今やってきた道を振り返って見せる。ここら一帯はファッション関係のお店が軒を連ねているのだが、その手のことに疎いので、ぼーっと店先を眺めることくらいしかできていない。

しかも、ららぽに入ってすぐにピーチジョンがあったので、恥ずかしさと照れ臭さが加速度的に増し、早々に心が折れていた。今はただ由比ヶ浜の後ろをついて歩く、ちょっとしたストーカー状態だった。

これが俺自身の買い物なら特に悩むこともなくさくっと買えるのだが、今回は小町《こまち》へのプレゼントを買いに来ている。妹とはいえ、贈る相手が女の子となると俺のセンスではもはやお手上げである。それは由比ヶ浜も理解してくれているのか、俺の先をてくてく歩きながらうーんと首を捻る。

「えっと……なんだろ、小町ちゃんだからヘアピンとか」

「あー、なるほどな。ただ、あいつ自分の趣味は結構はっきりしてるからな、好みに合わないもの贈ってもあんまり喜ばなさそうな気がする」

「そうかなぁ……」

喜ぶと思うけど、と言いたげな由比ヶ浜に、俺は続ける。

「そうなんだよ。たぶん『おー！　お兄ちゃんありがとー！　小町嬉しいテレテレ』とか言うんだけど、たぶん一生使われない」

「その微妙なモノマネなに……。まぁ、でもそれはそうかも。あたしもパパから変なプレゼント貰ったらたぶん使わないし。現金のほうが嬉しい」

「パパ可哀想《かわいそう》すぎるんだが……」

などと話ながら、いろんな店先をちょっと覗《のぞ》いてみるのだが、どうにも小町にしっくりくるものが見当たらない。

駅に近いフロアを一通り回ったあたりで、脚が疲れてきた。ふと足を止めると、ネットの画像で見た覚えのある一角だ。

「あ、この辺にマッ缶の自販機あるらしいから買ってくるわ」

「そうなの？」

「ああ、間違いない。事前にばっちり場所を調べてある」

「そっちはちゃんと調べたんだ⁉　プレゼントのほう調べろし！」

ごもっともなことを聞き流しながら、人波をすいすい避けて、お目当ての自販機へと近づいていく。道路に面した出入り口のひとつ、自販機がいくつか並んでいるところに、その黄色い自販機は存在していた。

「お、おお……。これがマッ缶仕様の自販機……。期間限定って聞いてたから、もしかしたらもうないかもと思っていたが……」

と、感動に震《ふる》えながらもぱっしゃぱしゃ写真を撮った。うーん、この黄色い感じ、イイネ！

「へー、すご。ほんとにマッ缶とおんなじデザインだ」

後からついてきた由比ヶ浜《ゆいがはま》が超興味なさそうに言う。取り立てて写真を撮るようなこともない。インスタにアップしてイイネをもらおうとする素振りもない。

……仕方ない、ちょっと説明してやろう。

「ただデザインが同じなだけじゃないぞ。後ろに回ればわかるが、自販機の裏側にちゃんと成分表示も書かれてるんだ。芸が細かいだろ？　愛を感じるよな」

「へー」

……やっぱり興味なさそう！

そりゃそうか。マッ缶仕様の自販機とか言われても普通に意味わかんねぇもんな。俺は嬉しいけど。と、ひとしきり物撮りを終えた後は自販機をバックに横☆ピースでいえーい♪と自撮りした。すると、ふっと由比ヶ浜が笑う。

「……でも、こうしてみると、ちょっと可愛《かわい》いデザインかも」

「だろっ⁉　これまでに何度かデザインは変わってるんだけどよ、今のがポップさでは断トツなんだよ！　抜群に可愛いんだよ！」

「今日イチでテンション高っ⁉　ていうか、前のデザインとか知らんし……」

思わず力説してしまった俺に由比ヶ浜が呆《あき》れたようなため息を吐《つ》く。

「まぁ、いいや。あたしも撮ろっと」

言って、スマホを取り出すと、たっと踏み出して、俺の隣に立った。つい今しがたまで自撮りをしていた俺の横に並ぶと、特に合図をするでなく、ぱしゃりと写真を撮る。その流れるような動きに、否やを唱える暇もなかった。おかげでたぶんひどい間抜け面《づら》をしていることだろう。もっとも、先に許可を取られたところで、結局真っ赤な頬《ほお》で目を逸《そ》らした間抜け面を晒《さら》していたことに変わりはないと思うけれど。

だから、まぁ、今の写真のほうがちょっとはマシなはずだ。

「……その写真、送っといてくれ」

「うん」

言うと、由比ヶ浜はいたって平静に返事をする。視線は自分のスマホへ向けられたままだ。

そのスマホをすますましゃっしゃと何か弄《いじ》っていたかと思うと、すぐに俺のスマホがぶるっと震《ふる》える。確認してみれば、由比ヶ浜《ゆいがはま》からのメッセージが入っていた。

添付されている画像データは、全体が白く飛んでいてキラキラと星が飛び交い、ついでに二人して犬耳、犬鼻、犬ヒゲがついている。……まぁ、こんだけ加工されてたら肖像権もなにもねぇな。苦笑しながらそのデータにロックを掛ける。

「よし。目的も果たしたし、帰るか」

「果たしてないし帰らないし……」

意気揚々と引き上げようとする俺の袖《そで》を由比ヶ浜がため息交じりに掴《つか》んで引き留める。

「あ、じゃあ、あっちのイケアも見に行ってみる？　結構、雑貨とかあるし」

と、指差す先にはまた別の建物がある。イケアというのはスウェーデン発祥で世界各地に展開している家具インテリア量販店だ。その日本一号店がこの千葉県船橋にあるのである。さすが千葉、日本一。

まぁ、あてもなく広いららぽを歩き回るというのも効率が悪い。一度目先を変えてみるのも手だろう。由比ヶ浜の提案におうと頷《うなず》いて、さっそくイケア目指して移動を開始した。

ここら一帯の商業エリアは海沿いに位置しているので、今時期はまだ潮風が冷たく、ショッピングモールを出たばかりでは寒暖の差が激しい。寒い寒いと小声で口走りながら、俺と由比ヶ浜は小走りで歩道橋を渡った。

ほどなくして、イケアの店内に入ると、どちらからともなくほっと息を吐く。店内の温かさもさることながら、エントランスに配置されているソファやらラグやらが見た目にも温かい。

「とりあえず、見て回ろっか」

由比ヶ浜が慣れた様子で、エレベーターを上がっていく。それについていくと、先に広がっているのはショールームスペースだ。家具やインテリア、雑貨が配置されていて、手に取って見ることもできるようになっていた。中には『勝どきのマンションで三人家族』とか『頭が良くなるLDK』とかテーマを設定し、家具がセレクトされたブースもあり、ちょっとしたテーマパーク感がある。

へー、家具屋さんって初めて来たけど、結構面白い空間だなー。『かぐや様は告らせたい』も面白いもんなー。そういうもんかもなーなどと素朴な感想を抱きながら、店内を見て回る。ちょうど『浦安でゆったり一人暮らし』と銘打たれたブースを通りかかったときに、由比ヶ浜がそこをひょいと覗《のぞ》いた。

なんぞ気になる素敵アイテムでもあるのかしら、630万回座っても壊れないアームチェアとかかな……と、俺も続いてそのブースに足を踏み入れる。

白を基調としたインテリア、ワードローブや収納棚もこざっぱりとし、面積の割りに広さを感じる空間だ。壁や棚の上をうまく活用しているようで小物類も綺麗《きれい》にまとまっている。さらに奥へと目をやれば、ブースはさらに続いていて、そこには小さいながらキッチンが設《しつら》えられており、洗濯機が置かれたスペースもある。

これなら確かに一人暮らしでもゆったりだわねぇ、八幡《はちまん》、あんたこういう部屋に住みなさいよ！　と俺の脳内おかんが囁《ささや》いてくるのをしっと追い払っていると、その間にも由比ヶ浜《ゆいがはま》はブース内をとことこ歩き回っている。

しばし、はえ〜と内装を見渡していたが、疲れでもしたのか、よっこいせっと壁際のベッドに腰かけた。そして、くるっとこちらを振り返り、何の気なさそうに口を開く。

「ヒッキー、大学入ったら一人暮らししないの？」

「行く大学と学部によるな。多摩《たま》とか所沢《ところざわ》とかだとさすがにうちから通う気にならないし。まぁ、現状受けようと思っているとこはだいたい全部通える範囲だけど」

机の上に置かれたオサレな空き瓶を手に取ってしげしげと眺めながら言うと、由比ヶ浜は感心と驚きが混じったような声を出す。

「もう、受けるとこ決めてるんだ……」

「俺の成績でちょうどいいレベルの私立文系って選択肢そんなにないんだよ。そんなかで興味湧きそうな分野の学部いくつか受けるだけ。だから、まぁ決めてるっていうか消去法だな」

空き瓶をもとの位置に戻すと、中身なんて何も詰まっていないのに、ごとりとやけに重い音がする。それに紛らせるように、一言付け足した。

「別に何かやりたいことがあるわけじゃない」

だから、それを探しに大学に行くのだ、とは続けられなかった。

自分でも薄々気づいている。おそらく大学に行ったところで、運命的な出会いや一生を決定づける夢に出会うことなどないことに。

これまでの人生で、何かに強く打ち込んだことなんてないのだから、性根からして夢の探求に向いていないのだろう。仮に、なにか興味を抱けるものを見つけても、どこかで挫折するか、投げ出すか、そもそもそんなに好きでもなかったなと嘯《うそぶ》くか、結末はだいたい見えている。

だが、それは別に悲観するようなことでもなく、だいたいの人間はそうなのだと思う。

雪ノ下陽乃《ゆきのしたはるの》は、いくつも諦めて大人になる、と言った。

だが、諦めるまでもなく、そも何かを目指すことさえしない者だっている。例えば、俺がそうなわけで。であれば、諦めることさえできなかった者は一体何になるのだろう。

そんな益体《やくたい》もないことを考えてしまったせいで、会話が途切れていたことに気づく。

はっと由比ヶ浜のほうを見やると、彼女の視線は俺の手元にある空っぽの瓶に注がれていた。

「ゆきのんは進路決めてるんだよね。早いなぁ……」

その呟《つぶや》き声は嘆息とも悲哀とも取れて、なんと返すべきなのか言葉に詰まる。

だが、合いの手はいらないとばかりに、由比ヶ浜は小さく息を吐いて、にこりと微笑《ほほえ》みを向けてきた。目が合うと、俺が立ちっぱなしだったことに気づいたのか、よいしょっと腰を浮かして、ベッドにもう一人分座るスペースを開ける。

ぎしっと響くスプリングの音が妙に生々しく聞こえて、ついぎょっとしてしまう。しかし、そうやってわざわざ場所を用意されてしまうと、固辞するのも具合が悪い。それになんか逆に俺がすごい意識しちゃってるみたいでキモいもんね！　意識もしちゃってるしキモいけどね！というわけで、すごすごとそのベッドに腰かけた。

「ヒッキーの、小さい頃の夢ってなんだった？」

座った場所のせいだろうか、寝物語をせがむように由比ヶ浜《ゆいがはま》がそんなことを聞いてくる。それに応える夢物語に大したレパートリーはないが、俺はふと考えてから口を開いた。

「夢の定義にもよるが……。ちょっとした思いつき程度でもいいなら、まぁ、いろいろあったな。社長とか金持ちとか……。それに、プロ野球選手、ヒーロー、漫画家、アイドル、警察官。……あと医者、弁護士、総理大臣、大統領。それと石油王」

「お金関係ばっかりで全然夢がない……」

「うん、まぁ、俺も自分で言っててなんだこのガキって思った……」

なんなら軽くへこんだまである。我《われ》ながら可愛《かわい》げのない子供だなぁ今もだなぁ……。と、冷静に自己嫌悪していると、察してくれたらしい由比ヶ浜があわあわ慌てて言い募《つの》る。

「あ、でもでもっ！　アイドルとかはすごい夢見がちだなって思ったよ！」

「なんのフォローにもなってねぇんだよ。言っとくけど、小さい頃の俺とか超可愛いからな。理由《わけ》さえあったらアイドルなってるからな。ていうか、……お前は？」

聞くと、由比ヶ浜はうーんと腕を組んで首を捻る。

「あたしは……。うん、あたしもいろいろあったなぁ。お花屋さんとかケーキ屋さんとかアイドルとか！」

「俺と大して変わんねぇレベルじゃねぇか」

夢見る子供さながらに、元気よく言った由比ヶ浜に、思わず苦笑してしまった。

けれど、そんなあどけない表情を浮かべたのは一瞬だけで、彼女はすぐに大人びた顔になる。

ふっと微笑《ほほえ》むと、由比ヶ浜はベッドを立つ。そのまま子供の頃の夢を置き去りにするように、一歩、また一歩とゆっくり足を送りだす。

「……あと、お嫁さん、とかね」

背中越しにそう言って、由比ヶ浜はくるりと振り向いた。

彼女が立つのはブース奥に続いていたキッチンの前。そこは壁もタイルも真っ白で、明り取りを模した硝子《ガラス》窓から差し込む光がベールのように降り注いでいる。

由比ヶ浜が口にした言葉は、夢と呼ぶにはあまりにリアリティがありすぎて、笑い飛ばすことも苦笑することもできなかった。

その代わりに、俺もキッチンまでゆっくり歩く。その間に、適当な軽口を考えながら。

「それも、俺と大して変わんねぇな。……専業主夫、夢があるよなぁ」

「そういう言われ方すると全然夢がない……」

由比ヶ浜はかくっと肩を落として、呆《あき》れたようにふっと笑う。笑ってくれたのだと思う。

わざとらしいくらいに明るい光源の中でも、その微笑《ほほえ》みはやはり優しいものに感じられて、俺は面映《おもは》ゆさからそっと視線を落とす。

ブース内のキッチンは実際に使うわけでもないのに、調理器具から食器からしっかり揃《そろ》っており、今からでも生活できそうなくらいのリアリティがあった。本来は商品として売られているものなのだから、現実味があって当たり前なのに、なぜだかそれはどうしても作り物めいて見えてしまう。

家具も、食器も、キッチンも、ベッドも、どれも本物なのに紛《まが》い物。何がその差を分けるのだろうと、そんなことを思って、俺は知らず戸棚に触れる。

すると、由比《ゆい》ヶ浜《がはま》がぱちっと手を打った。

「あ、手作りとかいいんじゃない？」

「え？　家具を？」

「違う。プレゼントの話。ケーキとかさ」

一瞬、何の話をしているのかと、めっちゃ考えてしまった。だが、プレゼントと言われればはっと思い出す。小町《こまち》へのプレゼントね！　知ってた知ってたなんなら思い出さなかったのは忘れたことがないからだから。と、俺が心中で怒濤《どとう》の勢いで言い訳しているうちにも、由比ヶ浜の思い付きは留まるところを知らない。

手元にあったお皿にナイフとフォーク、さらにはマグカップまで並べだし、熱弁を振るう。

「で、ケーキ出す時にマグカップで飲み物も一緒に出して……。そのカップが実はプレゼントなんだよー！　すごい！　自分で言っててなんかオシャレ！」

ほっぺに両手を当てて、わはーと由比ヶ浜がはしゃぐ。

「……そうか？　オシャレか？」

「い、いいの！　なんかちょっとサプライズ感あるんだからいいの！」

冷静に言われてしまうと、オサレセンスに今一つ自信がなくなってくるのか、由比ヶ浜はちょっと頬《ほお》を染めて、いじいじと食器をまた元の位置へと戻し始める。

「まぁ、でも……。手作りとかは案外悪くねぇよな」

拗《す》ねたような反応が微笑ましくて、こっちもつい笑ってしまった。ついでに、字義通りの甘い言葉がこぼれだす。

「じゃ、今からスイーツ食べて研究でもするか」

「あ、それ超いいじゃん！　行こう行こう！」

乗り気な由比ヶ浜にぶりぶりぐいぐい背中を押され、展示ブースを後にする。

実際、手作りというアイデアは悪くない。貰った側の心に強く訴えかけるものがあるし、何より手間暇をかけてくれた事実に胸を打たれる。それが憎からず思っている相手であれば、なおのこと。

本当に、心が揺れる。

……だから、まぁ小町《こまち》のために頑張ってケーキ作っちゃおうかな！　案外、このケーキ作りを通して、新たな夢に目覚めてしまうかもしれん。

そう、伝説のパティシエ・プリキュアになるという夢に……。

×　×　×

国破れて山河在り、と杜甫《とほ》は詠んだ。一方で、夢破れて実家在り、と詠んだ者もいる。もちろん俺だ。

俺の夢は破れたのだ。研究のためと言って美味《おい》しいスイーツを食べたものの、こんなん絶対俺に作れるわけねぇじゃんという当たり前の事実に気づいてしまい、プリキュアになる夢を断たれた。なので、家に帰ってからは不貞寝《ふてね》していた。

だが、それでも夜は明けるのである。

由比ヶ浜《ゆいがはま》と出かけた翌日も、俺の学校生活はつつがなく過ぎていき、やがて放課後を迎えていた。

昨日、生徒会室で言われたようにプロムの準備は仕事らしい仕事が本当にないのか、雪ノ下《ゆきのした》からも一色《いっしき》からもお呼びがかかることはなく、現在に至っている。

この時間になっても特に何も連絡がないということは、帰っていいのかな……。と、ちょっとばかり不安になって、ついちらっと由比ヶ浜を見てしまう。連絡が来るとすれば俺よりは彼女のほうだろう。

由比ヶ浜はその視線に気づくと、こくりと頷《うなず》きを返してくる。そして、三浦《みうら》たちとのおしゃべりがひと段落したタイミングを見計らい、するっと抜けると、とてとてこちらへやってきた。

「ヒッキー。今日、どうする？」

こてっと首を傾《かし》げて由比ヶ浜が言った。そういう問いかけ方をするということは、プロムの手伝いはやはりないのだろう。

「なんもないなら帰るけど」

「そか……。あたしもなんもないから帰るよ」

言ってすぐに由比ヶ浜はまたぱたぱたと自席へ戻り、三浦たちに「じゃ、また」と手を振って、荷物一式を取ってくる。さっとコートを着て、よいしょっとリュックを背負うとぐるりとマフラーを巻いた。

「じゃ、帰ろっ」

「おお……」

ごく自然に一緒に帰るような流れになっていることに戸惑いつつも、教室前方の扉へと足を向けた。

その扉ががたと大きく揺れる。かと思うと、がらっとド派手な音を立てて勢いよく開いた。

あまりの音の大きさにぎょっとしていると、そこに現れたのは一色《いっしき》いろはだ。よほど急いでここまで来たのか、はぁはぁと息を切らしている。

「よかった、二人ともまだいた……」

俺たちの姿を見るなり、一色はへなへなと脱力し、はぁーっと大きな息を吐いた。

「どしたの」

「……とにかく一緒に来てもらっていいですか」

言うなり、一色はすぐさま踵《きびす》を返す。

俺と由比ヶ浜《ゆいがはま》は何事かと顔を見合わせるが、一色の深刻そうな表情を見てしまうと、事情は分からずとも、ついていくほかない。

前を進む一色はつかつかとだいぶ急ぎ足で廊下を進む。俺たちもそれについていこうとかなり歩調を速めた。階段を下りてようやく隣に並んで、その横顔をちらと見やる。

俺の視線を受け取った一色は、説明をする暇も惜しむように、きっと強い眼差《まなざ》しを前方へと向けて、さらに足を急がせた。

「ちょっとまずいことになりました」

そうとだけ言って、口を引き結ぶ。その顔には険しさがありありと浮かんでいて、ただならぬ事態であることだけは察せられた。

詳しい説明を聞くより先に、一色は目指していた場所と思《おぼ》しき、一室の前に辿り着く。

その部屋は職員室、事務室、校長室などが並ぶ一角にある。俺が入ったことは一度もないが、プレートには応接室とあった。

一色がその扉をノックする。そして、返答を待たずにドアを開けると、つかつか入っていく。

その後に続いて入るべきか、一瞬躊躇《ちゅうちょ》した。

ドアが開いた瞬間、見えてしまったのだ。

入り口にほど近いソファに座る平塚《ひらつか》先生と雪ノ下《ゆきのした》の後ろ姿が。

そして、上座に座る雪ノ下陽乃《はるの》と、雪ノ下姉妹の母親の姿が。

その存在を、来訪を、嫌な予感などという言葉で済ませてはいけない。これは予感などではなく、確信だ。

平然と、あるいは超然とした態度の母姉の視線を一身に受けて、雪ノ下の背中は心なしか丸まっているように見えた。

雪ノ下の母親は、開け放たれたドアへ顔を向け、俺たちを見つめる。

覗《のぞ》き込めば引き込まれそうなくらいに深く綺麗《きれい》な瞳から放たれる、微笑を湛《たた》えた柔らかな眼差し。それは雪ノ下を見ていた時と、いささかも温度を変えていないように思え、背筋に寒いものが走る。

その視線を受け止めて、一色がぺこりと一礼した。

「お待たせしました。プロムについてはわたしたち全員で話し合って決定したものです。……

ですので、その実行可否についての議論にはわたしたち全員で参加させていただきます」

一色《いっしき》は決然と、ともすれば、まるで吠えるように言った。声音《こわね》にも口調にも視線にも、敵意が滲《にじ》んでいる。それを隠そうともせずに、一色は雪ノ下《ゆきのした》の母親に鋭い眼差《まなざ》しを向けた。

すると、雪ノ下の母親は困ったように笑う。

「議論だなんてそんな大げさなものではないのよ？　ただ、こちらの意見を皆さんにお伝えに来ただけなんだから」

幼子《おさなご》をあやすようにゆっくりと優しい声音でそう言うと、にこっと微笑《ほほえ》みかけて俺たちに着席を促《うなが》す。平塚《ひらつか》先生も首を回して俺たちを見ると、従えと言わんばかりに頷《うなず》いてみせた。

黒い革張りのソファは二脚。上座に位置する三人掛けのソファの向かい、ローテーブルを挟んで雪ノ下と平塚先生が掛けているL字型のソファがある。無論、俺たちが座るのはそちら側だ。自然、雪ノ下の母親、そして陽乃《はるの》さんと差し向かいになる。

「……では、改めてお話を伺います」

俺たちがやってきてから一度たりともこちらを見ることのなかった雪ノ下が、固い口調で切り出した。

それを聞いて雪ノ下の母親は苦笑にも似た笑《え》みを浮かべる。陽乃さんは興味がなさそうに、出されたコーヒーにマドラーをくるりくるりさせていた。

雪ノ下家三人が放つ冷たい雰囲気《ふんいき》に当てられてか、室内はしんと静まり返る。それを感じたのだろう、雪ノ下の母親は殊更《ことさら》に柔和《にゅうわ》な笑みを浮かべた。

「プロムについてだけれど、中止するべきだって意見が上がっているわ。インターネットに上がっている画像を見た保護者の方からうちにご相談いただいたの。あまり健全ではないというか、……そうね、高校生らしくないんじゃないかって心配してらっしゃるみたい」

雪ノ下の母親は慎重に言葉を選ぶようにしてそう言うと、横に控える陽乃さんへちらりと視線を向けた。すると、陽乃さんは面倒そうにため息を吐《つ》く。

「卒業生の間でも、まぁ賛否両論ね」

先の雪ノ下母の発言を補足するような口ぶりに、陽乃さんがここへ来た理由を察した。どうやら援護射撃のために駆り出されているようだ。だが、陽乃さんは口の端《は》にふっと挑発的な笑みを滲ませて、付け加える。

「……別に否定的な意見が多いわけじゃないけどね」

「少数意見だからといって切り捨てていいことにはならないわ。嫌だと言う人がいるならそれに対する配慮はするべきよ」

雪ノ下の母親は即座に陽乃さんへ言い返す。窘《たしな》めると言うほどに甘くはなく、それは咎《とが》めると言ったほうがいい。その態度には厳然としたものがあった。だが、陽乃さんはそれを素知らぬ顔で聞き流し、目を閉じるとまたコーヒーカップに口をつける。

雪ノ下は二人のやり取りを冷たい瞳で見つめていた。だからだろうか、口を開いて零《こぼ》れた声も冷たく響いた気がしたのは。

「……それでなぜ母さんが来るの」

「私も保護者会の一人ではあるし……、それに、お父さんとお付き合いのある方にお願いされたら無碍《むげ》にはできないもの。……それは、わかるでしょう？」

表情はにこやか、声音《こわね》は温か。口ぶりも穏やか。噛《か》んで含めるように諭《さと》す。それはまさしく子供を窘《たしな》める様と言ってよく、先の陽乃《はるの》さんへの態度とは明らかに違っていた。

ぎゅっとスカートの裾《すそ》を握り込んで、雪ノ下《ゆきのした》が俯《うつむ》くと、母はなおも優しく語りかける。

「もちろん、節度を持ってやる分には構わないと思うのよ？」

気遣うような微笑《ほほえ》みも、ゆっくりと嫋《たお》やかな声音も、一歩譲るような言葉も、どれも至極丁寧《しごくてい》《ねい》なのに、言外ではまったく真逆の意味を告げてくる。それは続く言葉にそのまま表れていた。

「ただ、プロムについて私たちも調べたけれど、飲酒や不純異性交遊、そうした問題が起きていることも事実だし、今の形態のまま謝恩会としてやるには不適切だって考えている人もいるわ。それに、問題が起きた時にあなたたちにその責任が負えるわけではないでしょう」

「だからっ！　保護者会と学校側が連携して動けばその手の問題は防止できるって……その旨《むね》は内諾をもらっているじゃない……」

一瞬、雪ノ下が声を荒らげた。しかし、言っているうちに、その声のトーンは落ちていき、やがて、拗《す》ねるような弱々しさに変わっていた。付け足した言葉は呟《つぶや》き声と変わりなく、視線を床の隅に落として、雪ノ下が歯嚙《はが》みする。

雪ノ下の母親は目を細めて聞いていたが、言葉すべてを受け止め終えると、うんと頷《うなず》く。

「それについては保護者会側も軽率だったと思うわ。ただ、あくまで書類だけを見た段階での内諾でしょう？　実際に見てみるまで最終的な判断は保留されていたわけだから……」

「それは筋が通ってないです。後でひっくり返ることがないように事前にお話ししてるんです。というか、問題を起こさないように躾《しつ》けるのは保護者の仕事なんじゃないですか」

言葉が終わらないうちに、一色《いっしき》が半《なか》ば喧嘩腰《けんかごし》で嚙みついた。その敢然《かんぜん》たる態度に由比ヶ浜《ゆいがはま》が目を丸くしていた。

「一色」

「……すいません」

平塚《ひらつか》先生に窘められると一色も言葉が過ぎたと思ったのか、しぶしぶ謝った。だが、納得いっていないことを示すように唇を尖《とが》らせている。一連のやり取りを見ていた陽乃さんはそっと顔を逸《そ》らして笑いをこらえていた。無論、この状況で笑っているのは陽乃さんだけだ。

平塚先生がすっと頭を下げて生徒の非礼を詫《わ》びると、雪ノ下の母親は気にしていないとかすかに首を振る。

「もちろん保護者の皆さんもいろいろ考えているのだと思うわ。なにも全部を禁止したり、縛り付けたいわけではないはずよ。ただ、やはり心配なのでしょうね。特に今はＳＮＳでの炎上騒ぎだったり、個人を特定されて被害にあったり……そうした事件や事故も起きやすいでしょう？　だから、こうした派手な催《もよお》しにはなおさら過敏になってしまっているのね」

言いながら、雪ノ下《ゆきのした》の母親が一色《いっしき》へと視線を注ぐ。その眼差《まなざ》しは珍しいものを見たと言わんばかりに、きらと輝いて、いっそ嬉しそうに見えた。

「一色さん、とおっしゃったかしら。今あなたが言ったように、そうした事態への対応やインターネットとの付き合い方については、保護者と学校が子供たちにちゃんと教えるべきだと思う。学校教育でも実際にそういう取り組みは進んでいるわ。最近では企業研修に盛り込まれていることも多いのよ」

熱っぽく語る口調は楽し気に見える。説明やら解説やらをするときに生き生きとしだすその様は娘である雪ノ下とよく似ていて、微笑《ほほえ》ましいとすら言える。

だが、ふと笑顔を翳《かげ》らせた瞬間に、そのイメージは乖離《かいり》してしまう。

「……でも、まだ充分とは言い難い。ちゃんと学んだ、分別がつくはずの大人でさえ、炎上騒ぎや問題を起こすことがあるのだから」

だから、子供はなおさらだと。だから、プロムはやるべきではないと。わざわざ言うまでもなく、その話運びで伝えてくる。

実際、撮影に参加した生徒たちは何の衒《てら》いもなく、素直に、こうやって不安視されることなど予想もせずに、ＳＮＳにアップしていたのだ。ラインで繋がっている親子がいるのだから、インスタを始めとした他のSNSで我が子のアカウントを覗《のぞ》きに行く親だっていておかしくない。俺たち生徒側がそうしたことに意識が回っていないのは事実なのだ。であるならば、不健全な催しをしていると見なして攻撃的になる人々に見つかる可能性はある。

「……可能性の話をしだしたらきりがないわ」

俺と同じ考えに至ったのだろう、雪ノ下が苦々《にがにが》しげに言う。まったくだ。起きうる可能性すべてを懸念し、危険性があるから中止しろというのは馬鹿げている。そんなことを言い出したら、ケータリングの食事で食中毒が発生するかもしれないからやめろなんて言い分も通ってしまうことになる。どれだけ手を打とうと、絶対安全と言い切ることは誰にもできない。

そのことは雪ノ下の母親だって、当然わかっているはずだ。

「やっぱり否定的な意見がある中で、無理にやる必要はないと思うの。世間様にあれこれ言われて後ろ指差されてしまったら、せっかくの門出に水を差すことにもなるわ」

だから、今度は切り口を変え、感情論まで交えてきた。眉尻《まゆじり》を下げた気づかわしげな表情で訴える。

「謝恩会は卒業生のためのものでもあるけれど、保護者や先生方、地域の方々にとっても大切なイベントよ。……これまでの謝恩会でも、特に不満があったわけではないのでしょう？」

言って、雪ノ下の母親は隣に座る陽乃《はるの》さんへ顔を向けた。ねぇと問うように首を傾《かし》げられて、陽乃さんはそっけなく一度だけ首を縦に振る。

雪ノ下《ゆきのした》が言葉を詰まらせる。クリティカルなところを突かれたな、と俺も口の中が苦くなる。謝恩会の不満点を改善することを目的とし、その手段として代わりにプロムを行うという立て付けならまだ理解を得られやすかったのだろう。だが、まずプロムありきという状態からスタートしてしまっている。この無理筋を通すのは骨が折れそうだ。

と、思ったとき、一色《いっしき》がすっと身体《からだ》を前に倒した。

「卒業生というなら、わたしたちも未来の卒業生です。謝恩会に対して何かを提案する権利は充分にあります」

一色が口にした鮮やかなまでの詭弁《きべん》に、思わず嘆息が漏れた。やるな、一色。感心してまじまじと見つめていると、一色もちらとこっちを見てふふんと勝気に笑った。それで弾みをつけたか、さらに続ける。

「実際、在校生たちにはプロムは好意的に受け入れられてます。SNSでも肯定的な意見がほとんどで……」

だが、それは最後まで口にすることが叶《かな》わない。一色が息を継いだその瞬間に、雪ノ下の母親はにこっと微笑《ほほえ》むと、そのまま言葉を差し挟んだ。

「SNSではそうかもしれないわね。けれど、表に出ない意見に耳を傾けることも大事なことよ。上に立つ者、みんなの信任を受けた者にはその責任があるわ。……あなたたちもそれはよく覚えておいてね」

最後に、娘たちへ言い添える。声音《こわね》も調子も変わらないはずなのに、その部分だけが明らかに温度が違っていた。そのせいだろうか。陽乃《はるの》さんは鼻で笑ってつまらなさげにため息を吐《つ》き、雪ノ下は、ただ身を固くしていた。

事ここに至って、俺は認識を改める。雪ノ下陽乃がかつて口にした、「自分より怖い」という言葉の意味を実感する。これはまずい。まるで埒《らち》が明かない。

この人は理詰めで戦ってはいけない相手なのだ。

一見、柔和《にゅうわ》な微笑みで頷《うなず》いて、話を聞いているように見える。相手の意見に耳を傾けて議論をしているかのように思える。

けれど、違う。これは笑顔でいったん受け流して、体勢が泳いだところに返す刀で切りつけるカウンタースタイル。それで論破し、ねじ伏せてダウンを狙ってくれるならまだいい。この人はそんなことには拘泥《こうでい》せず、最初に設置してある罠へ追い込んでいく。

最後の結論は何も譲りはしない。そこへ至るためなら、悲しそうな顔さえしてみせる。感情論さえ交えて構成される論理式を振りかざす。

雪ノ下の母親は議論なんて大げさなものではないと言った。

まったくその通りだ。もとより、この人には議論する気さえなく、そもそも議論の余地がないのだと、最初からそう言っていたのだ。

その言い分はきっとどこかに矛盾《むじゅん》を孕《はら》んでいて、穴があるはずなのに、それが柔和な微笑みと優しい声音《こわね》で覆《おお》い隠されてしまっている。いや、見つけ出して突いたところで、何も変わらない。そうねと笑顔で受け止めて、今度は違う切り口から、同じ結論に持っていくだろう。なら、ここで多くを語らせてしまうのは得策ではない。あの人が語れば語るほど、こちらが付け入る隙は無くなっていってしまう。

その危機感は一色《いっしき》も同様に抱いたのだろう。ちらっと俺を見る。その視線を横目だけで受け取ったが、こっちとしては苦笑しかできない。期待させていたのなら非常に申し訳ないが、さすがに相手が悪すぎる。俺にできることと言えば、矛先《ほこさき》を逸《そ》らすことくらいだ。

「学校側も内諾はしてるんですよね。どういう了見なんですか」

言って平塚《ひらつか》先生を見やれば、皆も一斉にそちらへ顔を向けた。由比《ゆい》ヶ浜《がはま》と一色の表情にはかすかな期待感が滲《にじ》んでいる。陽乃《はるの》さんはどこか面白がって傍観を決め込み、雪ノ下《ゆきのした》は瞑目《めいもく》して言葉を待つ。一方で、雪ノ下の母親の視線は凪《な》いだように穏やかで、ただじっと先生を見つめていた。

様々な視線を受け止めると、平塚先生は口の端《は》だけで笑《え》みを作り、そして口を開いた。

「私個人としましては即中止という判断はあまりしたくないですね。当校には生徒の自主性を重んじる伝統もあります。計画上不備のある部分を適宜修正し、保護者の皆様にご理解ご協力いただけるよう継続協議すべきでは……、というのが私の意見です」

さすが頼れる大人。ここで議論まがいの話し合いを打ち切ってもらえるのはありがたい。

仕切り直しを提案されれば、雪ノ下の母親もそれに異存はないのか、ゆっくりと頷《うなず》く。

「先生のご意見はごもっともだと思います。では、また改めて伺いますので、今後は学校側とご相談させていただいても？」

「上に伝えておきます。すぐに日程を確認してご連絡差し上げます」

事務的なやり取りを終えると、雪ノ下の母親が一礼する。

「お手数おかけします。よろしくお願いします。……陽乃、皆様にご挨拶《あいさつ》して戻りましょう」

「あ、わたしはこのコーヒー飲んでから出るから」

陽乃さんがコーヒーカップを指して、あっけらかんとした笑いとともにひらひらと手を振ると、雪ノ下の母親はしょうがないと言わんばかりに呆《あき》れたようなため息を吐《つ》いた。

「そう。では、先に戻りますから」

言って、すっと立ち上がった。長い時間座っていても、着物はまったく着崩れておらず、立ち姿は凛《りん》としている。そして、その見た目の印象に違《たが》わぬ声で、もう一人の娘の名を呼んだ。

「雪乃《ゆきの》」

呼びかけられて、雪ノ下はちらと視線だけを動かした。その反応を見て取って、雪ノ下の母親はゆっくり優しく語りかける。

「あなたが頑張っているのはわかるわ。けれど、もう少し早く帰ってきなさいね。無理をする必要はないんだから」

「……ええ。わかってる」

　それだけ言って瞑目《めいもく》してしまう雪ノ下《ゆきのした》に、雪ノ下の母親は困ったように笑っていたが、やがて踏ん切りがついたのか歩き出す。俺たちにもそれではと会釈《えしやく》すると、平塚《ひらつか》先生が続いて席を立った。見送りに出るのだろう。そのまま、二人は応接室を出る。

　応接室の扉が閉ざされると、誰からともなく、深いため息が漏れた。

　扉の向こうではまだ平塚先生が雪ノ下の母親と二言三言なにか挨拶《あいさつ》をしている様子が窺《うかが》えた。そちらに聞こえないように気を遣ってか、陽乃《はるの》さんが小声で呟《つぶや》く。

「はー、疲れた。こういうの付き合わされるのほんと迷惑……」

　そう言って、もう冷めきっているであろうコーヒーをまずそうに飲むと、苦い顔をした。コーヒーを飲んでいないはずの雪ノ下も、口元を固く引き結び、何かを飲み下そうと喉《のど》を震《ふる》わせていた。そうした表情も二人はよく似ている。

　もっとも、似ているというのであれば、やはりあの母親にこそよく似ているのだろうけれど。

　雪ノ下と陽乃さんに共通して感じることがある、異質さ、歪《いびつ》さはその母親にも見受けられた。だから、つい探ってみたくなる。

「あの……、保護者会の一人って言ってましたけど、会長かなんかなんですか？」

「ちがうちがう、理事とかいう意味わかんない名誉職。籍だけあって委任状書くのが仕事みたいなもんよ。ただ、父の仕事柄地元と繋がり強いし、娘二人がここの高校でしょ？　だから、お願いされて出張《でば》ってきたってわけ」

　なるほど。地元の有力者ならではな事情だな。身近な例でいえば、親父の会社にいる執行役員とかあの辺かな。トラブったとき報告しに行くと、頼んでもないのに「それ、俺からも言っとくよ」って言い出して、ウキウキで相手先乗り込むらしい。いや、雪ノ下の母親の場合は地元の人たちに請《こ》われているわけだから、ちょっと違うか。

　などと、思っていると、陽乃さんの声音《こわね》が不意に沈んだトーンになる。

「……だから、あの人の意思なんてほとんど関係ないのよ。頼まれちゃった以上、体裁として一言言いに来ないといけなかったんでしょ」

　陽乃さんがつまらなさげに言って、はっと鼻で笑う。

　だが、俺は笑い飛ばすことはできそうになかった。それは、そのスタンスは、どこかの誰も似たようなことを嘯《うそぶ》いていたような気がして、少し胸が悪くなる思いがする。

　それをため息と一緒に吐き出しているうちに、応接室のドアが開き、平塚先生が戻ってきた。

「いや、参ったな」

　開口一番、平塚先生は苦笑いしながらそう言った。応接室の端にあった戸棚からクリスタルガラスの灰皿を取り出すと、そのまま窓辺に立ち、煙草《たばこ》に火をつける。

　どうやらこの応接室、原則禁煙である校舎内で例外的に喫煙が許可されているらしい。まあ、この手の部屋に通されるのはＶＩＰ待遇の人だろうし、そうした人たちの中には愛煙家もいるのだろう。そうやって、ルールの外にある特殊な空間に通すことで、誠意なり敬意なりを示すわけだ。

つまり、雪ノ下《ゆきのした》の母親は賓客として遇されたということにほかならず、その一点だけをとっても、学校側の姿勢が透けて見えるような気がした。

それはこの話し合いに、頭からずっと参加していた雪ノ下が一番感じていることなのかもしれない。雪ノ下は先ほどと寸分変わらぬ、背筋の伸びた姿勢のまま、けれど、暗く沈んだ声で、平塚《ひらつか》先生に問いかける。

「……学校側の対応としては、どうなりそうですか」

「何とも言えんな。実のところ、ＳＮＳに上がっていた画像くらいなら、私も……、まぁ、私の上もそこまで問題視してないんだ」

すぱすぱと煙を吸っては吐いてをしていた平塚先生は雪ノ下を安心させるようににこりと微笑《ほほえ》む。だが、たんと音高く煙草《たばこ》の灰を落とすと、静かな声音《こわね》で続けた。

「……ただ、世の中にはありがたいご注進をくれる方というのがたくさんいらっしゃってな。やれ生徒のスカートが短いだの道端で騒いでいただの俺を見て笑っただのと、メールや電話がたまにくるんだよ。いつもなら、貴重なご意見誠にありがとうございます今後の生徒指導への参考とさせていただきます、とまぁそう答えて、必要なら指導をして終わりなんだが……」

そこで一度言葉を区切り、ふーっと煙を吐き出すと、平塚先生は苦り切った顔をした。

「さすがにこう来られてしまうと、問題としては大きく見られてしまうからな。……それなりの対応をしないといけなくなる」

それなりの対応、とやや言葉は濁したが、意味するところはただ一つ、プロムの中止だ。

この手の問題は似たようなケースを挙げれば枚挙に暇《いとま》がない。例えば、以前、とある駅で某企業の求人PR広告が掲示された。それがインパクトもあり、ちょっと奇抜で捻ったコピーだったので、SNS上でバズり、数万件の「いいね」がつく大反響を呼ぶ。その多くがユニーク、面白いと好意的な反応だった。しかし、その広告は数日のうちに出広していた某企業自《みずか》ら撤去してしまうことになる。その理由は電話やメール等で否定的な声が寄せられ、社内で問題になったからだという。

好意的な反応が多かろうと批判が少しでもあれば、それに配慮した行動をするべき、あるいはせざるを得ないというのが、今の風潮なのかもしれない。

コンプライアンスやポリティカルコレクトネス等の言葉や概念が定着し始め、社会は配慮すべき存在のことをより強く意識するようになった。それ自体は喜ばしいことだが、認識の変化は未《いま》だ過渡期にある。

それがために、不適切や不謹慎、不健全といった言葉を過剰に用いてしまったり、また過剰に反応してしまったりすることがあるのだろう。

ある一側面においては、このプロムを取り巻く環境にも同様のことが言える。概念理解としてはこれで充分だろう。

問題となってくるのは、実際的な行動だ。

「学校側から保護者に働きかけることはできないんですかね」

プロムを内諾した手前、それを即白紙に戻すというのも学校側としては体裁が悪かろう。この一点からでも実行賛成に引き込めないかとそんなことを言ってみる。

すると、平塚《ひらつか》先生は手元の煙草《たばこ》へ視線を落とし、しばし考えるように間を取った。

「方法がないわけじゃないだろうが……。……君たちが来年以降もプロムをやりたいと思うなら、私が手を出すべきではないとも思っている」

灰皿にぎゅっと煙草を押し付けて、火を消すと、平塚先生は俺たちに向き直る。煙が消えると、タールがガツンと香るあのクセの強い匂いが漂う。その匂いは俺の不安を掻《か》き立てる。

平塚先生の言っていることがいまいちよくわからずつい怪訝《けげん》な顔をしてしまった。

すると、陽乃《はるの》さんが驚いたように声をあげる。

「……静《しず》ちゃん、まだ言ってないの？」

「正式に決まってないことを言えるはずないだろう」

「言い出せなかっただけでしょ」

「……うっ、いや」

余裕がありそうだったのに、陽乃さんにぴしゃりと言われると、平塚先生は気まずそうに視線を逸《そ》らす。それに追い打ちをかけるように、陽乃さんは深いため息を吐《つ》いて、続けた。

「だいたい公立なんだから勤続年数でわかるじゃない。去年でギリだったんだから今年絶対飛ぶよ」

会話の断片から、おおよその事情が見えてくる。だのに、俺はそれを言葉にする気が起きなかった。ただ、そうなのか、と実感のない理解だけがあった。

けれど、由比ヶ浜《ゆいがはま》はちゃんと言葉にしようとした。

「あの、それって」

「まぁ、その話は後だ。また今度にしよう」

おそるおそるというふうに口を開いた由比ヶ浜に、平塚先生はにっと笑いかけて、半《なか》ば強引に話を打ち切ると、その視線を雪ノ下《ゆきのした》と一色《いっしき》へと向ける。

「それで、……どうする？」

問いかけられて、二人がはっと顔を上げる。俺もぼうっとしていた頭を無理やり切り替えるように、がしがしと頭を掻いた。

「どうすると言われても……。計画上の不備を修正して……」

言いながらすぐに雪ノ下が頭を振る。それが無意味であることに、あるいは不可能であることに自分で気づいているのだろう。

ドレスを着て、ダンスをして、派手なパーティーをする、という点を変えてしまえば、それはもはやプロムとは呼べない。参加希望者が納得するものになるはずもない。かといって、物言いがついた個所を半端に修正したところで、一度ケチがついたものがそうそう通るわけもない。あちらを立てればこちらが立たず、結果、八方塞《ふさ》がりだ。

「継続協議をしている間に、理解を得られる方法を何か考えます……」

雪ノ下《ゆきのした》はそう口にしたものの、真白い顔と、か細い声音《こわね》のせいで、そこにほとんど望みがないことを確信しているように見えた。だが、現状では他にできることもない。俺もそれに頷《うなず》く。

「まぁ、そうだな。とりあえず説得材料を揃《そろ》えて、それから……」

俺の言葉はそこで止まった。ソファの並びに座っていた雪ノ下が、俺のジャケットの袖《そで》を摑《つか》んで止めたのだ。引く力それ自体は弱々しいが、ぎゅっと握り込まれて皺《しわ》が寄っていた。

「待って。そこから先は私たちの仕事よ。……私がやるべきことなの」

「……そこにこだわっている場合じゃないだろ」

俺の言葉に一色《いっしき》も頷く。平塚《ひらつか》先生は変わらず見守るような視線で俺たちを見ていた。傍《かたわ》らの由比ケ浜《ゆいがはま》は是とも否とも言わず、ただ黙っている。雪ノ下は声を詰まらせ、固く唇を引き結んでいた。俺は雪ノ下の返事を待つ。だが、声を上げたのは別の人だった。

「……まだ『お兄ちゃん』するの？」

楽しげな声音、からかうような口調、笑《え》みを含んだ言葉なのに、ひどく冷たい響きだった。向かいのソファにゆったりと腰かける雪ノ下陽乃《はるの》はまるで憐《あわ》れむような視線を向けている。

「は？　何の話ですか」

知らず、返す声に怒気が混じっていた。語気が荒くなっているのは自分でもわかっている。けれど、陽乃さんは俺のそんな反応を面白がるように、くすりと笑った。

「雪乃《ゆきの》ちゃんが自分でできるって言っていることに無闇《むやみ》に手を貸しちゃだめだよ。君は雪乃ちゃんのお兄ちゃんでもなんでもないんだから」

そんなただの戯言《ざれごと》が引っかかって、つい声を詰まらせてしまった。後ろから一色の薄いため息が聞こえ、俺は思わず目を伏せてしまう。

「そういうことじゃ、ないです」

弱々しく、震《ふる》えるような声はしかし、はっきりと否定する。それに優しく背を撫《な》でられたような気がして、反射的に顔を上げると、由比ヶ浜が陽乃さんを睨《にら》みつけていた。

「……大事な人だから。助けたり、手伝うのは当たり前です」

「大事に思うなら、相手の意志を尊重してあげるべきだと思うけどね」

陽乃さんが、苛立ちを滲《にじ》ませたため息を吐《つ》いた。

「プロムが実現したら、母は雪乃ちゃんへの認識を多少は改めるかもしれない。もちろん雪乃ちゃん自身の力でやれば、だけどね。……それに手を出す意味、わかってる？」

声には明らかに敵意があった。鋭い視線は射殺すように、尖《とが》った言葉は刺し穿《うが》つように、由比ヶ浜に、そして俺に向けられている。

重い問いかけだった。それはつまるところ、彼女の将来に、人生に、責を負うことができるのかと、そう問われた気がした。そんな問いに軽々しく答えられるはずがない。俺たちは後先考えずに動けるほど幼くはないし、全て受け止めきれるほど大人ではないのだ。

だから、俺も由比ヶ浜《ゆいがはま》も一色《いっしき》も、ただ黙することしかできなかった。

この場で、それに答え得るとすれば、平塚《ひらつか》先生くらいだろう。けれど、先生は何を言うでもなく、紫煙をくゆらせ、ただ、苦み走った微笑《ほほえ》みで陽乃《はるの》さんを見つめている。その眼差《まなざ》しに気づいたのか、陽乃さんはふっと頰《ほお》を緩《ゆる》める。一転して優しい声で俺たちに語りかけてきた。

「いくら相手のことを思っているからって、いつも手を貸すことが正しいとは限らないのよ。……君たちみたいな関係、なんていうかわかる？」

「姉さん、やめて。……わかっているから」

問いかけを遮《さえぎ》るでもなく、雪ノ下《ゆきのした》はゆっくりと落ち着いた声音《こわね》で言う。水晶みたいに透《す》き通った微笑みを向けられて、陽乃さんもそれ以上続けようとはしなかった。

雪ノ下は膝の上に乗せた手をじっと見ていた。やがてそのままの姿勢で静かに言葉を紡《つむ》ぐ。

「私は、ちゃんと自分の力でできるって証明したいの。だから、……比企谷《ひきがや》くん、あなたの力はもう借りないわ。勝手なお願いで申し訳ないけれど……。お願い。私にやらせて」

そう言って、彼女は顔を上げた。冷静な声音と同じく、その表情は清らかで穏やかだった。けれど、目が合うと瞳が潤《うる》む。それまでずっとほのかな微笑を湛《たた》えていたのに、唇が戦慄《わなな》いて、悲痛が滲《にじ》む。小さく息を呑《の》み、吐き出す声は震《ふる》えている。

「じゃないと、私、どんどんダメになる。……わかってるの、依存してること。あなたにも由比ヶ浜さんにも、誰かに頼らないなんて言いながらいつも押し付けてきたの」

訥々《とつとつ》と、声を荒らげることもなく、ただただ深く深く沈んでいくような声音で雪ノ下は言う。

由比ヶ浜は目を伏せて、それを静かに聞いている。平塚先生は黙って瞑目《めいもく》し、一色は気まずそうに視線を逸《そ》らして身を固くしていた。陽乃さんは冷めた眼差しを向けていたが、微《かす》かな吐息を漏らすと、口元を綻《ほころ》ばせる。

けれど、俺は言わずにはいられなかった。たとえそれが何の意味もない空っぽの言葉だったとしても、否定しないわけにはいかない。

「それは、違う……、全然違うだろ」

絞り出すようにして、なんとかそれだけ口にした。だが、雪ノ下はゆっくりと首を振る。

「違わないわ、結果はいつもそうだもの。もっとうまくやれると思ったのに、結局何も変われてない……。……だから、お願い」

濡れた瞳で見つめられ、儚《はかな》い声で告げられて、幽《かす》かな笑《え》みを向けられて。

それでもう、言葉は出てこなくなってしまう。ただ、息だけが漏れた。

「ヒッキー……」

由比ヶ浜に袖《そで》を引かれる。それに応じようと、震えを抑えるような長い息を吐いてから、ようやく頷《うなず》くことができた。わかった、とそう呟《つぶや》いたつもりだが、どこまで声が出ていたのかわからない。けれど、ちゃんと聞こえていたようだ。

雪ノ下《ゆきのした》は微笑《ほほえ》みを浮かべて、俺に頷きを返すと、すっと立ち上がった。

「生徒会室に戻って今後の対応を検討します」

平塚《ひらつか》先生に一礼し、雪ノ下は歩き出す。足取りには迷いも惑いもなく、振り返ることもなく、応接室を後にした。一色《いっしき》も慌てて立ち上がり、同じく一礼、急いで雪ノ下の後を追う。

二人が去ると、平塚先生は気の抜けたようなため息を吐《つ》いてから、煙草《たばこ》に火をつけた。

「比企谷《ひきがや》。また改めて話をしよう。とりあえず今日は帰りなさい。由比ヶ浜《ゆいがはま》と陽乃《はるの》も、な」

ふっと煙を吐くと、少し疲れが滲《にじ》んだような苦み走った笑《え》みで言う。

「……そうします」

答えた俺も、似たような顔をしている気がする。えらく疲れて、酷《ひど》く苦々《にがにが》しいそんな顔を。

コートを羽織るのも億劫《おっくう》で鞄《かばん》ごと抱《かか》え、陽乃さんに会釈《えしゃく》をし、ソファを立った。無理にでも動き出さないと、疲労感と虚脱感のせいで、いつまでもここに留まってしまいそうだ。

傍《かたわ》らでは帰り支度をしている由比ヶ浜がいる。そちらに顔を向けて、俺はなるべく優しい声で、できるだけの笑顔で、別れの挨拶《あいさつ》を告げた。

「……じゃあ、またな」

「えっ……。あ、うん。またね……」

顔を上げた由比ヶ浜は一瞬驚いたようだったが、すぐに俺の意図を汲んでくれたのだろう、戸惑いを飲み込んで、微笑交じりの返事をくれる。

その優しさに甘えて、俺は力ない頷きを返すと応接室を後にした。

今、由比ヶ浜とうまく話せる自信がない。ろくに喋れないだけならまだマシで、下手《へた》をすれば言わなくていいことや聞くべきでないことを口走っていただろう。

校舎を出て、重い脚を引きずるようにしながら、駐輪場へ向かう。鍵《かぎ》を外し、ガタピシいうおんぼろの自転車を押して通用門まで向かった。重いのは脚だけではなく、自転車も、身体《からだ》も気分も全部重かった。その上、肩まで急に重くなる。

ぐいっと引っ張られるような感覚に振り返れば、走ってきたらしい雪ノ下陽乃が俺の肩に手を乗せ、ふーぅと息を吐いていた。

「追いついたー。途中まで送ってってよ」

わざとらしく額の汗を拭《ぬぐ》うふりをして、陽乃さんはそんなことを言う。そして、俺の横に並んでそのまま歩き出した。正直もう疲れ切っていたので、抵抗する気も起きない。

「駅まででいいですか」

「うん。……せっかくだしガハマちゃんと帰ろうと思ったんだけどさ。誘おうとしたらうまく逃げられちゃった。勘がいい子だね、ほんと」

「大抵は逃げようとするのでは」

「大半は逃がさないんだけどね」

ははっと乾いた笑いで皮肉を言っても、ふふっと笑って返されてしまう。

実際、勘の悪い間抜けはこうして捕まっているわけだし、捕まる前にするっと躱《かわ》せる由比《ゆい》ケ《が》浜《はま》は勘がいいと言っていいのかもしれない。陽乃《はるの》さんも感心するように、ふーむと唸《うな》っている。

「本当に勘がいい子だよ。全部わかってるんだもん。雪乃《ゆきの》ちゃんの考えも、本音も、ぜーんぶ」

聞き流してはいけないことを耳にした気がし、思わず足を止めて、陽乃さんのほうを見てしまった。すると、陽乃さんはふっと笑う。

「いや、いいのは勘だけじゃないか。顔も性格もスタイルもいい。……本当に『いい子』だね」

「悪意のあるイントネーションに聞こえますね」

言葉尻を妙に強調し、その上にやりと笑ったように思え、他意を感じた。だが、それを指摘しても陽乃さんは悪びれる様子もなく、たっと縁石の上に飛び乗り、俺を振り返る。

「そう？　それは聞く側の問題じゃない？　捉え方が悪いのよ」

「……一理ありますね」

先ほどの陽乃さんの言い方はどう考えても悪意があったように思えるが、それでも、俺が他人の言葉の裏を読もうとする悪癖《あくへき》があることは確かだ。だから、陽乃さんの言には頷《うなず》ける。すると、陽乃さんは平均台の上を歩くように縁石をとことこ歩き、びしっと俺を指差す。

「そう！　だから、比企谷《ひきがや》くんは悪い子！　いや、悪い子だって自分で思っている子、かな。

自分がまちがってるっていつもそう思ってるの。……今みたいにね」

してやったりとばかりに笑《え》んで、陽乃さんが縁石から飛び降りた。

「それで、雪乃ちゃんは……」

言いかけて、陽乃さんがふと夕焼け空を振り仰ぐ。その眩《まぶ》しさに目を焼かれたようにそっと目を細めた。

「……普通の子なのよね。可愛《かわい》いものが好きで、猫が好きで、お化けと高いところが嫌いで、自分が何者かなんてことに悩むような、……どこにでもいる普通の女の子」

知ってた？　と問いかけるように、陽乃さんは首を傾《かし》げて見せる。けれど、それを言葉にされたわけではないから、俺も同じように、さぁどうでしょうと首を傾げ返す。

雪ノ下《ゆきのした》雪乃をして、普通の女の子と呼んでいいのかわからない。容姿端麗文武両道その他諸々、人より優れた美点をあげたらきりがない。そんな彼女を普通と呼べるのは、それこそ完璧悪魔超人の雪ノ下陽乃くらいではないだろうか。大抵の人間からすれば異質な存在に映るはずだ。

少なくとも、俺は雪ノ下雪乃を普通の女の子だなんて思ったことがない。

そんな、声なき問いへの声なき答えは完璧悪魔超人のお気に召さなかったらしく、露骨にむっとされてしまった。そして、つかつかこちらへ詰め寄ってきて、じっと睨《にら》む。

「雪乃ちゃんは普通の女の子よ。……まぁ、ガハマちゃんもそうだけど」

自転車のハンドルを挟んで顔を突き合わせる俺と陽乃さん。お忘れなのかもしれないが、俺も普通の男の子なので、さすがに綺麗《きれい》なお姉さんにこうも近づかれると緊張する。頰《ほお》が熱くなるのを感じて、つい顔を逸《そ》らしてしまった。その瞬間、ぽつりと、陽乃《はるの》さんが呟《つぶや》く。

「……なのに、三人が揃《そろ》っちゃうと、それぞれの役割を演じちゃうのよね」

目を逸らしてしまったせいで表情はわからない。それでも声には同情や悲哀が滲《にじ》んでいるように思えた。寂しくて優しい声に驚き、すぐに視線を戻したが、そこにあったのはいつもの完璧悪魔超人の強化外骨格だ。恐ろしく綺麗な顔で、酷《ひど》く意地悪な笑《え》みを浮かべている。

「さて、ここで問題です。三人のこの関係性を何と呼ぶでしょーか？」

陽乃さんは俺の自転車の前に回ると、ハンドルと前かごとに腕を乗せる。進路も退路も塞《ふさ》がれて、答えるまでは帰さないとばかりに、じっと上目遣いに俺を見上げてきた。

「……いい子悪い子普通の子、イモ欽トリオですか」

「ぶー。不正解。君たち三人の関係って言ってるでしょ」

間違えたとはいえ一応答えたのに、陽乃さんは解放してくれず、さりとて正解を教えてくれるわけでもない。……これは正解するまで帰れないのか。というより、陽乃さんが望む答えを言うまで解放されないということか。あるいは、先の応接室での問いかけの繰り返しなのか。

だが、陽乃さんが気に入りそうなことと言うヒントがあればさほど難しいものでもない。

問題は、それを口にすることそれ自体が困難であるという点だ。だから、覚悟が決まるまでたっぷり時間を取ってしまった。その間、じーっと陽乃さんと目が合っていたのでなおさら言いづらい。おかげで、いざ言う時にもこそっと顔を逸らしてしまい、声も上ずった。

「…………さ、三角関係、とか」

するど、陽乃さんはきょとんとした。口を半開きにして、は？　と首を捻ったかと思うと、思い至って、ふっと吹き出す。そして、弾けるような大爆笑。

「あっははは！　そんな風に思ってるんだ！　ぷっ、しかもそれ自分から言い出すって面白すぎない？　あっはは！　あーやばお腹《なか》痛い脇腹攣《つ》るやつだこれ、いたたたあはっ」

「笑いすぎでしょ……」

陽乃さんは自転車から手を放し、脇腹の痛みに堪えながらも、まだ笑っている。俺は自尊心や自意識ががりがり削られ、いっそすぐにでも帰ろうかと思ったが、一応聞かねばならない。

「あの、正解、なんなんですか」

「え？　正解？　あー、正解ね……。正解はね……」

陽乃さんは目じりに浮いた涙を拭《ぬぐ》うと、ちょいちょいと俺を手招き、その手をそっと自分の口元に当てた。耳を貸せと言うことなのだろう。何を秘密めかす必要があるのかと思いながらも、俺はすっと身体《からだ》を前に倒した。すると、陽乃さんも顔を近づけてくる。花の蜜を思わせる甘い香りが漂って、笑みを含んだ柔らかな吐息が頰を撫《な》でた。

くすぐったさに思わず顔を背けかける。けれど、陽乃さんはもう片方の手で俺の顎《あご》先に触れて逸らすことを許さない。背けることも、逃げることもできなくなると、彼女は艶《つや》めいた唇を俺の耳元へ寄せ、ぽしょりと言った。

「共依存っていうのよ」

彼女が囁《ささや》く、その言葉はどんな本物よりも真実めいた冷たい響きを持っていた。

言葉の意味自体はうっすらと把握している。自身と特定の相手が互いの関係性に依存し、またその関係性に囚われていることに対して嗜癖《しへき》している状態と物の本で読んだことがある。

「ちゃんと言ったじゃない、信頼なんかじゃないって」

陽乃《はるの》さんは楽しげにくすくす笑っていたかと思うと、その笑《え》みを淫靡《いんび》に歪《ゆが》め、さらに続けた。

「あの子に頼られるのって気持ちいいでしょ？」

蕩《とろ》けた声が耳朶《じだ》を打ち、頭蓋が痺《しび》れる。おかげではっきり思い出してしまった。物の本の記述には続きがあったのだ。共依存の共依存たる所以《ゆえん》は依存する側だけにあるのではなく、依存される側のほうにもあるのだと。曰《いわ》く、他者に必要とされることで自分の存在価値を見出《みい》だし、満足感や安心感を得ていると。

単語単語のイメージが実情に結びついていく度に、足元がぐらつくような感覚がした。

何度も教えてもらっていた。甘やかしている自覚がないのかと指摘をされた。頼られて嬉しそうだと言われていた。その都度《つど》、お兄ちゃん気質だの仕事だから仕方ないだのと、嘯《うそぶ》いて。

羞恥と自己嫌悪で吐き気がする。なんと醜《みにく》く、浅ましいのだ。孤高を気取りながら、頼みにされれば満更でもなく、あまつさえ愉悦を感じ、それをして自身の存在意義の補強に当てるなどおぞましいにも程がある。無意識に頼られる快感を覚え、卑《いや》しくもそれを求め、そして求められなかったことを一抹の寂しさなどと偽《いつわ》る。その品性の下劣さ、醜悪極まる。

なにより自己批判することで、自分に言い訳をしていることが心底気持ち悪い。耳の下が引き攣《つ》るような感覚がして、口の中に唾液が溢《あふ》れていた。それを何とか飲み下し、荒い息を吐く。

ああ、確かに俺と雪ノ下《ゆきのした》の関係性は共依存と言えば共依存。雪ノ下が俺に依存しているかの真偽はさておくとしても、ここ最近の俺の有様は以前の俺からすれば病的にさえ映る。今、共依存チェックなんてやろうものなら、いくつも項目が当てはまってしまいそうだ。

陽乃さんはふっと嘲《あざけ》るような笑みを浮かべて、さっさと先へ行ってしまう。それをのろのろと追いかけていくと、やがて学校と駅の間に位置する公園脇の小道へと至った。未《いま》だ芽も葉も花もつけない寒々しい街路樹を見上げて、陽乃さんは呟《つぶや》く。

「だけど、その共依存も、もうおしまい。雪乃《ゆきの》ちゃんは無事独り立ちして、ちょっと大人になるんだよ」

誇らしげな口ぶり、楽しげな声音《こわね》、そして寂しげな横顔で妹のことを語る光景に既視感があった。今よりもう少し寒かった夜にも彼女は似たようなことを言っていた。

今と同じく、俺より数歩先を歩いて、彼女は確かに言っていた。

その時彼女が口にした言葉を俺ははっきりと覚えていたのだ。ふとした時に気づいては悪戯《いたずら》に見落として、賢《さか》しらぶってお為ごかしに捨ておいて、けれど、結局忘れていない。

陽が傾き、街は夕景に沈んでいた。気づけば既に小道は終わっていて、駅前のメインストリートに差し掛かっている。誰彼時《たそがれどき》の駅前は家路を急ぐ人々が行き交い、ざわめきに満ちていた。

「ここでいいや。またね」

言いながら、陽乃《はるの》さんは軽く手を振って颯爽《さっそう》と歩き去る。

「あの……」

陽乃さんの足元だけを見て、掠《かす》れた声で呼び止めた。

もう一歩踏み出していた陽乃さんがこちらに振り返る。にこやかな笑《え》みで首を傾《かし》げると、無言で俺の言葉の続きを問うた。

その眼差《まなざ》しがやけに優しくて、俺は一瞬息が詰まる。

「あいつは……、何を諦めて、大人になるんですかね」

彼女とよく似た微笑が、くしゃりと悲しげに歪《ゆが》んだ。

「……わたしと同じくらい、たくさんの何かだよ」

何一つ教えてくれてはいないのに、これ以上ないほど明確に、そうとだけ答えて、雪ノ下《ゆきのした》陽乃は雑踏へと消えていった。

7

その選択を、きっと悔やむと知っていても。

朝方に四温の雨がぱらついたその日は、過日とは打って変わって穏やかに過ぎていた。

微睡《まどろみ》を誘う放課後。くあと欠伸《あくび》をし、だらだらと帰り支度をしていると、ぱたぱたと騒がしい足音が駆け寄ってきた。ここ数日の流れを踏襲してか、由比ヶ浜《ゆいがはま》がとんとんと俺の肩を叩《たた》く。

「ヒッキー、帰ろっ」

こないだの応接室からの帰り際がふと頭をよぎり、吐息だけが出た。由比ヶ浜は、行かないの？　とフクロウみたいに首を傾《かし》げる。それが彼女なりの気遣いなのだとすぐわかる。

「……ああ、じゃ、帰るかー」

だから、それに応えようと、ぐいーっと猫のような大きな伸びをしてゆっくり立ち上がった。

学校を出て、駅へ続く道を進む。今日は朝の雨のおかげで、俺と由比ヶ浜の帰り道が重なっていた。傘《かさ》をぶんぶんしながら上機嫌そうな由比ヶ浜が、道々なにくれとなく話しかけてくる。

「あ、でね、手作りケーキの話したじゃん？　それママに言ったらうち使っていいって言ってたよ。なんかさー、もう逆にママがはしゃいでて、その、なんかほんと、恥ずかしい……」

「ほんと行きづれぇな……。後半の情報のせいで余計行きづれぇなぁ……」

言うと、由比ヶ浜は困り笑いを浮かべる。ポケットに手を入れ、スマホを取り出した。

「うーん、でもヒッキーの家だと、小町《こまち》ちゃんにばれちゃうし」

由比ヶ浜がスマホへと視線を落とす。瞬間、え、と息が漏れ、ぴたっと足を止めた。

「……なんか、プロム、やばいみたい」

言って、由比ヶ浜がスマホを見せてくる。そこに表示されているのはラインの画面だ。グループラインというやつだろうか。ヘッダーに奉仕部とあり、『雪ノ下雪乃《ゆきのしたゆきの》』と『いろいろはす』と名前がある。ツッコミどころは多いが、最新のメッセージを見たら全部飛んだ。

「……学校側がプロム中止判断ってどういうことだ。継続協議はどこ行ったんだ」

「ラインで聞いてみる？」

「……いや、いい。こういうのは上と話したほうが早いしな。ちょっと、電話するわ」

一言断り、由比ヶ浜から二、三歩離れて背を向けた。電話が繋がるまでの間、由比ヶ浜をちらと見やると彼女は深刻な顔でラインの画面を見つめ、時折、不安げに横目で俺を見る。

焦《じ》れる思いでコール音を耳にしていると、電話口から平塚《ひらつか》先生のため息が聞こえた。

「プロムの件どうなってるんですか」

向こうが話すより先に言うと、ふーっと長い息の後、面倒そうな声が続いた。

『……後日、ちゃんと説明する。今はこっちでも対応中なんだ。落ち着いたところで……』

「いや、それ何日分のロスになるんですか。そんな待ってたら巻き返せなくなる」

『巻き返すも何もないだろ。それに、君はプロムを手伝う気でいるのか?』

「あ、ああ、いや……。後でまたやるとかなんとか言い出したら、超大変だから」

『……どうだろうな。それはないと思うが』

その声には確信がこもっていた。それを心中で即座に否定する。

詰められてもあれだけ強情張った一色《いっしき》いろはがそう簡単に諦めるものか。何より、雪ノ下雪乃《ゆきのしたゆきの》がようやく口にした願いを、易々《やすやす》と手放したりするはずがない。させてたまるか。

俺の苛立ち紛《まぎ》れの吐息に気づいたのか、平塚《ひらつか》先生は諦めたように唸《うな》る。

『君に言わないわけにはいかんか。……中止の情報は雪ノ下の希望で君に伝えていない。これで察したまえ。そのうえで聞くが、それでもまだ君がプロムを手伝う理由があるか?』

聞いた瞬間、考えてた言葉が全部飛んだ。時間の概念も消し飛ばされていたと思う。

おーいと平塚先生の呼ぶ声がして、しばらくぼうっとしていたことに気づく。

『電話で黙られたらわからんぞ。君の悪い癖だ。ちゃんと言葉にしろ。……待つから』

ゆっくり落ち着いた声音《こわね》で言い直され、ようやく事態を捉え直す。理由だ、理由、理由。

「理由は、まぁ、部活もそうですけど、乗り掛かった舟というか」

言葉を探しながら、早口で言い募《つの》ったが、電話口からは何の反応もない。

吐息だけが聞こえ、それきり。それが腹立たしい。あんたは俺のこと、わかってんだろ。

「言葉になんて、なりようがない。大事なことだから言わないんだ。ちゃんと考えて、手順を踏んで、間違えないように、ちゃんと……先生だってそうでしょ」

あんた離任のこと言わなかったじゃねぇか。それは大事なことじゃないのか。そう続けそうだった。絶対言うまいと奥歯を嚙《か》み締めたのに、声に出てしまっているのが自分でもわかる。

『……比企谷《ひきがや》、ごめんね。それでも私はずっと待つよ。……だから、言葉にしてくれ』

先生が、そんなに悲しい声で、優しい言葉で謝るのを初めて聞いた。

理由なんか、さっき全部なくなった。思いつくのは仕事と部活と小町《こまち》に紐《ひも》づくものだ。言い方や単語を変えても、結局全部それらに結びつけていることに自分で気づいている。

だから、電話口で言いかけても、ただ、口が何度か形を変えるだけで、言葉になってない。

後は俺たちのことだけだ。共依存だからなんて最高にわかりやすい。頼られて俺の存在意義を確かめることができるなんて言いやすい。俺自身簡単に納得できる。だが、それが答えではない。共依存は仕組みだ。気持ちじゃない。言い訳にはなっても、理由にはなってくれない。

そこまで全部考えて、出し尽くして、絞り出して、心の中に残ってるのは心残りだけだ。

でも、それだけは言いたくない。一番かっこ悪い理由だから。だけど、言わないと進ませてくれないんだ、この先生は。そうやって俺に言い訳させてくれているのを知っている。

だから、額を押さえ、本当に嫌なんだと大きく息を吐いて伝えてから、小さい声で口にした。

「……いつか、助けるって約束したから」

頼まれたからなんて、そんな普通に当たり前すぎる理由で、ロジックもリリックもない言葉で、陳腐《ちんぷ》極まる使い古された言い回しで、あいつを助けるなんて、本当に嫌でたまらない。

『それでいい。…………時間を作る。すぐに来たまえ』

平塚《ひらつか》先生は満足げに言って、自分勝手に電話を切った。スマホをしまい、ちょっと離れた由《ゆ》比《い》ヶ浜《がはま》のところへ戻る。すると、由比ヶ浜は視線だけで、どんな感じ？　と問うてきた。

「悪い、待たせた。……ちょっと平塚先生んとこ行ってくるわ」

一言謝り、とりあえず決まっていることだけを口にした。すると、由比ヶ浜は目を瞬《しばたた》く。

「あ、そうなんだ。なにするためにいくの？」

「とりあえず状況把握のためだな。正直、何もわからんから他にできることがない」

そんなどうしようもない答えを言うと、由比ヶ浜はふっと笑う。

「……そっか。でも、ヒッキーが行ってくれるなら、なんとかなっちゃいそう」

そして俺を肯定してくれるように、うんうんと大きく何度が頷《うなず》いた。その拍子に、つっと、光る雫《しずく》が流れた。それを目にした瞬間俺は息を呑《の》む。けれど、俺が呆けるくらいに驚いたからか、由比ヶ浜も自身の目元に気づいて、すぐに頬《ほお》を指で拭《ぬぐ》った。

「え、あ、なんか安心したら涙でてきた。びっくりしたー……」

はーっと息を吐いて、由比ヶ浜が指をこすり合わせる。当たり前のことのように言うので、俺も動揺を抑えつつ、声をかける。

「いや、びっくりしたのこっちなんだが……。大丈夫か？　とりあえず家いくか」

「え？　あ、へいきへいき！　これ結構、女子あるあるだと思うし」

カーディガンの袖《そで》を引っ張り出して、由比ヶ浜は目元をちょんちょんと押さえると、照れたようにはにかんで、お団子髪をくしくしといじった。

「やー、わからないことだらけだったから……。なんかひとつでもわかるとほんと安心する。むしろ今だいじょぶになった感じ」

確かにラインを見てる時には深刻な表情をしていた。緊張感が高いと、気が緩《ゆる》んだ際にそうなるものなのかもしれない。まじまじと由比ヶ浜の顔を見ていると、その口元がふっと綻《ほころ》ぶ。

「おおげさ。ヒッキー、行ってだいじょぶだよ。あたし、帰ってもライン見てるから、なんかあったら教えるね」

リュックを背負い直し、スマホを振ると、由比ヶ浜はそれで帰る意思を伝えてくる。

「あ、ああ。それ助かる。じゃ、とりあえず行くわ。また明日な。気をつけて帰れよ」

「いや、超近所だし」

そう言って、由比ヶ浜がゆっくり手を振った。俺もその手を振る速度に合わせるくらいの歩調でゆっくりと歩き出す。

数歩進み、後ろ髪引かれる思いで、ふと振り向くと由比ヶ浜の姿はもうそこにない。

大きく息を一つ吐いてから、全力で走り出した。

interlude・・・

涙が止まってくれてよかった。

本当に急に流れたからびっくりした。ちょっと油断した。うまくごまかせてよかった。

すぐに隠れられてよかった。すぐに行ってくれてよかった。すぐに戻ってこなくてよかった。

あたしが泣いてしまったら、彼はここから動けないから。

だから、涙がとまってくれてよかった。

あたしは、可哀想《かわいそう》な子になんてならないんだ。だって、そしたらまた彼は助けてくれちゃうから。あたしのヒーローだから。

あたしの友達が困ってたり、悩んでたりしたら、彼はきっと助けるんだ。あたしのヒーローだから。

最初の最初から、彼はあたしのヒーローだったから。

あたしはもう助けてもらったから。

あたしの「いつか」はもう終わっちゃったから。

だから、ヒーローじゃなくていいから、ただ傍《そば》にいて欲しかった。

ヒーローじゃないのを知ってるから、ちゃんと傷つけて欲しかった。

行かないでって言えなかった。

なんで助けるのって聞けなかった。

もう優しくしないでって言いたくなかった。

彼女が考えていることも思っていることもちゃんとわかっていて、でも、彼女みたいに諦めたり、譲ったり、拒否したりできなかった。

すごく簡単なことのはずなのに、あたしは何もできなかった。

全部、彼女のせいにしてそうしなかった。

彼女が彼に依存したみたいに、あたしは彼女に依存したの。

全部押し付けてきたのはあたしのほうだ。

だから、これでいいはずなのに、今もずっと涙が止まらない。

涙が止まらなければよかった。

GAGAGA

ガガガ文庫

やはり俺の青春ラブコメはまちがっている。⑫

渡航

発行　2017年9月25日　初版第1刷発行

発行人　立川義剛

編集人　野村敦司

編集　星野博規

発行所　株式会社小学館
〒101-8001 東京都千代田区一ツ橋2-3-1
［編集］03-3230-9343　［販売］03-5281-3556

カバー印刷　株式会社美松堂

印刷・製本　図書印刷株式会社

Printed in Japan　ISBN978-4-09-451674-5